クメールの瞳

Khmer Eyes

斉藤詠一

Saito Eiichi

講談社

クメールの瞳

目次

contents

装幀　坂野公一＋吉田友美(welle design)
装画　ケッソクヒデキ

クメールの瞳

Khmer Eyes

序章

丸い視界の中、波打ち際の岩に休む鳥が見える。

大きさは、ハトくらい。全体に灰色で、頭は黒。アジサシの仲間のようだ。アジサシは世界中に約四十種が分布し、日本では主にアジサシとコアジサシの二種が見られるカモメ科の渡り鳥である。だが双眼鏡の向こうの、鮮やかな赤色のくちばしと足は、普通のアジサシよりも短い。畳んだ羽から、長い尾が飛び出ているのが目についた。

――キョクアジサシか。

興奮のあまり視界が揺れる。平《ひら》山《やま》北《ほく》斗《と》は自らを落ち着けるように深呼吸すると、双眼鏡を握りなおした。

キョクアジサシは、地球上で最も長い距離――北極・南極間を渡る鳥である。渡りのルートから外れた日本には、台風に流されて迷った個体がまれに飛来する程度で、観察記録はごく少ない。会社員と兼業で（内心ではこちらが本業なのだが）カメラマンをしている北斗といえど、見るのは初めてだった。

――通り過ぎたばかりの今年最初の台風が、こんな置き土産を残してくれたとは。

ここは、神奈川県のとある海岸である。複数の撮影地候補からこの場所を選んだのは正解だったようだ。

傍らに置いていたカメラの三脚を摑《つか》み、急いで位置を修正する。その時ふいに、羽織っているカメラマンベストの、いくつもついたポケットの一つが振動し始めた。電話だ。

おいおいこのタイミングでかよ、と思いつつ、マナーモードで震えているスマートフォンを取り出す。画面には、「樫野《かしの》先生」と相手先が表示されていた。

――出ないわけにはいかないか。

「もしもし、平山です」

少しだけ、不機嫌な声になってしまったかもしれない。

『ああ、平山くん。申し訳ない、忙しいところだったかな。樫野です』

白い顎鬚《あごひげ》をたくわえた優しげな顔が、頭に浮かぶ。電話をかけてきたのは、学生時代の恩師にして、今でも写真の仕事を紹介してくれている樫野星司《せいじ》教授だった。

「お久しぶりです。あの……いま撮影に来てまして。先生、すごいですよ。キョクアジサシがいます」

相手は、鳥類学研究室の教授である。きっとこの興奮を理解してくれると思ったのだが（そして電話もかけなおしてくれることを期待したのだが）、樫野教授の返事は意外なものだった。

『そうか……すごいな。でもすまない、大事な話があるんだ』

キョクアジサシよりもですか、と危うく口に出しそうになるのを我慢した。そこまでの用件とはなんだろう。樫野先生の声は、普段より硬いような気もする。どうやら本当に大事な電話らしい。北斗は、片手で操作しかけていたカメラから手を離した。

「なんでしょう」と訊《き》くと、わずかな沈黙を挟み、電話の向こうで樫野教授は言った。

『……ちょっとわけがあって、君にいったん預けたいものがあるんだが、頼まれてくれるかい』

「どうしたんですか、急に」

キョクアジサシが動いているのがわかったが、それどころではなさそうだ。無意識に、スマホを持つ左手に力が入る。

『もしかすると、それで迷惑をかけてしまうこともあるかもしれないが……』

「迷惑だなんて思いませんが……。その、預けたいものって、何なんですか」

『電話ではあまりはっきり言わないほうがよさそうなんだ。かといって、会って話す時間はないかもしれなくてね。そういうものがあるとだけ、伝えておくよ』

――何を言っているんだ、先生は？

「すみません、お話が見えないんですが……僕に預けたいというものは何で、どこにあるんでしょうか」

もう一度同じことを訊いた北斗に、樫野教授は急に懐かしむような口調になって答えた。

『覚えているかなあ。昔、片づけ下手の私に、君がアドバイスをくれた時のこと……。本当にすまないが、課題みたいなものだと思ってくれ。それじゃあ、頼むよ――』

「あっ、先生、ちょ……」

それきり、電話は切れてしまった。
いったい、今のは何の話だったんだ――。
戸惑う北斗の視界の端で、キョクアジサシが青い海原へと羽ばたいていった。

第一章　遺物

一八六六年　インドシナ半島南部　フランス領コーチシナ

　まとわりつくような湿った空気の中を、どこからか魚醤《ニョクマム》の匂いが漂ってくる。絶え間なく響く、街のざわめき。時折、大きな怒鳴り声も聞こえてくるが、フランス海軍少尉ルイ・ドラポルトにはその意味がよくわからなかった。コーチシナに着任して一年近く経つものの、現地の言葉はほとんど理解できないままだ。

　サイゴン港に設けられたフランス海軍工廠《こうしょう》内、士官食堂の、海を望むテラスである。十二月というのに、陽射しは夏とたいして変わらない。パラソルの陰のテーブルで、ドラポルト少尉は古い友人、フリエ・デンクール陸軍中尉と向かい合っていた。

「フリエ。まさか、故国から遠く離れたこんな場所で再会できるとはね。驚いたよ」

「ちょうど君が探検から戻ってきた時に俺の船が入港したのも、神の思し召しだろう」

　話しながら、デンクールは顔の周りを飛び交《か》う蝿《はえ》を手で追い払っている。

「平気かい」ドラポルトは友人に言った。

「ああ。メキシコと変わらないさ。慣れてしまえばどうということはない。そうだ……。再会の記念に渡すつもりで、持ってきたんだ」

デンクールは軍服のポケットから小さな布袋を取り出すと、テーブルの上に置き、ドラポルトに開けるよう促した。

華やかな刺繍《ししゅう》が施《ほどこ》された袋には、骸骨《がいこつ》を象《かたど》った小さな人形が入っていた。骸骨といっても、グロテスクなイメージはない。鮮やかな極彩色の服を着せられ、しゃれこうべに模様が描かれた人形は、どこかユーモラスで可愛らしくもあった。

「メキシコには『死者の日』という風習があってね。その日は家を飾りつけ、ご馳走を食べながら、この世を去った者の思い出を皆で語り合うんだ。彼らは、死を暗いものとは捉えていないらしい。街中がお祭りのようで、これはその時に買ったものさ。カラベラといって、お守りだそうだ」

「なるほど、面白い」

軍人であるとともに探検家でもあるドラポルトにとって、確かに興味深い話だった。人形も、異文化の美術品としての価値を感じさせる。

「気に入ったよ。ありがとう」

ドラポルトは礼を言いながら、ふとあることを思いついた。自分も、返礼にちょうどよい品を持っているではないか。

ただ、それを本当に渡してよいものか。迷いつつ、ドラポルトは話を続けた。

「メキシコでは大きな働きをしたそうじゃないか。噂《うわさ》に聞いたよ、デンクール中尉殿」

二人が海軍、陸軍それぞれの士官学生だった一八六一年、フランス第二帝国皇帝ナポレオン三世はメキシコに出兵し、フランスの傀儡《かいらい》である第二次メキシコ帝国を建国していた。士官学校を卒業したばかりのデンクールはそこへ派遣され、反仏のメキシコ共和国軍との戦闘に参加したのだ。

　メキシコ国民の支持を得た共和国軍の前に、フランス軍は次第に劣勢となったが、その状況下でもデンクールの指揮する小隊は常に戦果を挙げ続けたという。

「よしてくれ。中尉といっても、前任の小隊長が戦死したから野戦昇進しただけさ。昔のとおりフリエでいい。君のほうは、海軍軍人というよりはすっかり探検家に見えるぞ。まあ、ロシュの街一番のやんちゃ坊主《プチ・ギャマン》ルイには、お似合いな気もするが。この前はカンボジアに行ったんだって？」

「ああ。調査隊の本隊はまだ向こうにいるんだが、僕たち分遣隊《ぶんけんたい》は先に戻ってきたんだ。そのおかげで君に会えたわけだ」

　ドラポルトは、フランス植民地帝国学術調査隊の隊員として、この地に派遣されていた。

　遡《さかのぼ》ること四年前の一八六二年、列強各国に遅れまいとアジアへ進出したフランス帝国は、阮《げん》朝との抗争の末にインドシナ半島南部を確保、仏領コーチシナと名付け植民地経営に乗り出していた。そしてこの一八六六年、ドラポルトたち調査隊はコーチシナ総督府の置かれたサイゴンからメコン川を遡上《そじょう》、カンボジアを目指したのだった。

　調査隊は、純粋に学術目的のものではなかった。フランスが保護条約を結んだカンボジアとコーチシナの国境を明確にすること、さらにはメコン川を北上した先、中国との通商ルートを探ることなどが戦略目標として課せられていたのだ。また、植民地の宗主国フランスの存在感を誇示するという背景もあった。それゆえに調査隊の中に学者は少なく、隊員のほとんどが軍人によって構成されていた。

「それにしても、お互い世界中を飛び回っているな。君は、今度は東の果ての国か」ドラポルトは、感慨を込めて言った。

「東の果てだなんて言い方は、まるで地球平面説だな。海軍の人間とは思えないぞ」

そう笑って答えた直後、デンクールは顔をしかめた。どこからか漂ってきた、甘い腐臭のせいだろう。

「やっぱり、まだ慣れていないようだな」今度はドラポルトが笑う。

「戦争だったら別だがね。火薬の匂いがする場所なら、どこだって慣れてみせるさ」

デンクールが傷痕の残る額の下、目をぎらりと光らせる。その片手は、いつの間にかテラスに入り込んだ野良犬の頭を撫《な》でていた。

「そうは言っても、今は世界中どこも落ち着いているんじゃないか」

「ああ。皇帝陛下は、メキシコからの撤兵を決めた。プロイセンとオーストリアの戦争にも、我関せずを決め込んでいる。実はアルジェリア行きも打診されたんだが、冗談じゃない。あそこは死ぬほど退屈だという噂だ。だから、この任務を志願したのさ」

その瞳を見たドラポルトは、自分たちが少年と呼ばれていた時代はもはや遠くに去り、二度と戻らぬことを悟った。

――戦争か。戦争が、あの優しかったフリエを変えてしまったのだ。

「どうした？」

気づかぬうちに、硬い表情になっていたようだ。訝《いぶか》しげにデンクールが訊《たず》ねてきたので、ドラポルトはごまかした。

「いや、なんでもない。すまん」

「メキシコにいた時に、わかったんだ。俺は、ある種の戦ぐるいなのかもしれない。戦争のあるところでしか、生きられない。今のフランスに、俺の居場所はないのさ」

感情が昂《たかぶ》ったのか、デンクールの声が大きくなった。犬が慌てたように離れていく。

「でも、君の行く先では、戦争はしていないんじゃないか」

「匂うのさ」デンクールは、どこか陰のある笑顔をみせた。「きっと、戦になる。俺の勘は、当たるんだ」

「そうか……。気をつけてくれよ」

ドラポルトは、友人が向かう国についてよくは知らない。デンクールたち軍事顧問団十数名は、バクフと呼ばれるその国の政府の依頼を受け、近代的な軍隊を訓練するために派遣されるという。

メンバーはいずれも、遠い極東の地までフランスの栄光を知らしめんとする理想に満ちた、高潔な思想の持ち主と聞く。軍の一部にみられる、腐敗などとは縁がないだろう。

ドラポルトの心は決まった。やはりあれは、この古い友人に渡すのが一番だ。

隣の椅子《いす》に置いた鞄から、ドラポルトは紙の包みを取り出した。テーブルの上をデンクールのほうへ滑らせながら言う。

「戦に行く君に、僕からの餞別《せんべつ》だ」

デンクールが包みを解くと、手のひらに収まるくらいの、青銅製らしいリング状のものが現れた。全周にわたって精緻な文様が刻まれているが、何より特徴的なのは、その中心に透明な水晶が嵌《は》め込まれていることだった。水晶は、レンズのように真ん中が膨《ふく》らんでいる。

「なんだい、これは……」

デンクールは、様々に角度を変えてそれを眺めた。「こうやって見ると、目玉みたいだな」

「カンボジアで見つけてきたのさ。青銅の部分に一ヵ所、穴が開いているだろう。そこに紐《ひも》を通し、首から下げてペンダントにするものだと考えられる。かつて存在した、クメール王朝の遺物だ」

「大事なものなんじゃないか。いいのか」

「かまわないよ。お守りだというので身につけていたが、君にはメキシコのお守りをもらったし、交換だ。これは、そもそも戦士のお守りらしいからね。君のほうがふさわしい。似たようなものは他にも収集したし、一つくらい問題ないさ」

その話は、真実ではなかった。実際にそれが何かはわかっていない。しかし持っていても学術的に調べることは期待できないどころか、むしろ危険なのだった。

ドラポルトの頭に、それを見つけた時の記憶がよみがえる。

今回の探検の総指揮を執ったドゥダール・ドゥ・ラグレ海軍大佐は、探検の途中、隊を二つに分けていた。コーチシナ駐留部隊から異動してきたばかりのガルシア中尉が、メコン川の支流を遡ったジャングルにあるという未知の遺跡の調査を強く進言したためだ。

ドラポルトは、ガルシア中尉が直接指揮する十名ほどの分遣隊に編入され、その遺跡へ向かうことになった。本隊と別れて小さな船で支流を遡り、さらに一週間。緑の地獄のようなジャングルをさまよった末に姿を見せた、壮麗な廃墟の様子は今でも目に浮かぶ。気が遠くなりそうな数の砂岩や煉瓦《れんが》を積み重ね、美しい直線と柔らかな曲線を複雑に組み合わせて造られたその建物こそ、数百年の昔に滅び去った、異教徒の文明の遺跡であった。

　左右対称の建物は一部が崩壊し、蔦《つた》に覆われかけていた。かつての寺院だろうか、横に長い回廊の向こうには塔があり、その四面には周囲を見渡すように菩薩の微笑《ほほえ》みが彫り込まれている。湿気に白く霞《かす》んだ空気の中、黒いシルエットとなったジャングルを背景に浮かび上がる様は、さながら幻影の城だった。

　崩れ落ちた部分から遺跡の中に入ったドラポルトたちは、瓦礫《がれき》の山を苦労して乗り越え、物陰にひそむ蛇に怯《おび》えつつ、その寺院跡を調べ回った。ところどころ開いた穴から射し込む光にぼんやりと照らされた建物の中は、石材の冷気で、ジャングルの中より涼しく感じられた。

　祠堂らしき建物だけは、何か貴重なものが隠されているかのように重い石の扉で塞がれていたが、苦労して数人がかりで押しのけ、中に入ることができた。ランプを片手に部屋へ踏み込んだドラポルトたちが見つけたのは、山と積まれた遺物の数々だった。シヴァ神を象った精緻な彫像に、美しい模様の施された金属器……。

　ヒンドゥー教や仏教の混淆《こんこう》した影響が見て取れる、それら貴重な遺物を、ガルシア中尉の命令で隊員たちは手あたり次第袋に詰め込んだ。誰にも罪悪感はなかった。ヨーロッパ列強は、各国の考古学的遺物を競い合うように持ち帰っては、ルーヴル美術館や大英博物館といった施設に収蔵していた。放っておけば遺跡の崩壊とともに無に帰《き》してしまうのだから、むしろ善いことをしているのだという意識が強かった。それらを持ち去り、調べることこそが、自分たちにとっての正義、使命なのだった。

その部屋の奥には、もう一つ小部屋があった。そっちには何もなかったぞという仲間の声は聞き流し、ドラポルトは足を踏み入れた。

石の壁から放たれる冷気が、一段と増したような気がした。床面には、確かに何も置かれていない。だが見回せば、壁の一部には人や動物を象ったレリーフが彫られていた。赤みを帯びた砂岩に、躍動する人々が緻密に描かれている。何かしらのストーリーが込められているようにも見えたが、刻まれた文字も、語り継がれた伝承もないのであれば、いにしえの物語はもはや永遠に失われたも同然であった。

ただ、舞い踊る数人の踊り子たちが一様に、首からペンダントを下げているのはわかった。リングのような形のそれと同じものを、横に長いレリーフの隣の場面では、男が手に取っている。大勢の兵の奥に座る、王の格好をした人物だ。その人物は、別の場面ではペンダントを目の前にかざして覗《のぞ》くような仕草をしていた。

そして、その王らしき人物の、レリーフの中の視線を追った先にもペンダントの形があった。レリーフの一部が膨らみ、暗い部屋の中で輝きを放っている。

違和感を覚えたドラポルトは、レリーフの膨らんだ部分に手を伸ばした。隙間に指を入れると、それは容易《たやす》く外れ、手のひらにおさまった。本物のペンダントが埋め込まれていたのだ。

薄暗い中でわかりづらかったが、ペンダントは青銅でできているらしく、リングの真ん中には丸い水晶が嵌められていた。

なぜこれだけが、レリーフの模様に隠すように取りつけられていたのだろう。

すぐに答えが出るはずもなかったが、調べる価値はある。

そう考えたドラポルトは、ペンダントを自分のポケットに入れ、皆のところに戻った。他の遺物と一緒に、袋へ詰め込んだりはしなかった。私欲にかられたつもりはまったくなかったのだが、結果としてそれが、ペンダントを救うことになった。

分遣隊が帰還したのち、ドラポルトは、持ち帰った遺物のすべてがガルシア中尉により売却されたのを知った。記録も、改竄《かいざん》されていた。遺跡を発見できず、調査隊は手ぶらで帰還したとされていたのだ。

今にして思えば、ガルシア中尉が探検に出発する直前に着任したのも、謀略の一部だったのだ。コーチシナに駐留するフランス軍の中には、植民地の財源でもある阿片《あへん》を通じて現地の裏社会と手を結ぶ、腐敗した一派が存在していた。

隊員たちは、あっけなく買収された。遺物の売却益の一部を回すだけで、そのくらいの金は用意できたのだろう。ドラポルトにも話はあったものの、金は受け取らなかった。それだけは、してはならないと思ったのだった。その代わり他言しないことを約束させられたが、破ったらどうなるかは、考えなくてもわかる。進んで告発する勇気はなかった。命は惜しかったし、半生を賭《か》ける覚悟でやってきたこの土地での探検をやめることはできない。

問題は、例のペンダントだった。金を受け取らなかったため疑念を持たれたのだろう、不在時に部屋を調べられた痕跡を見つけたこともあった。ペンダントを隠し持っていた事実が露見すれば、何をされるかわからない。このまま持っていては、危険だ。

もちろん、今さらガルシア中尉に渡すつもりもない。そんな時にデンクールと再会できたのは、ドラポルトにとって神の導きのように思えた。

これは、戦場へ赴く古い友人に、餞別として渡すのが一番よいのではないか――。

気づけば、デンクールはドラポルトをじっと見つめていた。まるで、本当の事情を見透かすかのように。

やがて、デンクールはふっと目の力を緩めて穏やかに笑った。

「ありがたく受け取るよ。……ルイ、またいつか会おう。その時には、君は軍人ではなく本当の探検家になっているかもしれんな」

デンクールはそう言って、空を見た。いつしか太陽は、流れてきた灰色の雲に隠れている。熱帯の街に、またぞろスコールが降り出すようだ。

二人は席から立ち上がった。大柄なデンクールを、ドラポルトが見上げる形になる。敬礼を送りあい、それでは、とデンクールは去っていった。

その背中を見つめるドラポルトは、あることをふいに思い出した。馬鹿馬鹿しいと、頭から振り払う。そんなものは迷信だ。

それは、探検に出る前、荷運びに雇っていた現地の者の言葉だった。自らの背よりも高い荷物を背負ったその皺《しわ》だらけの老人は、真顔で言っていたのだ。

『クメールの遺物、持ち出してはならぬ――』

じめついた空気が、夜の斎場を包み込んでいた。エアコンが効いているはずなのに、妙に蒸し暑い。

平山北斗は、額に浮かんだ汗をハンカチでぬぐった。黒いネクタイを緩めたいが、そうもいかない。実家から急いで送ってもらった兄の喪服は細身の体には大きすぎ、自宅を出た後ずっと着心地の悪さを拭《ぬぐ》えずにいる。

「その喪服、でかくね？　ていうか、北斗はもうちょっと筋肉つけたほうがいいな」

隣で、友人の栗原均《くりはらひとし》の声がした。着ている喪服は、かなりきつそうだ。

「そういうお前は、もうちょっと贅肉《ぜいにく》落としたほうがいい」

「そんな必要ないと思うけど」

露骨に腹を引っ込めた栗原は、ふいに真面目な顔をして言った。「……それにしても、あの樫野先生がなあ」

栗原の視線の先で、白い顎髭をたくわえた遺影が穏やかな微笑みを浮かべていた。

「ああ。まだ信じられない」

北斗が、十年来の友人であり、仕事でも時にコンビを組む栗原とともに参列しているのは、かつて二人が在籍していた南武《なんぶ》大学理学部鳥類学研究室の恩師、樫野星司教授の通夜である。教授が野外調査中に事故で亡くなったという知らせを受け、北斗と栗原は通夜に駆《か》けつけたのだった。

焼香の列に並びながら、栗原が残念そうに呟く。

「フィールドワークには慣れてるはずだし、あんなに慎重派だったのに、まさか崖から落ちるなんてな」

北斗は、学生時代に樫野教授と出かけた野外調査を思い出した。教授は、危険な場所には近づかないことを徹底していた。こっちのほうがよく見えますと崖の際に望遠鏡の三脚を据えつけた時など、かなり真剣な顔で注意されたものだ。

そんな樫野先生にも、魔が差すことがあったのだろうか。北斗は言った。

「でも、一人で調査中に誤って転落したって、警察は断定してるんだろ」

「研究室の学生から聞いたけど、まあ、そういうことなんだろうな」栗原は、自らを納得させるように答えた。

崖の上には三脚にセットされたカメラや、書きかけの観察ノートがそのまま残されており、争った形跡などはなかったという。また遺書の類は現場にも自宅にも見つからなかったそうだ。

台風の余波で海は荒れ気味だったが、遺体は波に運び去られなかったため、検視は可能だった。そして、その結果や状況証拠からみて、警察は事故死と判断したのだ。

だいたい、あの樫野先生が誰かに殺されたり、自ら命を絶ったりするなど考えづらい。やはり事故と結論づけるのが妥当とは思える。

やがて焼香の順番が回ってきて、北斗は遺族の席に向かって礼をした。

そう、事故だとは思う。思うのだけれど——気になることが、ないわけではないのだ。

焼香を終えた北斗は、ロビーの片隅で、栗原がトイレから戻ってくるのを待っていた。参列者の多くは既に振る舞いの席へ移り、軽食をつまんだりビールを飲んだりしている。

人々の思い出話が、ロビーまで漏れ聞こえてきた。それを耳にした北斗の脳裏を、様々な記憶がよぎっていく。

炎天下の調査の時、飲み物を差し入れてくれた先生。レポートの明らかな手抜きを見抜いて、穏やかに諭してくれた先生。北斗の新しい挑戦を応援してくれた先生――。

そのとき会場の扉が開いて、三人の男女がロビーに出てきた。憔悴《しょうすい》した様子の年配の女性とは、何度か話をしたことがある。樫野先生の夫人、君江《きみえ》さんだ。隣には、先生と同じくらいの年齢に見える大柄な男性が付き添っていた。親戚だろうか。

もう一人の若い女性については、よく知っている。焼香の時も、その女性とは視線を交わしていた。

話しかけるべきか迷っている間に、彼女も北斗の存在に気づいたらしい。他の二人に何か言ってから、歩み寄ってきた。細いフレームの眼鏡の奥、大きな瞳がまっすぐ北斗へ向けられている。

「久しぶり」

表情のないまま、彼女は軽く頭を下げた。長い黒髪が揺れ、頬にかかる。樫野教授の娘――夕《ゆう》子《こ》だった。

何年ぶりだろう。ずいぶん大人っぽくなった印象を受ける。

「ああ、久しぶり」

言葉を返す際に笑顔を作りかけ、慌ててやめた。父親を亡くしたばかりの人とお通夜の場で会うのに、それはないだろう。

「妙なところでまた会うことになったけど」夕子が言った。

「そう……だね。この度は、お悔やみ申し上げます」

あらためて弔意を表した北斗に「お気遣い、ありがとうございます」と硬い答えが返ってくる。

八年前、北斗と栗原が樫野研究室の学生だった頃。夕子はしばしば、父親の弁当を研究室へ届けに来ていた。北斗たちより年下の彼女は別の大学の学生だったが、南武大学はその通学経路の途中にあったのだ。

頻繁にやってくる夕子と、北斗たちが軽口を叩《たた》き合う関係になるまでに、さほど時間はかからなかった。三人は仲のよい友人として若き日をともに過ごしたが、それぞれが社会に出て数年ほど経つと、仕事でやりとりのある栗原はともかく、夕子と連絡を取り合うことは自然と減っていた。学生時代の仲間同士にはありがちな話だ。

見つめてくる夕子の視線に戸惑いを覚え、北斗は合わせていた目をそらした。喪服から伸びる白い腕が、やけに眩《まぶ》しい。

「どう？　元気？」口調を和らげ、夕子が訊いてきた。

「ああ、ぼちぼちね」

「よかった」

昔にはなかった沈黙が降りてくる。

北斗が次の言葉を探していると、用を足し終えた栗原が近づいてきて、のんびりと言った。

「おう、夕子。大変だったな」

北斗は、正直なところほっとした。栗原という男は、北斗に言わせればデリカシーの概念が少々欠落している面はあるものの、それを補ってあまりある天性の憎めなさを備えていた。どれほど気づまりな状況でも、彼が発言するだけで場の空気が緩んでしまうのは一種の才能といってよいだろう。

夕子は小さな笑みを浮かべつつ答えた。

「相変わらずだね、栗原くん。フリーライターになったんだって？」

「そ。で、こいつがカメラマン」栗原は北斗を指さした。「樫野先生に紹介してもらった仕事なんかは、一緒にやってるんだ」

「そうなんだ？」夕子が、あらためて視線を北斗に向ける。

「俺は会社勤めしながらの、兼業だけどね」

「そっか……。でも、昔言ってた夢がかなったんだね。よかったね」

夕子は、少しだけ口元を綻《ほころ》ばせて言った。

ありがとう、と小さく声に出す。実際には、祝ってもらえるような状況とはいえないのだけれど。

そんな話ばかり続けてはいられないと、北斗は話題を変えた。

「お母さんに、ひとことご挨拶できればと思うんだけど……」

「ありがとう。でも、今はいい。それどころじゃないみたいだから」

そう断る夕子の態度が、ひどく気丈に思えた。彼女だって、それどころではないはずなのに。

その時、気になっていたことを栗原が訊いてくれた。

「お母さんの横にいる男の人、誰？」

「ああ……、お父さんの高校時代の親友で、塩屋《しおや》さんっていう方。二十年くらい会ってなかったみたいだけど」

そうか、あの人は親友を亡くしたのか。北斗は隣にいる栗原をちらりと見て、その気分を想像した。塩屋という、武骨な雰囲気の男に同情を覚える。

やがて視線を察したのか、塩屋は北斗のほうへ目を向けてきた。予想外に鋭い、睨《にら》みつけるような眼差《まなざ》しだ。

慌てて目をそらす。好意を無にされたようで、北斗が気持ちのやり場に困っていると、脇から急に声がした。

「夕子サン」

声の主は黒いスーツをまとった、すらりと背の高い外国人の女性だった。欧米系の顔立ちだが、どこかしらオリエンタルな雰囲気もある。年齢は、自分たちよりいくつか若いくらいだろうか。セミショートの髪の色は、ダークブロンド。切れ長の一重《ひとえ》瞼《まぶた》の下、ほのかに緑色を帯びた瞳が猫を思わせる。夕子が、「ああ、エルザ……」と小さく手を上げたところを見ると、知り合いのようだ。

「オクヤミ申しあげマス」

女性は、日本語で夕子に弔意を述べた。

「今日は、わざわざありがとう」

「樫野センセイには本当にお世話になりマシタ」

それから二言三言、エルザという外国人と英語混じりで親し気に会話を交わした後、夕子は北斗たちに彼女を紹介した。

「こちら、エルザさん。アメリカの大学の研究者で、日本に長期滞在してるの」

「エルザ・シュローダーといいマス。どうぞヨロシク」

女性が、控えめな笑みを浮かべる。語尾が若干気になるものの、なかなか綺麗《きれい》な発音だ。綺麗なのは、言葉だけではない。北斗はつかの間、その容姿に見とれてしまった。

そういえば少し前の樫野先生からのメールに、『最近、外国の若手研究者が来ています』と書かれていた。わざわざそんなことを伝えてくるのも珍しいなとは思ったが、先生も何か教えてきたかったのかもしれない。

栗原が、やや緊張気味に自分の名を名乗った。「栗原均といいます」

北斗も頭を下げる。

「平山北斗です。僕たちは学生の頃、樫野先生の研究室にいたんです」

「ソウデスカ。ワタシは海鳥の研究をしてマシテ、樫野センセイにアドバイスをもらっていたのデス」

研究室に出入りする手続きを英語のできる夕子が手伝った縁で、親しくなったという。自己紹介の後、「お二人はドンナお仕事をしているのデスカ」とエルザは訊いてきた。

「僕は会社員をしながら、カメラマンの仕事もしています。鳥や野生動物の写真が主ですけど、注文があればなんでもやります」

北斗が写真を撮り始めたのは、学生時代に樫野教授から野鳥写真の手ほどきを受けたのがきっかけである。興味を覚えた北斗は急速にのめり込み、様々な分野の写真を撮り始めた。就職してからもカメラを手放すことはなく、数年してアマチュアのコンテストの佳作に何度か選ばれるようになったのは、それなりに才能もあったのだろう。本格的に兼業カメラマンとしての仕事を始めたのは社会人になって五年目、今から三年前のことだ。もちろん、仕事を選り好みできる立場ではないので、会社勤めをしつつあらゆるジャンルの撮影を請け負っている。

同じ頃に栗原も、勤めていた科学雑誌の出版社から独立し、フリーライターになっていた。

北斗と栗原がコンビを初めて組んだのは、樫野教授に紹介された、日本野生生物保護協会というＮＧＯの会報誌の仕事だ。特集での、北斗の写真と栗原の記事が評判になり、それからはしばしば二人で協会の仕事を引き受けている。

回想は、栗原のいささか上ずった声に破られた。

「——最近、樫野先生とやりとりしたことですか？　ええと、そうだなあ、いま平山くんと一緒にしている仕事は、先生に紹介されたものなんですけどね」

栗原の自己紹介は、長々と続いている。まずいと思ったが、たぶんもう遅い。同じ状況は、学生の頃から幾度となく経験していた。

話しながらエルザを見つめる栗原の眼が、とろりと溶けたようになっている。おそらく栗原は、何度目になるかもう数え切れないが、どう考えてもうまく行くはずのない恋へと踏み出してしまったのだ。数ヵ月後、やけ酒につき合う羽目になるところまで目に見えるようだ。

　夕子も、同じことを思っていたらしい。二人で苦笑いを交わした。

　それから夕子は、少し迷うそぶりを見せた後、小さな声で北斗に言った。

「お父さん、病気だったんだ……」

「えっ」

　そんな話は、まったく聞いたことがなかった。

「もともと、長くはなかったみたい。わたし、そこまで悪いなんて知らなかったの」

　夕子が、長い睫毛《まつげ》の下の目を伏せる。

「なあ、先生とは……」

「お父さんから仕事を紹介されてたんなら、聞いてたかもしれないね。ちょっと、うまく行かなくなっちゃってさ」

　樫野教授からは、以前になんとなく聞いていた。夕子、最近はほとんど実家に顔を出してこないし電話もないんだ、と教授は言っていたのだ。学生時代、教授のために弁当を持ってきていた彼女からは想像もできなかったが、八年という歳月が流れる間に人は変わってしまうのかもしれない。

「最近は事務的なやりとりしかしてなかったの。エルザの手続きを頼まれたのが、最後だった。その後も時々連絡くれてたんだけど、無視しちゃって……。病気の話をしようとしてたのかな。こんなことになるなら、ちゃんと聞いておけばよかった」

　夕子は寂しげに笑った。

「そうか……。でも、病気だったってことはまさか……」

「ううん。それを苦にして自分で、ってことはないと思う。研究だって、いろいろやりかけのままだったみたいだし。ルーズなとこもあったけど、その辺はわりときちんとした人だったから」

「そうだな……」

夕子の言う通り、自殺などあり得ないように思う。そもそもあの先生が、研究を残して身を投げたりはしないはずだ。

「警察も事故って言ってるし、頭ではわかってるんだ。引っかかる部分もなくはないけどね」

一見、夕子は落ち着いている。だがその声色《こわいろ》も、その態度も、納得しきれていない時のものだと北斗にはわかった。夕子は、まだ父親の死を呑《の》み込めていない。現実を受け止めきれていないのだ。ぎくしゃくしたまま唐突に永遠の別れを迎えてしまったのなら、それも当然だろう。

北斗とて、納得はできていない。

そもそも、昔からフィールドワークでの危険には細心の注意を払っていた樫野先生が、崖の縁に近づいて落ちたりするだろうか。事故と断定されても、気持ち悪さは残っている。

そして、亡くなる二日ほど前の電話だ。先生が、預けたいと言っていた何か。それに、先生の死との関係はなかったのだろうか？

北斗は、夕子に電話の件を教えるべきかどうか迷っていた。それを話して夕子の知っていることと照らし合わせれば、謎めいたメッセージの意味がわかるかもしれないし、場合によっては樫野教授の死への違和感を拭い去れるかもしれない。彼女が知らない、最近の父親の様子を伝えてあげられることにもなるだろう。

だが先生の口ぶりは、秘密にしておきたいようでもあった。世の中には墓場まで持っていったほうがよいこともあるのは、北斗自身、三十歳にもなればわかっている。特に、夕子とそんなに不仲だったのなら、知られたくない相手はそれこそ彼女なのではないか……。

ためらった末、北斗はそれとなく夕子に訊いてみた。

「先生は、何か遺していたりはしなかったの？」

「遺書とかはなかった。警察にも確認されたし、実際に家も研究室も調べられたけど、結局、何もありませんでした、やはり事故でしょう、って」

「警察は、研究室も調べたんだ」

「あの散らかった研究室、大変だったと思うけどね」

そう言って夕子が苦笑したわけは、北斗にもわかる。樫野先生は、とにかく片づけが下手な人だった。本やノートが床にまで山積みになった研究室の様子が頭に浮かぶ。

「なあ。先生がいなくなっちゃって、研究室はどうなるの」

何気なく訊いてから、北斗は言いなおした。「ごめん。今はまだ、そんなこと考えてる場合じゃないよな」

「ううん、大丈夫。でもたしかに、これからいろいろやらないとね」

夕子は吹っ切るように顔を上げると、北斗たちに「じゃあ、また」と言い残し、母親のところへ戻っていった。

いつの間にか、エルザと栗原の会話も一段落していたらしい。エルザも、「サヨナラ」と金茶色の髪をなびかせて去っていく。

夢みるような目をした栗原の脇腹を肘《ひじ》でつつき、北斗は言った。

「そろそろ起きろよ」


北斗と栗原は、振る舞いが用意された別室へ移動した。

テーブルの上の寿司やサンドイッチを小皿に取り分けている間、樫野教授の親族の会話が、聞くつもりはなくとも耳に入ってくる。

「星司さんがこんなことになって、君江さんと夕子ちゃん、二人でやっていけるのかねえ。夕子ちゃん、ひとり娘でしょう」

「夕子ちゃんが、早く婿《むこ》を取っちゃえばいいんじゃない？」

「そういえば星司さんのお父さんも、婿養子だったのよね」

――好き勝手言うもんだ。

北斗は軽く憤慨しつつも思った。でもまあ、こういった席で親戚同士が話す内容など、そんなものだろう。

「そうそう、夕子ちゃん、最近いい人がいるって聞いたわよ」と別の声が割り込んできたところで、少し離れたテーブルから手招きする栗原の姿が目に入ってきた。

そこまで移動すると、栗原の前には既に何枚もの皿が並んでいた。ビールも数杯空けているらしい。その上、まだ何か取りに行こうとしていたようだ。

「まだ飲み食いするのかよ」北斗は呆《あき》れた声で言った。

「え？　ダメ？」頰を赤くした栗原が困り顔をする。

「ダメってことはないけどさあ……。一応、こういう場だからな」

「いやいや、供養なんだからさ、食べたほうがいいぜ。それよりお前、なんか思い詰めた顔してんな」

「そうか？」

先ほどから引きずっているもやもやとした気分が、顔にまで出ていたらしい。結局夕子には話せなかった、樫野教授からの電話の件が引っかかっていたのだ。

その時ちょうど、夕子が部屋に入ってくるのが見えた。エルザも一緒だ。知り合いもおらず、一人ぼっちでいたエルザを案内してきたのかもしれない。

エルザのことが気になるのは、栗原だけではないようだ。見覚えのある若手研究者が、嬉々としてエルザに話しかけている。

夕子が一人になったのを見た北斗は、意を決してテーブルから離れ、彼女のところへ向かった。栗原も、どうしたんだよと言いながらついてくる。

「夕子、ごめん。ちょっといいかな」

「なに？」

「話していいかどうか、迷ってたんだけど……」

北斗は一度言葉を切った。たとえ先生が、夕子には黙っておきたかったのだとしても、こんな事態になるとまでは思っていなかったはずだ。夕子だって、これほど反省しているのだ。何も伝えずにいるのは、やはりいけないことのような気がする。

「亡くなる二日くらい前、先生から電話がかかってきたんだ」

「北斗くんに？　なんて？」

夕子が訊き返してくる。栗原は、なんだ初耳だな、と興味深げな声を出した。

北斗は、樫野教授との最後のやりとりを話して聞かせた。

教授は、電話の向こうで言ったのだ。

『……ちょっとわけがあって、君にいったん預けたいものがあるんだが、頼まれてくれるかい』

それから、質問に一つも答えてもらえず切られた電話。引っかかっていたことをようやく口にできて、少しだけ肩の荷が軽くなった気がした。

「今思えば、いつもと感じが違ってたみたいでさ……」

「そう……。お父さん、何を言いたかったのかな」夕子は首を傾《かし》げた。「とにかく、教えてくれてありがとう」

「すげえ大事な話じゃないか。なんですぐに言わなかったんだよ」栗原が口をとがらせて話に割り込んだ。

「具体的な話は何もなかったし、なんだか秘密にしといてほしいようだったから……。とはいえ、言わずにいて悪かった」

「先生が秘密にしたがってたとしても、警察には話したほうがよくないか？」

栗原の考えは、意外にも夕子が否定した。

「そのくらいじゃ、警察は動いてくれないよ」

きちんと捜査した上で事故死と結論づけられているのだから、今さらその程度の、大して具体的ではない内容の電話があったというだけでは、改めて調べてくれたりはしないだろうという。

「じゃあ、この話はこれで終わりかよ」

「いや……。夕子に相談があるんだ」

北斗は、ずっと考えていたことを口にした。「先生が俺に預けたいと言っていたものを、探させてくれないか。今のところ、どんなものかもわからないけど」

その何かを見つけ出し、預かることが、先生の遺志に沿うことになるはずだ。

「そうね……」

少し考えた後で、夕子は言った。「うん、探してみて。むしろ、お願いします。お父さんが残していたものって何なのか、わたしも気になるし」

そうだ。それに、いささか突飛な考えかもしれないが、その『預けたいもの』をめぐって、先生が何かの事件に巻き込まれていたという可能性もあり得るのではないか。

北斗は、さっそく夕子に訊ねた。

「先生の家に、俺宛ての荷物とかはないよね」

夕子は首を横に振った。それはそうだろう。秘密にしておきたいものを、そんなわかりやすい形で置いておくはずはない。

いや待て。ならば――。

「研究室は？」

「そっちはわからないな。警察は調べてたけど、遺書がないかとか、そういう目でしか見てないだろうし……」

「さっきも聞いたけど、研究室はこれからどうなるかわからないんだよね」

「うん」

「じゃあ、今度、俺たちで整理しに行くよ。いずれやらなきゃいけないんだろ？　ついでに、先生が俺に預けようとしていたものを探させてもらうってことでどうかな」

「それはありがたいけど……」夕子はいくぶん迷いがちに言った。「実は、落ち着いたら個人の研究資料はご家族で整理してくださいって言われてて。手伝いをお願いしようにも、助手の先生は非常勤で他のお仕事が忙しいし、現役の学生さんたちには試験とか就活とかもあるから、困ってたんだ。本当に手伝ってもらっていいの？　栗原くんも」

「別にいいよ。俺たちだったら、いろいろこき使えるだろうしな」

栗原の少々気のない風の答え方は、わざとだろう。

「いいの？　なんかごめんね」

「気にすんなよ。樫野先生のためだからな」

北斗はそう言いつつ、先生のため、という部分を変に強調していることに気づいた。


夕子に別れを告げ、北斗と栗原が斎場を出ると、来がけに降っていた雨はもう上がっていた。生暖かい空気の中を、駅へ向かう。

珍しく黙り込んでいた栗原が、駅前商店街の灯りが見えてきたあたりで口を開いた。

「お前、夕子とは本当はどうなの」

なんだよ、と北斗が笑いながら横を見ると、意外にも栗原は真面目な表情をしていた。酔っている気配はない。

「どうって……。栗原が期待するような話は何もないよ。昔も、今も」

「本当に？」

「ああ。本当に何もない」

「そうか……。お前らはお似合いだって、昔から思ってたんだけどな」

「ないない」

　正直なところ、そのように発展することを想像しなかったわけではない。だが、やはり自分と夕子は友人同士の関係が一番しっくりくると北斗は思っていた。

　学生時代から今まで、北斗は三人の女性と交際したことがあった。その三人とも、短い間に彼女たちのほうから北斗のもとを去っている。もしかしたら、自分には何か大きく欠けている部分があるのかもしれない。

　欠けているものが何かは、未だにわからない。ただなんとなく、夕子にその部分を見られるのは嫌だな、と思った。

　それよりも、樫野先生が俺に預けようとしていたものとは、なんだったんだろう。それは、先生の死とは関係ないのだろうか。

　とにかく、探してみることだ——。

「どうした、小難しい顔して」

　隣から、栗原が覗き込んできた。

「ん？　いや、なんでもない」

「ま、気持ちはわからんでもないけどな……」

勝手な誤解をしているらしい栗原が、そう言いながら水たまりを踏んだ。街の灯を映す水面《みなも》を、静かに波紋《はもん》が広がっていった。

第二章　端緒

一八六六年　南シナ海

昨日まで左舷《さげん》にあった大陸の青い影は、ぼんやりと霞む水平線の彼方《かなた》に消えていた。右舷側へ目を向ければ、東の空は巨大な壁のような濃灰色の雲に占められている。しかも少しずつ、その壁は近づいてきていた。

低気圧が近づいているのだ。大きくうねる波頭には、白いしぶきが混じり始めている。

その光景を、フリエ・デンクール中尉は揺れる甲板《かんぱん》から長いあいだ眺めていた。そろそろ部屋へ戻ろうと、船内へ通じる扉を開けた途端、乗組員と鉢合わせする。

急いでいるらしい乗組員は、「失礼しました」と短く言い残し甲板へ駆け出していった。慌てた様子なのは、その乗組員だけではなかった。船内のあちこちから、怒鳴り声が聞こえてくる。

フランス陸軍・日本派遣軍事顧問団を乗せた汽船『カンボジア』号がサイゴンを出港し、三日が過ぎていた。昨日までは平穏な航海を楽しませてくれていた南シナ海だったが、今朝になって急に気分を変えたらしい。

こうなると、ただの乗客が船内をうろついていても、邪魔になるだけだ。デンクールは、与えられた船室へおとなしく引き揚げることにした。

顧問団の同僚たちの姿は、甲板にも、食堂にも見当たらない。皆、船酔いに苦しんでそれぞれの船室にこもっているようだ。体質ゆえか、船酔いというものの経験がないデンクールは暇を持て余してしまい、むしろ皆が羨《うらや》ましいくらいだった。

船室に戻ると、まずランプをつけた。淡い光の落とす影が、微《かす》かに聞こえてくる波音に合わせ左右に動く。壁に吊るされた小さな鏡は、ランプの光を映しつつ、ゆらゆらと振り子のように揺れていた。

デンクールは寝台にその大きな身体を横たえたが、睡魔がやってくる気配はまるでなかった。仕方ない、荷物の整理でもするかとすぐに起き上がる。

とはいえ、荷物は多くない。武器や装備の類は船倉に収めているため、船室には私物しか持ち込んでいなかったし、それらもすべて箱型をした革製の背嚢《はいのう》ひとつに収まっていた。

中身を寝台の上に広げると、小さな紙包みが目に留まった。サイゴンで再会した幼馴染《おさななじみ》、ルイ・ドラポルトから餞別にと貰《もら》ったものだ。この船の名の由来であるカンボジアにかつて存在した、クメール王朝の遺物という話を思い出す。

包みをほどき、ペンダントを取り出した。ランプの光を受け、青銅のリングの中心で、瞳を連想させる丸い水晶が濡れたようにきらめいた。目の前に掲げてみると、向こう側が透けて見える。

――戦士のお守りか。

そうドラポルトは言っていたが、どこまで本当かはわからない。彼が何かを隠していることを、デンクールは薄々察していた。なぜかは知りようもないが、とにかく、これを自分が持っていくことが彼のためになるらしい。きっとそうせざるを得ない理由があるのだろう。デンクールは、古い友人を信じていた。

　ドラポルトや仲間たちと過ごした少年の日々を懐かしく思い出しながら、手のひらの中のペンダントを見つめる。

　ルイの話が、嘘であったとしてどうだというのだ。これは戦場に向かう俺にとって、やはりありがたいお守りだ。デンクールはそう思いつつ、寝台に座ったまま、ペンダントの水晶を何気なくランプに向けた。透過してきたランプの光が、拡大して見え――。

　突然、強烈な電撃に身体を貫かれたような気がした。雷に打たれたという考えが浮かび、すぐに、まさか船の中でそんなことはあるまいと否定する。額の古傷がまた開いてしまったのかとも思ったが、痛みがあるわけでもない。そうしているうちに、奇妙な映像が目の前で形を取り始めた。

　不思議な感覚だった。視界には、船室の様子が映っている。一方、それとまったく同時に、頭の中へ何かのイメージが流れ込んでくるのだ。二つの映像を並行して、違和感なく認識できていた。妄想か、白昼夢か。しかし夢と呼ぶには、そのイメージはあまりにもはっきりとしていた。

　頭の中に浮かんでいるのは、懐かしき故郷、ロシュの緑豊かな街並みだった。街の向こうで陽光をきらきらと照り返し流れるのは、アンドル川だ。

　美しい街並みは、手を伸ばせば触れられるかのようだ。夢の場面が切り替わるように、視点は次々と移ろう。人々の行き交う石畳の道路を、馬車よりも速く滑っていくと、よく覚えている一角にたどり着いた。あれはドラポルト家の屋敷だ。その隣、オーギュスト家の邸宅を過ぎたところには、老いた両親が暮らす家があるはずだ。向かいには小さな木立。幼い頃、ルイと一緒に遊んでいた頃は鬱蒼《うつそう》とした森に思えたものだが、今見れば本当に小さい。そこを抜けた先には、あの頃胸を焦《こ》がしていた彼女の——。

突然、船が揺れた。咄嗟《とつさ》に寝台の手すりを掴み、デンクールはペンダントを取り落とした。同時に、イメージも掻き消える。

つい先ほどまでペンダントを握っていたその手は、細かく震えていた。

——いったい、何を見ていたんだ、俺は。

デンクールは、必死に冷静さを取り戻そうとした。

よし、落ち着け。大きく息をしろ。俺がいま掴まっているのは、寝台だ。ランプの灯りが照らしているのは、狭い船室と、薄汚れた壁。それが現実だ。

ではさっき見たものは、なんだ？　白昼夢というやつか？

デンクールはそこでふと、メキシコへ派遣されていた頃に聞いた話を思い出した。

なんらかの超自然的な力を持つマヤ文明の遺物が存在し、それを手にした者には勝利と栄光が約束されるが、一歩使い道を誤れば破滅と死をもたらすという。

それがどのようなものか、どのようにして役立てるのか、まったく具体性を欠く話で、単なる伝説、いかがわしい神秘主義だと一笑に付したものだ。

だが、いま俺が体験したのは何だったのだ？

マヤほど古くはないが、クメール人も謎を多く残した民族だとルイは言っていた。理屈はわからないが、このペンダントの水晶はクメールの秘術か何かによって、自分の記憶を呼びさますものなのか、あるいは遠くの情景を見られるものなのか？　いや、まさかそんなことが――。

船室の扉越しに、乗組員が慌ただしく駆ける音が響いた。船の揺れる角度も、先ほどより増してきているようだ。

船体が、巨大なうねりに乗り上げたらしい。船首側がぐっと持ち上げられた次の刹那《せつな》には、深く沈み込んでいく。寝台の手すりを強く摑みなおしたデンクールの耳に、砕け散る波の音が聞こえてきた。


額に流れる汗を、北斗は腕でぬぐった。その腕につけた時計の裏側も汗ばみ、肌に貼《は》りついている。リュックを背負った背中が蒸れて気持ちが悪い。常にリュックに入れている商売道具、カメラとレンズの重みが少し恨めしくもあった。

大学のキャンパスの、まっすぐに延びた並木道。日本列島上空に停滞していた前線は数日前に去り、それまでの鬱憤を晴らすように、眩いばかりの光と熱が真上から降り注いでいる。アスファルトの路面には、陽炎が揺れていた。

「しかしあちいなあ。ああ嫌だ嫌だ」隣を歩く栗原がぼやく。

「夏だからな」北斗は、あえてつれない返事をした。

「べたべたする」

「……お前といると、文句ばかり聞かされてるような気がするな。八年前も同じこと言ってたぞ。ていうかそのTシャツ、学生の頃も着てたよな」

北斗は栗原の胸の、少し伸び気味になったダース・ベイダーのイラストを指さした。

「そうだっけ？」

栗原は子どものように無邪気な笑みを浮かべながら、「だけど、もう八年かあ」と輝く青空を仰いだ。

八年前にこの道を歩いていた時のことを、北斗は思い出した。あの頃の自分は、漠然とした希望と不安を抱えて途方に暮れる大勢の中の一人、まだ何者でもない学生だった。

もっとも、今は何者かになれたというわけではないけれど——。

樫野研究室の片づけのため、そして樫野教授が北斗に預けようとしていたものを探すために訪問したここは、東京の郊外にある北斗と栗原の母校、南武大学である。都心から電車とバスを乗り継いで四十分ほどのところを、この日は北斗の車でやってきた。車は、大学のそばのコインパーキングに止めてある。

樫野研究室が属する理学部は、キャンパスのずっと奥、正門から懐かしい並木道を抜けていった先だ。夕子は、事前に大学の事務局と打ち合わせをするという話だったので、既に着いているはずだった。

キャンパスに、人影は少ない。片づけが講義や研究の邪魔にならぬよう、日曜日に行うことにしたためだ。

正門から歩いていく間にすれ違ったのは、教員らしき初老の男性一人だけだったが、学生がいないことはなかった。遠くの芝生《しばふ》の上では白い柔道着の男たちが技を掛けあっていたし、グラウンドのほうからはサッカー部の練習する声が聞こえてくる。

　校舎の入口で向かい合う学生のカップルを見た栗原は、歩きながらやや芝居がかった口調で言った。

「いいねえ。俺たちが失ってしまった青春がここにある！」

「失うもなにも、お前は手にすらしてなかったじゃないか」

　北斗の知る限り、学生時代の栗原はミリタリー研究会や超常現象研究会など、サブカルチャー系のサークルをいくつか掛け持ちし、趣味に没頭する生活を送っていた（キャンプ同好会に所属していた北斗自身も、それほど華やかな学生生活を送っていたわけでもないのだが）。

「でも、ああいうストイックな日々が、今の仕事につながってるってことよ」栗原が言う。

　栗原がライターとして手がける記事は、ミリタリーやオカルト関係のものが多かった。北斗と同じ研究室だったとはいえ、どちらかといえば鳥よりはそうした方面への造詣が深いのだ。

「ミリタリー研究会って、ストイックかなあ」

　北斗の疑問には直接答えず、栗原は取り出したスマートフォンの画面を北斗に向けた。

「ほら。例えば、これとか」

　飛行場を、望遠レンズで撮ったらしい画像だった。大きな黒い飛行機と、それを囲む人影が映っている。飛行機から誰かが降りてくるのを、整列した人々が迎えているところのようだ。

「何その画像？」

「一ヵ月くらい前、米軍の横田基地に着陸した、見慣れないＣ－１３０。誰かお偉いさんが乗ってきたっぽい。噂を聞いて、ミリ研の仲間に画像を探してもらってたんだけど、昨日送られてきたんだ。ミリ研の連中、今でもいろいろ情報をくれるんだよ。それをネタに記事を書いたりもしてるわけ」栗原は得意げに言った。

「ふうん。俺はそっちの方面は疎いけど、相当いいレンズを使ってるみたいだな」

高倍率なのに画像は明るく、人の顔もある程度判別できる。

「道具に凝る奴は、きりがないからな。それにしても、この解像度で機体のマーキングが見えないってことは、わざと消してるのか。やっぱり、ブラウンウォーターだな」

「ところで、Ｃナントカだの、ブラウンだのって何さ」

「Ｃ－１３０ってのは輸送機だよ。通称『ハーキュリーズ』。ロッキード社が開発し、米軍をはじめ世界中の軍隊が使ってる、ベストセラー輸送機だ」

「……お前、こういう話になると妙に滑舌がよくなるのな。で、それの何が珍しいんだ」

「うーん……北斗にわかるように言うとだな。種としてはありふれた鳥だけど、ふだん日本では見られない亜種が飛来したようなもんだ。米軍や自衛隊のＣ－１３０はそんなに珍しくもないが、この黒い機体。たぶんこいつは民間軍事会社『ブラウンウォーター』の所属機だ」

「民間軍事会社？」

さっきから、聞きなれない単語ばかりだ。北斗が訊き返すと、栗原はにやりと笑い、鼻の穴をふくらませた。

しまった、これは本格的にマニアックな説明をする前の、奴の癖だ……と北斗が思った時には、栗原は勢い込んで話し始めていた。

「プライベート・ミリタリー・アンド・セキュリティ・カンパニーを略して、ＰＭＳＣと呼ばれたりもする。欧米には、軍事を請け負う会社がたくさんあるんだ。企業の管理業務を受託するようなもんで、軍隊の後方支援業務とかを代行するわけ。中には、戦闘任務まで請け負う会社だってある。ブラウンウォーターはアメリカでも一、二を争う大手で、米軍の代わりに中東で大規模な作戦を展開したりもしてるんだ。結構荒っぽくて、民間人を誤射したとか、捕虜を虐待したとかいう報道もされてる」

「ひどいな」

　栗原の話は長いが、その部分は少し気になった。

「軍じゃなくて、いち民間企業のすることだから、国際問題にされにくい面もあるんだろ。で、そのブラウンウォーターは、最近はアメリカ以外の国にも売り込んでて、自衛隊にも営業をかけてるって噂だ。その関係で飛来したのかもしれない。傭兵《ようへい》ってのは昔からいたけど、今みたいに洗練された形の会社組織になってきたのは九〇年代の初めくらいかな。注目され始めたのは湾岸戦争で米軍が――」

　放っておくと、栗原はいつまでも語り続けかねない。

「わかったわかった。夕子の前ではその手の話はしないほうがいいぜ。相変わらずだね、とか冷たく言われそうだ」

　四棟並んだ理学部の建物のうち、最も古い一号館に入る。

中は涼しいかと期待したのだが、それほどでもなかった。空調が古くて効きが悪いのは、八年前と変わらない。実験室のある区画を除き、部外者が立ち入ることができるのも昔のままだ。相変わらず、理学部の予算は厳しいのだろう。生物学や物理学などの純粋自然科学、文学や哲学などの人文学の分野は、工学や経済学など実生活に役立ち、利益に直結する、いわゆる「実学」よりも予算や就職の面で不利になりがちである。長い目で見れば、そうした知識もいつか人の役に立つはずなのに。

——とはいえ、今のところ俺は誰の、なんの役にも立てていないか。北斗は心の中で自嘲《じちょう》しつつ、切れかけた蛍光灯の瞬く階段を上っていった。

上った先の三階では、薄暗く長い廊下の突き当たりで、大きな窓がトンネルの出口のように白く輝いていた。学生の頃は毎日見ていたなんということもない眺めだが、再び目にすればそれはひどく懐かしく、北斗は思わずリュックからカメラを取り出しシャッターを切った。

その突き当たりの手前、一番端の部屋が、樫野教授の鳥類学研究室だ。研究室の前の廊下には、古いソファーベッドが置かれていた。やはりこれも昔のままだ。実験やレポートで遅くなると、ここで眠ったものだった。毛布の柄まで変わらないように見えるのは、気のせいか。

すりガラスの嵌められた、古めかしい木製の引き戸の前に立つと、八年前の記憶がよみがえってきた。栗原と夕子、他の同級生たち。そして樫野先生。それぞれの顔が思い浮かぶ。研究は大変なことも多かったが、あれほど満ち足りた時間を、その後の自分は過ごしているだろうか？

突然、引き戸ががらりと開けられた。埃《ほこり》よけのマスクをつけた、ポロシャツ姿の夕子が顔をのぞかせる。それが、ちょうど思い出していた八年前の彼女の顔に重なった。

眼鏡の奥の黒い瞳をまっすぐに北斗へ向け、夕子は不思議そうに言った。

「どうしたの？」

「あ、いや……」

咄嗟のことに北斗が口ごもると、隣で栗原がおどけた声を出した。

「お届け物でーす」

夕子が、くすりと噴き出す。「相変わらずだね、栗原くん」

「なんだ、結局、そう言われんのな」

栗原の呟きは、夕子には聞こえなかったようだ。夕子は、「忙しいのにありがとう。入って」と、二人を部屋の中へ招き入れた。

夕子の表情は、通夜の時に比べればだいぶ明るく感じられる。そのことに、北斗は軽く安堵《あんど》した。


他に誰もいない部屋には、研究室に所属する学生の机が並んでいる。北斗たちが在籍していた頃から、ここは学生が自習などをするための控室になっていた。自習より休憩や雑談に使われる時間のほうが多かったが、それは今も同じらしい。部屋の片隅には小さな冷蔵庫が置かれ、その横の本棚には教科書と一緒に、歴代の学生が置いていった漫画本が並んでいる。壁に貼られたアイドルのポスターは、やや色あせながらも八年前と変わらぬ笑顔を振りまいていた。

またしても過去の記憶が頭をよぎる。この部屋で勉強し、また無駄話に興じた仲間たち。学年が下で、大学の違う夕子も、時にはそこに交じっていたものだ。

夕子は控室を通り抜け、奥にあるもう一つの扉を引き開けた。樫野教授の部屋だ。入ると、本の匂いがした。

もう作業を始めていたようで、片方の壁全面を占める本棚の一番端は空になっている。

「ごめん、もう少し早く来ればよかったかな」

「ううん。わたしが早く着きすぎちゃったんだ。ちょっとずつ整理し始めてたとこ」

「何か変わったものは出てきた？」

「特にないかなあ。今のところは鳥の本ばっかり」

そう返事をしながら、夕子は控室の冷蔵庫からペットボトルのお茶を持ってきてくれた。

ありがたい、とさっそく飲み始めた栗原の顔を見た夕子が、北斗の顔にも視線を向ける。

「二人とも目元がずいぶん腫《は》れぼったいけど、どうしたの」

「ちょっと寝不足気味なんだ」北斗は答えた。

「仕事で？」

「うん。昨日、土曜出勤で終電だった」

北斗の部署が関わっている新規プロジェクトが本格的に始まっており、普段ならカメラマンの仕事をしている土日にも、しばしば出勤が必要になる状況なのだった。

「そんな時に、ごめんね。栗原くんは？」

「あー……俺は朝まで飲んじゃってさ」栗原は頭をかきつつ弁解するように言った。

「なんだあ、飲み会か」

「といっても、ライターの仕事がらみだよ」

「ふうん、どんな？」

「オカルト関係」

その答えを聞いた夕子が、若干引いたそぶりを見せる。

「栗原くん、相変わらずだねえ」

「また言われた。とにかく夕子って、昔からこういう話は全否定だったよなあ」栗原は、傷ついたような表情をつくった。

「ごめんごめん」

謝る言葉とは裏腹に、夕子は笑いながら「でもさあ、そんなの信じられるはずないじゃない」と身も蓋《ふた》もない台詞を続けた。それにまた栗原が言い返す。

遠く去った日々、この研究室でよく見かけた、たわいのないやりとり。三人で、いつまでもくだらない話に興じていたものだ。栗原がオカルトの話題を口にすると、その類をまるで信じていない夕子が辛辣《しんらつ》な言葉でやり込める。そこに北斗が仲裁に入るまでが、お決まりの流れだった。

「まあまあ、落ち着けよ」

当時と同じように、北斗は口を挟んだ。夕子と栗原、両方の視線がこちらを向く。三人で見合った後、誰からともなく噴き出した。

北斗は懐かしく温かな空気を感じ、すぐにひどい喪失感を覚えた。三人の居場所だったこの部屋の主は、もういないのだ。

樫野教授の机の上には、本棚から抜かれて箱詰めを待つ本が山と積まれていた。

夕子が、パンパンと手を叩いた。

「はいはい、じゃあそろそろお願いします。お父さんが北斗くんに預けたかったものを探さないといけないんでしょ。それに片づけのほうも、今日のうちに棚の中身を全部確認して、箱詰めしちゃいたいんだ。あっ、そうだ、この後エルザも来るよ」

　それをいつ栗原に伝えるか、タイミングをはかっていたらしい。栗原が揺らしていた首を止めて「えっ」と慌てるのを見た夕子が、北斗にしてやったりという視線を送ってくる。

「えっえっえっ」

　挙動不審に陥った栗原に、夕子は説明した。

「研究室を片づけるって言ったら、来てくれることになったの。せっかく手伝ってくれるんだし、お父さんが北斗くんに預けようとしてたものがあるって話もしといたよ」

「うん、たしかに人手は多いほうがいいな」

　大きく頷いている栗原を無視して、北斗は、そういえばと夕子に訊いた。「こないだ、彼女と英語でやりとりしてたけど、いつの間にかだいぶ話せるようになってたんだな」

「会社の仕事で必要になって、習ったんだ」

「すごいな。それであんなに話せるなんて」

「嫌々だったけどね……」

　夕子は軽く顔をしかめた。就職にあたり、彼女が希望した会社に入れたわけではないことを、北斗は以前に樫野教授から聞いていた。なんだかそれ以来自信をなくしていて、まるで先へ進むのを止めてしまったみたいでね、と教授はぼやいていたものだ。

「わたしが少し英語できるからって、お父さん、エルザが大学に出入りするための手続きを頼んできてね。何か話すきっかけがほしかったんだろうね……。仕方なくやってあげたけど、その後は連絡してきても取り合わなかったってのは、言ったよね」

「ああ……」

「まあ、手続きをしたおかげでエルザと知り合えたのはよかったけど。彼女のほうからいろいろ話しかけてきてくれて、すぐに仲よくなれたし。歳も同じだしね」

「彼女、こないだ俺の話ちゃんと聞いてくれたし、やさしい感じだよなあ。同じ年でも大違いだ」

そう口にした栗原を、夕子が「なんか言った？」と睨みつけた。

「三十にもなって、言ってることが昔と変わらない人も困ったもんよね」

夕子の視線にもひるまず、栗原がやり返す。

「夕子だって同じじゃんか」

「まだ二十代ですけど」

「たいして変わらないって。四捨五入すりゃ一緒」

「雑にまとめないで」

再び始まった軽口の応酬を聞きながら、北斗はふと横を見た。戸棚のガラス扉に自分の姿が映っている。

少々くたびれかけた、三十歳の男がそこにいた。

襟周《えりまわ》りがヨレかけた、アウトドアメーカーのロゴ入りＴシャツ。そろそろ切りに行ったほうがよさそうな、乱れ気味の髪。職場にいる、いわゆる意識高い系の同僚のぱりっと決めたスーツスタイルを思い出し、その違いに北斗は苦笑したくなった。

北斗の勤務先は、都内の中堅ＩＴ企業である。ＩＴ系とはいえ新卒採用にあたっては専攻を問われなかったし、メーカーの系列会社ということもあってか比較的のどかな社風が性に合うように思えて応募したのだ。なんとか内定をもらい、システムエンジニアとしての速成教育を受けた北斗が配属されたのは、親会社の社内システムを開発、運用する部署だった。与えられた仕事には熱心に取り組み、それなりに成果も出してきた。面白さや、やりがいを感じる時もあった。

だが、自分は本当にこの道で生きていってよいのかという迷いが、心の底で熾火《おきび》のように燻《くすぶ》っているのもわかっていた。何のために大学で生物学を学んだのか。そもそもは、鳥類学者になりたくてその門をくぐったのではなかったか。結局、研究者にこそなれなかったものの、自分がすべきことは何か他にあるはずという思いは、どうしても拭い去れなかった。

目的を見失い、曖昧《あいまい》に過ぎていく日々。その中で、学生時代に樫野教授から教わった野鳥写真の撮影だけが、かつて夢みた世界とのつながりであり続けた。

入社して五年目、初夏のある日。オフィスでシステムの仕様書を確認していた北斗は、ふと窓の外を見遣り、どこにも空がないことに気づいた。林立する高層ビル群の壁面が、少しずつ異なる色調のグレーで、視界を埋め尽くしていた。空が見たいな、と強く思った。

その夜、北斗はプロの自然写真家になった研究室の先輩へ電話をかけた。先輩は一度撮影の手伝いに来ないかと誘ってくれ、何度か一緒に山へ行くうち、北斗は兼業カメラマンという選択肢があることに思い至った。多様な働き方という掛け声のもと、北斗の会社では副業が認められるようになっていたのだ。

そうして、北斗は平日の夜と休日にカメラマンの仕事を始めた。もちろん、本来目指していたネイチャーフォト——野鳥をはじめとする野生生物の写真だけ撮っていればいいわけではない。

加入したカメラマン団体の斡旋《あっせん》で、結婚式などのイベント撮影を引き受けたり、写真教室のアシスタントをしたりといった仕事がほとんどではあった。選り好みをできる立場ではないのだ。その他にも撮りためた写真をネットで販売し、ＳＮＳを活用しての営業活動も行っているものの、とても本業にして食べていけるだけの稼《かせ》ぎにはならない。

それでも、三年も続けていれば人脈もできたし、徐々に野鳥の撮影依頼も入ってくるようになった。樫野教授の紹介で、栗原と一緒に日本野生生物保護協会から仕事をもらうこともできた。

それだけでは生活していけないから、会社の仕事は続ける必要がある。社歴が長くなるにつれ、エンジニアとしての成長も要求されていた。会社のために費やす時間は増えこそすれ、減ることはない。その時間をカメラマンとしての仕事に使えたなら、と思うこともしばしばあった。生活のための仕事と、生きる目標としての仕事。二つの間を行き来する中で、北斗の胸にはもどかしさばかりが募っていた。

これから先、いったい自分はどうするべきか？　いっそ、どこかで思い切る必要があるのかもしれないが、今はそこまでの大きな決断はためらわれる。その背景には、カメラマンとしての才能にはっきりとした自信が持てていないということもあった。

そして、栗原の現状を思えば、さらに自分が情けなくなる。

栗原はフリーライターとして独立し、自らの得意分野で着々と実績を挙げていた。そんな栗原と自分をついつい比べてしまい、いつになっても道に迷っている自分に嫌気がさしてしまうのだ。

あの頃と同じような会話をしていても、やはり時は確実に自分たちの上へ降り積もっている

――。

気づけば、栗原と夕子の言い争いはまだ続いていた。

「だいたい栗原くんはね……」と、夕子がさらなる攻勢に出ようとした時、部屋の入口から「コンニチハ」と朗らかな声がした。

三人が振り向くと、エルザ・シュローダーが軽く身をかがめて扉をくぐってくるところだった。

作業のしやすさを考えてか、カーキ色のワークシャツにジーンズというラフな姿だ。初対面の時の黒いスーツとは異なるカジュアルな装いだが、モデルのような顔立ちやスタイルゆえ、どんな格好でもまるでファッション雑誌のグラビアに見える。

栗原が「ああ……えーと、こんにちは、栗原です。栗原均」と、明らかに声のトーンを変えて挨拶した。

いいから落ち着けよ、と苦笑しつつ北斗も挨拶すると、エルザは涼し気な切れ長の目を細めて、「栗原サンと平山サン、もちろん覚えてマスヨ」と言った。それでまた栗原は舞い上がっている。

夕子が、またパチンと手を叩いた。

「はいはい、じゃあ今度こそ始めよう！　お父さんの本とかノートとかは、あっちに積んである段ボールに詰めていって。栗原くんとエルザは、このキャビネットから。北斗くんとわたしで、あっちのキャビネットから順に作業していこう」

てきぱきと仕切り始めた夕子は、北斗に確認してきた。「お父さんが北斗くんに預けようとしてたものって、全然心当たりはないんだよね。とりあえずは整理しながら、北斗くんの名前が書かれてる箱とか封筒とかがないか、気をつけてればいいのかな」

「そうだね」

「でもお父さん、なんでこんな面倒くさいことをさせるんだろう。もうちょっと具体的に言ってくれればよかったのに」

夕子の文句も、北斗にはわからないではない。ただ――。

会って話す時間はないかもしれない、と樫野先生は電話の向こうで言っていた。重い病気だったというから、病状の急変も想定し、早めに伝えておこうと連絡してきたのだろうか。だが、電話ではっきり言えない、とはどういう事情だったのか。何者かの盗聴を警戒して、とまでは考え過ぎか。

――いずれにせよ、あまり大っぴらにすることなく預けたいものがあったから、先生はあんな謎めいたメッセージを伝えてきたのだ。ならば、なんらかのヒントが会話の中にあったはずだ……。

「あ、それ僕がやりますよ」

妙にご機嫌な栗原の声がして、北斗は我に返った。

エルザとペアを組む形になり、すっかりご満悦《まんえつ》な様子だ。その心情を知ってか知らでか、エルザが栗原に問いかけている。

「栗原サンはフリーランスのライターだそうデスが、ドンナ記事を書いてるのデスカ」

「僕が書いてるのはですねえ、主にミリタリーとかオカルトの記事なんです」

栗原の答えに「オーゥ」とエルザは軽く驚いた様子だったが、嫌悪している風ではない。

「そうだなあ。例えば、こないだは……」

栗原は得意になって、先日オカルト雑誌に書いたマヤ文明の秘宝の記事について話し始めた。

エルザはしきりに頷きながら聞いている。

「ほらほら、手が止まってる」

急に隣から声がして、北斗は慌てた。

「うわっ、なんだよ」

「栗原くんはさ、あの知識を貯めてるメモリーを他の何かに使えばいいのにね」夕子は楽しそうだ。

「いや、あいつはあれでいいんだよ」

自分の好きなものをはっきり好きだと主張し、しかもそれできちんと飯を食っている栗原を、北斗は面と向かって褒めはしないが認めていた。だがそのことを思えば、また中途半端な自分に焦りを感じてしまう。

夕子は北斗の横顔をしばらく見つめた後で、優しく口にした。

「北斗くんも、そのままでいいんじゃない」

「え？」

北斗が戸惑っていると、夕子は口調を戻して叱《しか》るように言った。

「ていうか、まだ作業始めてもいないじゃない。栗原くんたち、けっこう進めてるよ」

「あいつに任せといて平気かな。何か出てきても、あんな調子だと見落とすんじゃないか」

「エルザがちゃんと中身も確認してくれてるし、大丈夫だと思うよ」

夕子の視線を追うと、栗原よりも背の高いエルザが、棚の上段の本を取り出しているところだった。見かけによらず力があるらしく、重そうな図鑑類を何冊もまとめて片手で持っている。棚から下ろした本は、ページをぱらぱらとめくってから箱に詰めていた。挟まっているものがないか、見てくれているのだろう。その様子を見た栗原も、同じ手順を踏んでいる。作業しながらの二人の会話は、わりと盛り上がっているようだ。すっかり有頂天の栗原には、エルザの他は目に入っていそうにない。

「もしかして、狙ってあの二人を組ませた？」

北斗の問いに、夕子は「さて、どうだか」とわざとらしく首を傾げた。栗原たちへ視線をやりつつ、小さな声で言う。

「あとで栗原くんを励ますのは、頼んだよ」

「悪い奴だなあ」と笑い、北斗はキャビネットの中の本を取り出す作業に入った。

隣では夕子が、北斗から受け取った本を確認しながら段ボール箱へ詰めていく。夕子のふわりと揺れた髪の間から、形のよい耳が覗いた。

「こんな古い本、本当に必要だったのかな。しまっといて、忘れてただけじゃないの」

表紙がテープで補修された図鑑を見て、夕子は言った。

「資料としては価値があったんじゃないか。でも先生、何かの時に言ってたな。いろんなものをしまっておいても、『モズの早贄《はやにえ》』みたいに、どこにしまったか忘れちゃうことがあるって」

「モズって、鳥だよね。それの、はや……？」

夕子は鳥類学者の娘といっても、それほど鳥に詳しいわけではない。

「早い生贄《いけにえ》って書いて、はやにえ。モズの仲間には、捕まえた獲物を、木の枝とかに突き刺して取っておく習性があるんだ。それきり忘れちゃったりもするんだけどね。先生は、その忘れちゃう様子に自分をたとえてたってこと」

話しているうちに、最後の電話での樫野教授の声が、ふいに北斗の耳によみがえった。

『覚えているかなあ。昔、片づけ下手の私に、君がアドバイスをくれた時のこと……』

――そうだ。先生が早贄の話をしていたのはその時だ。

八年前。夕方の、オレンジ色に染まったこの部屋での出来事だった。射し込む西日の中を舞う、いくつもの小さな埃。窓を背にシルエットになった樫野先生。他に部屋にいるのは、俺一人だけ……。

仄《ほの》かな予感とともに、北斗は記憶の海へと潜っていった。

その日、北斗は樫野教授に頼まれて本棚の整理をしていた。作業中の北斗の背中に、教授は話しかけてきたのだ。

『平山くん、あれ、どこにしまったか知らないかな。鳥の羽根のサンプル』

『先生、僕が知ってるはずないでしょう。こう言っちゃなんですが、もう少し片づけたらいかがですか』

北斗は、整理のつく目途が立たない本棚に向いたまま答えた。

『わかってはいるんだがねえ……。夕子にもよく怒られるよ。でも、しまった場所って、どうしても忘れてしまうんだよ。これはつまり、「モズの早贄」みたいなものだな。鳥類学者として、身をもって研究しているわけさ』

『正当化しないでくださいよ……。しまうところをいくつも作るから忘れてしまうんじゃないですか。本当に大事なもののしまい場所を、一つだけ決めたらいかがでしょう』

『うーん、それもそうか。どこがいいかな』

『お好きなようにしてください……。ああ、そこのクッキーの缶とかどうですか』

北斗は身体を捻ると、作業台の上の四角い缶を指さした。有名な洋菓子メーカーの、贈答品としても定番のものだ。同じものは、北斗の実家でも見かけたことがあった。

樫野教授が、缶を取りに立ち上がった気配がした。

『なるほど。この缶にしまって、それをさらにどこかへしまう、と……。でも今度はその場所がわからなくならないかなあ』

『後は、ご自身でなんとかしてください』

苦笑いしつつ北斗が振り返った時、教授は意外にも真剣な顔をしていた。そして、クッキーの缶を手に言ったのだった。

『じゃあ、何かあった時は、この中だから。平山くんも覚えといてくれ。そうだ――』

北斗の頭の中、回想の映像はそこで一時停止した。

――それだ。クッキーの缶。

「え？　なんて言ったの」

夕子が訝しげに北斗の顔を覗き込んでいた。つい、口に出していたらしい。

「ちょっと、人の話聞いてた？　なんかぶつぶつ言ってたけど」

「缶……クッキーの缶を探してくれ。これくらいの大きさの」

北斗は、指で空中に四角い形を作りながら言った。

「クッキー？」夕子が首を捻る。

「ほら、あの……」北斗は、洋菓子メーカーの名を口にした。

「ああ、あれね。お母さんが好きで、昔お父さんがよく買ってきてたな。食べ終わった後の缶、うちでも小物入れに使ってるよ。それがどうしたの」

「この研究室にも、先生はその缶を一つ持ってきていた。学生の時に、見たことがあるんだ。探しているものは、その中にあるかもしれない」

北斗はかつての樫野教授とのやりとりを皆に話し、どこかにしまってあるはずの缶に気をつけてくれと伝えた。

「それにしても、よくそんなこと思い出せたな」感心した口調で栗原が言った。「お前のそういうところを買って、先生はその大事なものを預けようとしたのかな」

「あら。お父さん、前は栗原くんのこともよく話してたよ」夕子が珍しくフォローする。

「成績悪かったから目立ったかな」

「そうじゃなくて。北斗くんと二人、信用できる青年たちだ、なんて言ってた。わたしは否定しといたけどね」

夕子は、懐かしそうに笑った。

探すべきものがわかったとはいえ、もちろんすぐに見つかりはしなかった。何しろ研究室は、片づけの苦手だった樫野教授らしく、大量のものであふれかえっていたのだ。各種の本や書類、電子媒体、写真、その他もろもろ……。研究とは関係のない、映画のパンフレットや雑誌もある。樫野教授は映画が好きだったことを北斗は思い出した。意外にＳＦやアクションものもよく観ていて、栗原とは話が合っていたっけ。

「あ、これ。『バック・トゥ・ザ・フューチャー』。お父さん大好きでね。パート１から３までＤＶＤで揃《そろ》えてて、何度も一緒に観させられたよ。時計台のシーンがあるじゃない。子どもの頃、あの時計が欲しいっていってねだったな」

夕子が懐かしそうに言った。「大人になってから、また観ようって誘われた時は断ったけどね。あの時、一緒に観とけばよかったかな……」

キャビネットや本棚から取り出した諸々を整理しながら床に並べていくと、すぐに足の踏み場もなくなってしまう。慎重に足を運んで移動し、北斗は次のキャビネットの整理に取り掛かった。

本や書類を取り出した奥に、段ボール箱が入っていた。引っ張り出してふたを開くと、何十冊という手帳サイズのノートが詰め込まれている。その上に、愛嬌《あいきょう》のある顔をした赤い動物の置物がちょこんと載っていた。

それを手に取った栗原が、夕子に訊いた。

「これ、なんていうんだっけ」

「赤べこね。福島の、会津だったかな。そっちのほうのお土産。べこって牛のことなんだって。お父さん、調査で何度か行ったみたいで、うちにも同じのがあるよ」

ふうん、と言いながら栗原は、牛の首を指ではじいた。首は胴体とは独立した構造になっており、振り子のようにゆらゆらと揺れる。

「こいつ、かわいいよな」

赤べこを真似て首を揺らす栗原には反応せず、夕子はノートを取り出した。

ノートを見て、北斗は言った。

「フィールドノートか」

フィールドノートとは、観察記録をつけたノートのことだ。

箱の中には、樫野教授が研究者としてのキャリアを開始した一九八〇年代後半以降、三十数年分がすべて保管されているようだった。

ノートのメーカーには好みがあったらしく、薄緑色をした表紙のものがほとんどだった。表紙には、見覚えのある文字で『２０１８年１月～２月』などと書かれている。

北斗は一番上にあるフィールドノートを取り出し、拝見します、と心のうちで樫野教授に断りを入れてから表紙をめくった。方眼が薄く印刷されている紙面には、日付や場所、同行者がいた場合はその名前とともに、観察した鳥の名前やスケッチなどが事細かに書き込まれていた。

どこかへ出かけた時だけでなく、自宅と大学の往復しかしなかった日であっても、その間に見た鳥のことまで記録はほぼ毎日に及んでいる。ところどころに観察とは関係のなさそうな、『15時　教務課打ち合わせ』といった記載が見受けられるのは、手帳代わりとしても使っていたのか。

「トテモ詳しく記録していたのデスネ」

いつの間にかそばに来ていたエルザが、別のノートを箱から取り出し興味深げにめくっていた。

夕子は「こういう部分はまめだったのに、なんで片づけとなると苦手だったのかなあ」と苦笑した。さりげなく、目元を指で拭っている。

詳細に書き込まれた記録に興味をひかれ、何冊か読んでいるうちに、ノートとノートの間に写真立てが挟まっていることに気づいた。

取り出してみると、セピア色に変色した写真の中で、学生服を着た二人の男が並んでいた。背景は、どこかの学校らしい。

「これって……左の人は樫野先生だよね」

「うわあ、若っ！　お父さんの、高校生の頃かな？」

若き日の樫野教授の隣に立つ男には、見覚えがある。

「この人、お通夜に来てなかった？」

「そう。塩屋さん」

笑みを浮かべる若き日の樫野教授の横で、塩屋という男は真面目な顔をしていた。その表情は、通夜の席で見せたものと同様に硬い。

「二十年くらい前に喧嘩しちゃって、それ以来会ってなかったんだって。お父さんとしては仲直りしたかったみたいだけど……。なんでこう、男って素直じゃないのかなあ」

「男って一括《ひとくく》りにされても……。でも、あの穏やかな先生が喧嘩ねえ。なんでだろう」

「そこまでは聞いてないな」

「そうか。この人は、今は何をやってる人なの」

「自衛隊員だって」

なるほど。あの時に浴びせられた鋭い視線は職業柄か。自衛隊員の皆が皆そうではないだろうけれど。

いつまでもノートを見ていたってきりがないと、北斗はノートと写真立てを段ボールに戻した。蓋を閉じ、夕子に言う。

「このノート、貴重な資料だからさ、ちゃんと保管しといたほうがいいと思うよ」

「そうね……。箱ごと、家に送ることにする」

夕子は、一人になってしまった母親の面倒を見るために、しばらく顔を出していなかったという実家へ戻っていた。

「あのさ……夕子と先生とは、どうして喧嘩しちゃったの」

北斗は、気になっていたことを思い切って訊いてみた。少し困った顔をした夕子に、ああ、話したくなかったらいいんだ、と言いかけたところで、彼女は口を開いた。

「なんでだったか、きっかけはもう覚えてないんだけど、どうせわたしなんか、みたいな話をお父さんにしちゃったの。どうせこの先だって、いいことなんかあるはずない、って」

「そんなことないだろ」

「お父さんもそう言ってた。でも……わたし、自分にあんまり自信なくてさ。ほら、受験の時もこの大学入れなかったし、就職だって希望の仕事につけたわけじゃないし……。だからお父さんに、自分の将来を決めつけるな、みたいな正論言われても腹立っちゃって。ほら、ドラマとかでよくあるでしょ、お父さんはなんにもわかってない、とか怒鳴る場面。いざとなると同じ台詞が出るのね。で、そこからは意地の張り合い。なんだか、塩屋さんとのこと、言えないね」

　無理に笑顔をつくっている様子の夕子に、どう声をかければよいか北斗は迷った。自分に自信がない、というのはせめて否定してあげたいが……。

　その時、作業に戻っていた栗原が声を上げた。

「これじゃないか？」

　栗原は、大きめの四角いクッキー缶を両手に掲げていた。缶の周りには、水の流れているような模様が施されている。

「あ、その缶！」

　夕子が駆け寄る。北斗も後をついていった。

　机に置かれた缶を、皆が取り囲む。開けてみるぞ、と栗原が正方形の蓋に手をかけた。

「ありゃ、また出てきた」

　缶を開けて、最初に出てきたのは例の赤べこだった。先ほどのものよりだいぶ小ぶりなものだ。

「先生、こいつのことがよっぽど気に入ってたんだな」

　栗原が、首を揺らしながら赤べこを脇にどける。その下には、写真を収めるような透明なビニール袋がいくつも重なっていた。袋の一つひとつに入っているのは、鳥の羽根だ。

「ああ、これか」栗原が懐かしげに言った。「学生の頃、見せてもらったことがある。樫野先生の、鳥の羽根のコレクションだな。北斗も見覚えあるだろ」

北斗は頷いた。

ビニール袋の何枚かを栗原は取り出し、机に並べた。明らかに日本の鳥ではないカラフルなものから、一見地味だが希少な鳥のものまで揃っている。研究のためというより、ほとんど樫野教授の趣味でもあった。

栗原が、そのうちの一つをエルザに手渡した。

それは、黒っぽい地がブルーグレーで縁取られた、オナガの風切羽だった。東アジアの一部と、なぜかヨーロッパのイベリア半島にだけ分布している鳥であるため、アメリカ人のバードウォッチャーには珍しがられるとも聞く。とはいえ、エルザは既に見たことがあるらしく、少し眺めた後で「綺麗デスネ」とだけ言って栗原へ返していた。

「で、先生は、このコレクションを北斗に預けるつもりだったってこと？」

栗原は、やや困惑した様子だ。「いやまあ、貴重なものだとは思うけど、そんなに秘密にするようなものかな」

「いや。これじゃない」

北斗には、わかっていた。

八年前のあの日、クッキーの缶を手にした教授の台詞——。

北斗は栗原に代わってクッキー缶の前に立つと、何十枚と折り重なった、鳥の羽根が入ったビニールの小袋を丁寧に取り出していった。

すべて取り出した下には、もともと缶に入っていた茶色い中仕切りの紙があった。クッキーが入っていた時の、二重底の構造がそのまま残してあるのだ。子どもの頃、こんなふうに箱の中が二段になったお菓子の上段を食べ終えてから、下段がまるまる残っているのを見つけた時は嬉しかったのを思い出す。

——この下に。

波状に加工された仕切り紙を取り除く。下の段には、薄汚れた小さな布製の袋が収められていた。

——やはり。あのとき先生は、続けてこう言っていたのだ。

『……平山くん覚えといてくれ。そうだ、本当に大事なものは下の段にしまっておこうか。二重底というのは使えるね』

樫野教授の台詞を思い出しながら、北斗はその古びた布袋を取り出した。袋に施された刺繍は、かつての派手な色合いをわずかに残し、すっかり退色している。

袋を、夕子に渡した。北斗が託されたものなのかもしれないが、教授の娘を差し置いて開けるのも憚《はばか》られたのだ。

夕子は袋を受け取ると、中身を机の上へ広げた。

「なんだ、こりゃ」

栗原が、いささか呑気《のんき》な声で呟く。

それは小さな骸骨の人形だった。骸骨といっても、さほど不気味には感じられない。骨には模様が描かれ、カラフルな服を着せられていた。

「なんか、海外のものっぽいね。ずいぶん古そうだけど」人形を眺めまわしつつ、夕子が言った。

その様子を横から見ていた北斗は、人形の背中、服で隠された部分から紙片がはみ出ていることに気づいた。

「ちょっと貸して」

人形を受け取り、今にも破れそうな古い服を丁寧に脱がせると、服の下には小さな紙のタグがしまい込まれていた。タグは、細い紐で片方の腕にくくりつけられている。

タグには、手書きの小さな文字が並んでいた。黄ばんだ紙に青いインクで書かれた文字は、筆記体のアルファベットだ。

「なんて書いてあるんだ。英語じゃなさそうだな」

そう言いながら栗原に見せる。栗原は、俺に訊くなよ、とお手上げの仕草をした。

「ワタシに見せてクダサイ」

エルザが、横から覗き込んできた。「フランス語デスネ」

「エルザさん、フランス語も読めるの」栗原が目を見張る。

「ハイ。エート……一八六六年十二月、サイゴンで、友達の……ドウ訳せばよいデショウ。ミリタリー・アドバイザリー・グループ」

困り顔をしたエルザに、栗原がすかさず助け舟を出す。「軍事顧問団だね」

「アリガトウゴザイマス。ソレでは、コノ部分は……」

結局、エルザと話をした栗原が、日本語訳を皆に伝えた。

「こう書いてあるみたいだ。『一八六六年十二月、サイゴンにて、我が友、日本派遣軍事顧問団のＦ・デンクール陸軍中尉より受け取る。彼には友誼《ゆうぎ》の証として』」

栗原はいったん言葉を切り、残りの部分を重々しく口にした。

「……『ペンダントを渡した』」

「ペンダント？」夕子が不思議そうに繰り返す。

「サインがありマス。『L・ドラポルト』」

「じゃあ、これは百五十年も昔に、デンクールって人からドラポルトって人に贈られた人形ってことか。……ところでサイゴンってどこだっけ？」

首を傾げた北斗に、栗原は説明した。

「今はホーチミンって呼ばれてる、ベトナムの首都だよ。かつては南ベトナムの首都だった。一九七五年の北ベトナムによる陥落と南北統一後、改称したんだ。ちなみにベトナム戦争では——」

話し続ける栗原を、北斗はわかったわかった、ありがとう、とさえぎった。「で、そのデンクールって人はいったい誰なんだ。軍事顧問団って？」

結局、栗原が喜んでまた解説を始める。

「軍事顧問団ってのは、軍隊の育成や訓練のため、他の国から派遣されてくる専門家の集団のことだ。専門家といっても軍人の場合が多いけどな。実質的には軍隊を送り込んでいるのに、政治的な事情で軍事顧問団を名乗ることもある。例えばベトナム戦争でアメリカは、初めのうち特殊部隊を軍事顧問団として南ベトナムへ派遣していた。最近は、民間軍事会社がこの役割をこなす場合もあって——」

北斗は再び頃合いをみて口を挟み、話を戻すよう誘導した。「この人形が贈られた十九世紀にも、そんなのがあったってことか？」

「ああ。一八六六年といえば、ちょうど幕末の頃だ。徳川幕府は西洋式の軍隊を創設するにあたって教えを乞うため、フランスから軍事顧問団を派遣してもらっている。顧問団は戊辰《ぼしん》戦争が始まると撤退したけど、中には旧幕府側に立って個人で参戦した人がいたんだ」

「そういえば、そんな映画があったな」

北斗は思い出した。たしか、トム・クルーズの主演だった。「『ラスト サムライ』だっけ」

「モデルになったのは、ジュール・ブリュネ大尉。五稜郭《ごりょうかく》で戦った人だ。ちなみに戊辰戦争では――」

「それより、なんでそんな時代のものを樫野先生が持ってるんだ」

北斗の知る限り、樫野教授は歴史に関心を持っている様子はなかった。

栗原が、言葉を返す。

「だからさあ、俺に訊くなって。ていうか、これをお前に預けようとしてたわけだろ。心当たりはないのかよ」

「……わからん」

自分の推理は間違っていたのだろうか。探すべきは、他の場所だったのかもしれない。

北斗がそう考え始めた時、夕子が声を上げた。

「待って。これで正解らしいよ。ただ、これで終わりじゃないみたい」

夕子は、布袋を取り出した缶の底に、付箋《ふせん》が貼り付けられているのを見つけたのだ。

「お父さんの字ね」と言いながら、夕子はそのクリーム色の付箋を、皆からよく見えるよう机に置いた。

　短い文章が、ボールペンか何かで書かれている。

『平山北斗殿。お願いした件、いずれこの人形が必要になります。頼みます』

　そして、付箋の右下には小さく『６４９１』という数字が記されていた。

「……俺に預けたいものは別にあって、この骸骨の人形は何かの鍵になるものってことかな」

「６４９１ってなに？」夕子が困惑した顔で言う。

「この数字も、ヒントなのかもな。さっぱりわからないけど」

　北斗は首を捻った。具体的なことは、何も示されていない。

「よっぽど、秘密にしておきたかったんだな。ここまでするってことは、何かしらわけがあるはずだよなあ」

　栗原が呟くと、夕子は窓の外に目を遣って言った。

「たぶん、お父さんにはわたしの知らない面があったんだろうね」

「誰にでも、秘密はありマス」

　神妙な顔をしたエルザに、夕子が笑いかける。

「まあ、お父さんに限っては、不倫の証拠とかそういうのが出てきて知らなきゃよかった、なんてことはないだろうけど……」

　それから少しのあいだ黙り込んだ夕子に、北斗は頼んだ。

「今日出てきたもの、いったん貸してくれないか。調べてみたいんだ」

「うん、お願い。いっそ缶ごと持っていってよ。鳥の羽根だって、北斗くんが持っててくれたほうがお父さん喜ぶと思うし」

「じゃあ、俺はフランス軍事顧問団について調べなおしてみるか」栗原が言った。

「そしたら、わたしはお父さんの書斎に何か変わったものがないか、探してみる」

「６４９１ってのは、何かの暗証番号とかかもしれない」北斗はふと思いつき口にした。「もし金庫とかパソコンとかがあれば、確かめてみてくれないかな」

「わかった」

「ワタシにも、何か手伝わせてクダサイ」

皆が、エルザのほうを見た。

「ワタシの研究を、樫野センセイは助けてくれマシタ。恩返しデス」

「エルザ……」夕子が目を潤《うる》ませた。

「すばらしい！　ぜひ一緒にやりましょう」栗原が大げさな声を出す。下心を感じなくもないが、エルザの気持ちをありがたく思ったのは北斗も同じだった。


西日が部屋の壁を赤く染める頃、片づけは終わった。

大学側と話があるのでもう少し残るという夕子と別れ、北斗と栗原、エルザは帰路についた。エルザも、北斗の車に乗っていくことになっていた。初めは遠慮していたものの、栗原が何度も勧めた結果、首を縦に振ったのだった。

そのうえ栗原は、「何かわかったら教えるんで」とエルザの連絡先を聞き出すことにも成功し、ひどくご機嫌な様子だ。

三人が建物を出ると、気温はわずかに下がっていた。夕闇の迫る中、正門へ向かって歩き出す。借りていくことにしたクッキー缶はかさばってリュックに入らないため、北斗は両手で抱えていた。

栗原が言った。「夕子、元気になったみたいでよかったよな。今日もだいぶ明るい感じだったじゃん」

ああ、と頷いたものの、北斗には夕子の様子はむしろ痛々しく思えていた。

おそらく、彼女はまだ悲しみの中にある。単に父親を失ったというだけではない。関係をこじらせたまま、謝ることもできず別れを迎えてしまったのだ。その苦しさを少しでもやわらげてあげるには、どうすればよいのか。先生の残した謎をつきとめることが、それにつながるのだろうか——。

突然頭上で轟音が響き、栗原が別人のように俊敏な動きで空を見上げた。つられてその視線を追うと、藍色に染まりかけた空を、ずんぐりとした飛行機が飛び去っていくところだった。

グレーに塗られた、旅客機とは異なる機体。角ばった翼で四つのプロペラが回っている。

「Ｃ－１３０の……Ｊ型か。米軍機だな。たぶん、横田基地の第三七四空輸航空団の所属機だ」

栗原はやや興奮した口調で言った後、「せっかくなら『ブラウンウォーター』の機体を見たかったな」と呟いた。

「あれか。さっき、画像を送ってもらったとか言ってたやつ」

北斗の反応に、栗原が「そうそう」と嬉しげな顔をした。エルザは、聞きなれない単語だらけの会話についていけないのか、戸惑っている様子だ。

輸送機の両翼端で明滅する赤と緑の光が、遠ざかっていく。地上でも、まばらに立つ街路灯は既に明かりを灯《とも》していた。校舎の多くは暗い影に沈みつつある。

そのとき北斗は、明かりの消えた校舎の陰に立つ人物に気づいた。

少し離れた、街路灯の光が届かない場所だ。暗くてはっきりとは見えないものの、大柄な男性が鋭い視線を向けてきているのが、なんとなくわかる。

誰かを待っているのだろうか。自分たちを見ているのは、待っている相手かどうか確かめているのかもしれない。

そう考えて通り過ぎた後、北斗は同じような視線を最近向けられたことを思い出した。

睨みつけるような、鋭い眼差し。背格好もよく似ている。

通夜で会った、あの男。つい先ほども、写真の中で見かけた——樫野先生の友人で、自衛官の塩屋という人か？

だとすれば、なぜあんなところに。夕子に何かの用事があったのか。

北斗が振り返った時、人影は消えていた。

「何やってんだよ」

栗原の呼ぶ声がする。いつの間にか立ち止まっていたらしい。

「ああ、今行く」

栗原とエルザの後を追いながら、北斗は首を振った。

まさか、ね。意識し過ぎ、ただの見間違いだ——。

第三章　因縁

一八六八年　日本　小山宿《おやましゅく》付近

春の嵐が、唸《うな》り声を上げている。

青く連なる山々を望む、なだらかに起伏したススキの原野。細い間道を見下ろす丘には五十名ほどの兵士が間を空けて散開し、伏せたまま銃を構えていた。

兵たちは白い側線の入った濃紺の詰襟《つめえり》とズボン、革の長靴という洋式装備に身を包んでいる。仏式背嚢《ランドセル》を背負い、頭頂部が平らな円筒形のケピ帽には白い日除け布が被せられていた。ベルトのバックルに象られているのは、葵《あおい》の御紋だ。

構える銃は、フランス陸軍制式のシャスポーＭｌｅ１８６６。有効射程一二〇〇メートルを誇る、最新型のボルトアクション後装式歩兵銃である。

その中で一人だけ、銃を構えず道の向こうを睨む、周囲の者と明らかに顔立ちの違う大男がいた。袖に縫いつけられた山の形の階級章で、士官とわかる。隣の、もう一人の士官が小さく言った。

「本当に、敵はここを通るのでしょうか」フランス語だ。

「神田《かんだ》、私を信じろ。奴らは来る。必ずな」

ゆっくりとしたフランス語で答えた大男は、ケピ帽の鍔《つば》に手をかけて被りなおすと、今度はたどたどしい日本語で周囲の兵に呼びかけた。

「ショクンハ、ツヨイ。カナラズ、カツ」

兵たちから一斉に「はい、先生」と力強い声が上がる。

異国人――フリエ・デンクール元フランス陸軍中尉は、満足して頷いた。

ここは小山宿の南東の原野。時に、慶応四年四月十七日（一八六八年五月九日）である。

フランス・マルセイユを出発後、アレクサンドリア、スエズ、シンガポール、サイゴン、香港……と各地を経由したフランス陸軍・日本派遣軍事顧問団が横浜港に到着したのは、およそ一年半前――慶応二年十二月八日のことだった。

顧問団は横浜港に近い太田《おおた》村を拠点に、幕府が徴募した兵からなる「伝習隊《でんしゅうたい》」へ訓練を開始したが、集められたのは江戸の町中で悪さをしていた博徒《ばくと》ややくざ、あるいは火消といった者たちが多く、兵士としての質は当初決して高いものではなかった。それでも猛訓練の甲斐《かい》あってか、慶応三年の秋には、伝習第一大隊八百名、伝習第二大隊六百名は近代戦に対応しうる幕府陸軍の中核となっていた。

だが、彼らが新生日本の国軍となることはなかった。大政奉還、鳥羽・伏見の戦いを経て、旧幕府勢力は朝敵となってしまったのだ。そして、いわゆる戊辰戦争がついに勃発した。

フランスは他の列強諸国とともに中立を表明したが、顧問団の軍人たちの間では、手塩にかけて育てた教え子である伝習隊、そして幕府軍への同情論が強かった。中でもデンクールは、幕府側に立っての参戦を主張する主戦派の最右翼であった。

　日本を離れよという本国の命令を受けた顧問団からデンクールが脱走し、伝習隊に合流したのは、江戸城の無血開城が決定した直後、慶応四年四月初めのことだ。

　伝習隊は、下総国府台《しもうさこうのだい》で他の幕府軍残党と合流したのち、徳川幕府の聖地である日光を目指した。その前に立ちはだかったのが新政府軍に恭順した宇都宮藩である。この日の正午過ぎ、旧幕府軍の部隊——御料兵《ごりょうへい》は短い間だけ小山宿へ突入したものの、新政府軍に押し戻されたという知らせが入ってきていた。

「御料兵を追撃してきた敵兵が、味方の主力を迂回《うかい》して本陣へ向かうには、この道しかない。敵は、必ずここを通る」

　デンクールは、先ほど神田と呼んだ男に、あらためてフランス語で説明した。

「そこを、脇から奇襲すると」神田が頷く。

「そうだ。しかも、我々にはさらに優位な点がある。わかるか」

「はい。我々は兵を分け、隠れたところから自在に狙い撃つ散兵戦術を取っているのに対し、敵はおそらく昔ながらの密集陣形で現れるでしょう。銃の性能も段違いな上、高所を押さえたことも有利に働くと見込めます」

　その回答を、デンクールは「見事《トレビアン》」と褒めた。

　神田は伝習第二大隊、歩兵九番小隊の小隊長だったが、顧問団を脱走して加わったデンクールに実質的な指揮権を委ね、その副官となっていた。「デンクール先生が采配《さいはい》を取ってくださるのなら、鬼に金棒だ」と隊士たちが言い合っていることを神田は教えてくれたが、デンクールには、オニカナボウという日本語の意味はよくわかっていない。

伝習隊に合流後、デンクールは幹部への就任を打診されたものの、日本語が不得意であることと、脱走の身分であることを理由に固辞していた。それゆえ、あくまで指揮権は直接の教え子が多い九番小隊にとどまっている。

デンクールは、散開して匍匐《ほふく》射撃の姿勢を取る隊士たちを見回した。浪人だった神田など一部を除けばほとんど烏合《うごう》の衆といってよかった隊士たちだが、一年におよぶ訓練を経て、今や皆、一人前の兵士の面構えになっている。

このまま我がフランス外人部隊に編入しても十分やっていけるに違いないと、デンクールは誇らしくさえ思った。

何しろ彼らには、近代歩兵戦闘の基本を徹底して叩き込んだのだ。その上、九番小隊が装備しているのは、今この国で入手できる中では最高の性能を持ったシャスポーＭｌｅ１８６６だ。幕府がフランスから供与されていたシャスポー銃のほとんどは江戸で新政府軍に接収されてしまったが、デンクールは横浜のフランス商人から入手した一個小隊分のシャスポー銃とともに教え子たちと合流したのである。

戦闘指揮官としての深い満足を覚えたデンクールは、敵の来襲が予期される方角へと再び視線を向けた。自軍が陣取る丘から、少し離れた斜面に畑が開かれているのが見える。百姓の姿は、もちろんない。どこかで息を潜めているのか。土地を蹂躙《じゅうりん》される彼らにとってみれば、いかに高貴な理想を掲げた戦であったとしても、迷惑でしかないはずだ。生まれ育ったロシュの街も、遠い昔にはイングランドとの戦争で廃墟になったことがあるという。農民だった祖先は、土地を追われ、戦を憎んだだろう。にもかかわらず、子孫はよその国の農民に迷惑をかけているとは。

まったく、皮肉なものだ。無意識に自嘲の笑みを浮かべていたデンクールに、神田が話しかけてきた。

「さすがは先生、戦を前に笑みを浮かべておられる」

何か誤解しているようだが、デンクールは否定しなかった。神田が続ける。

「他の先生方も、加わっていただければよかったのですが」

残念そうな様子の神田に、デンクールは答えてやった。

「彼らの中にも、遅かれ早かれ合流する者がいるはずだ。ブリュネ大尉あたりはきっと来る。しかし、彼はエリートだ。いろいろと面倒もあるんだろう。その点、私は身軽だからな。失うものなどない」

「ありがとうございます。デンクール先生は異国人なれど、まことの武士でいらっしゃいます」

それを聞いて、デンクールは居心地の悪さを覚えた。やはり彼らは、俺を誤解している。

俺がここに来た理由は、武士道とも、騎士道とも関係ないのだ。戦争に、そんなものはない。正義だの大義だのといったものも、存在しない。戦争とは、ただの殺し合いだ。そして俺は、その殺し合いがしたいだけなのだ。

大義を振りかざした人々が何をするかは、メキシコでさんざん見せつけられてきた。戦がどんなものか、特に近代の戦争がどれほど悲惨なものなのか、そして際限なく血を欲するこの世界とはどのような場所なのか、まだ日本人たちにはわかっていない。

そこまで、教育することはできなかった。知らずにすめばよいのだが、そうも言ってはいられまい。この小さな島国に住む、ナイーブな人々は、今後否応《いやおう》なくその世界と渡り合っていかねばならないのだから――。

その時、風に乗って、遠い太鼓の音が聞こえてきた。密集陣形の行軍歩調を合わせるためのものだ。敵に違いない。ドラポルトに貰ったクメールのペンダントで見た通りだ。汽船『カンボジア』号の船上で遠い故郷のイメージを見て以来、デンクールはペンダントの力について考え続け、何度も繰り返し試してきた。その結果、信じがたいことだが、ペンダントは遠くの情景を見られるものだと判明した。理屈はともかく、どうすれば、何が見えるのかということまではわかってきている。

ペンダントの水晶をただ見るだけでは、何も起こらない。対象になる場所や人物を意識しながら、水晶をランプの灯りや太陽といった光源にかざして覗き込む必要があるのだ。そうすることで、遠く離れているはずの場所や人の様子が見えてくる――イメージが頭に流れ込んでくるのだった。

デンクールには、ペンダントに頼らずとも十分に戦える自信があった。一方で、勝つために為すべきはすべて為さねばならぬということも、メキシコで多くの犠牲を払った末に学んでいた。ペンダントが離れた場所を透視できるものとわかった以上、使わない手はなかった。

今も、待ち伏せにこの丘を選んだこと自体はデンクールの判断だったが、敵の規模や進路を正確に把握《はあく》するため、ペンダントを使っていた。それにより、敵の一団が宿場町を出発したのはわかっている。想定より到着が遅れているのは、練度が低いからか。

デンクールは、ドラポルトにあらためて感謝した。彼はペンダントが秘めた力になど気づかず、俺にくれたのだろう。

もっとも、デンクールにペンダントを独り占めするつもりはない。いずれはドラポルトに返すなり、学術的な調査を行うなりすべきなのだろうが、少なくとも今は生き残るために使わせてもらおうと思っていた。いつかフランスに帰る日までは。

隣から、神田の昂る声が聞こえた。

「奇襲できますな」

「ああ。まもなく敵が来るぞ。戦闘準備《ディスポジション・ドゥ・コンバ》！」

隊士たちがシャスポー銃のボルトを操作し、弾を装塡《そうてん》する金属音が響いた。五十の銃口が、道へ向けられる。

ラッパ手が命令を伝えるための進軍ラッパを吹き鳴らす準備をし、別の隊士は攻撃開始と同時に掲げる幟《のぼり》を準備していた。いささか中世的ではあるし、白地に黒く書かれた「東照大権現」という漢字の意味もよくわからないが、デンクールはその行為を認めた。軍隊、いや人間には、すがるべき旗印が必要になる時があるものだ。

やがて原野の彼方から、新政府軍の一団が現れた。太鼓のリズムに合わせ一定の速度で進んでくる。ところどころ乱れた密集陣形は、練度の低さの証明だ。

デンクールは燃え上がる闘争心と同時に、悲しみに似た感情が胸のうちに広がるのを感じた。今まで過ごしたどの戦場でも、そうだった。

――これから俺はまた、人を殺す。親兄弟も、友人もいる人間を。だが、それが俺の望んでいたことなのだ。

隊士たちの視線が、デンクールに注がれている。皆の目を見つめ返した後、デンクールは敵を睨みつけ、短く、しかし鋭く叫んだ。

「打て《フー》！」


樫野研究室の片づけをした三日後の、水曜日の午後。北斗は、山手線のとある駅で栗原と待ち合わせをしていた。

駅前から望む青空に、雲の影はない。並ぶタクシーのボンネットが陽射しを照り返し、ひどく眩しかった。アスファルトの上では熱気が渦を巻いている。

日陰にじっとしていても、汗が噴き出てくる。早めに待ち合わせたのは失敗だったかなと思ってしまう。

今日は、日本野生生物保護協会の会報誌、その編集会議に栗原とともに参加することになっていた。会社勤めの北斗が半休を取って参加できるよう、会議を午後二時からに設定してくれていたため、栗原とは少し早めに落ち合って昼食をとろうと話していたのだ。

その栗原は、改札ではなく繁華街のほうから歩いてきた。Ｔシャツには大きな汗染みができている。

「おう、もう来てたのか。待った？」栗原が手をあげて言った。

「それなりに」

「しかしあちいなあ。ああ嫌だ嫌だ」

「夏だからな」

似たような会話を最近した気がする。

栗原は「早く店入ろうぜ」と、さっさと歩き出した。

日本野生生物保護協会の事務所は、駅から繁華街と反対の方向、徒歩十分ほどの場所にある。その途中にある喫茶店の、冷房の効いた店内に入るやいなや、栗原は「いやあ、生き返ったわあ」とほっとした顔をみせた。

さっそくオーダーをしたところで、栗原が訊いてきた。

「副業のために午後半休って、会社でなんか言われないのか」

「いいんだよ。俺の中ではこっちが本業だし」

強がりではなく、実際にそういう気持ちはある。その一方で心苦しさもあり、いつまでこんな思いをし続けるのかと、毎度の悩みが北斗の頭をかすめた。先に運ばれてきたアイスコーヒーを、ブラックのまま一口啜《すす》る。北斗の顔をじっと見ながら、栗原が「ま、無理すんなよ」と小さく言った。

北斗は、栗原に訊いた。「そういえばお前、先に着いてたんだ？　さっき繁華街のほうから歩いて来たけど」

「ふふん。ちょっと買い物があってね」

栗原は隣の椅子に置いていたリュックを開けると、黒い缶のようなものを取り出してテーブルに置いた。

「これ、スタングレネードっていうんだけどさ」

まるで、おもちゃの自慢をする子どものような顔をしている。北斗は、何それ、と訊き返しながら嫌な予感を覚えた。

「気になるだろ」

「ちょっとだけね……」

今さら気にならないとも言えない。たぶんミリタリー関係なのだろうと思ったが、案の定だった。

「自衛隊では、閃光発音筒《せんこうはつおんとう》って呼ぶそうだ。そっちの言い方のほうがかえってわかりやすいかもな。特殊部隊がハイジャックの犯人とかを制圧するのに使う、殺傷能力はないけど閃光と爆音で相手を怯《ひる》ませる手榴弾《しゅりゅうだん》だよ」

「ああ……ニュース映像とかで見た覚えがあるな。そんなもん、なんでお前が持ってるんだよ？」

「いくら俺でも、本物は手に入れられないよ。ガスでプラスチックの本体を破裂させて、音を出すおもちゃさ。光は出ない。あそこの繁華街にサバゲーの専門店があってさ。早めに来て買ってきたんだ」

栗原がミリタリー仲間と一緒に、エアガンで撃ち合うサバイバルゲームという遊びをしているのは前から聞いていた。北斗も何度か誘われたが、遠慮している。

「一五〇デシベルの大音響が出るらしいんで、早く試してみたいんだよな」

「そんなやばいもの、堂々とテーブルに置くなよ」

北斗は慌てて、早くしまえと手ぶりで示した。先ほどから、隣のテーブルの若い女性二人組が胡乱《うろん》な目つきでこちらを見ている。

「そうか？　いちおう合法的なものなんだけどなあ」

合法的、という単語からして危ない感じだ。いいから早くしまえ、と北斗はもう一度声を潜めて言った。

栗原が渋々それをリュックに戻したところで料理が運ばれてきて、北斗は胸をなでおろした。

北斗はエビピラフ、栗原はナポリタンだ。栗原はナポリタンに粉チーズを山ほど振りかけ、フォークで巻き取った麵《めん》をほおばりながら訊いてきた。

「で、こないだ研究室で見つけたものの件。今日、その相談もするつもりだったんだろ」

「ああ」

食べ終わってからと思っていたが、栗原は気になっているようだ。北斗は、夕子から借りて持ち帰った人形について調べた結果を話し始めた。

「あの人形はカラベラといって、どうやらメキシコのものらしい」

「メキシコ？」

「向こうには、『死者の日』という風習があるんだけど、その時に使うものみたいだな。お守りのような意味合いもあるそうだ」

北斗は、図書館の本のコピーと、プリントアウトしたネットの記事を自分のリュックから取り出した。人形そのものも、いずれ必要になるということなので持ち歩いているのだが、ここでは出さずにおく。

食べかけのエビピラフの皿をよけると、資料をテーブルに並べてそれぞれ説明した。

「なるほど、メキシコか……」

「あ、こら、ソース飛ばすな」

栗原がほおばるスパゲッティからトマトソースが跳ね、北斗は慌てて資料をよけた。

わりぃわりぃ、と言った口元を紙ナプキンで拭きながら、栗原は何か考えている様子だ。

「どうした？」

「俺のほうで調べてた、フランス軍事顧問団との関係がわかってきたような気がする。今度は、こっちの説明していいか」

北斗が頷くと、栗原はいつの間にかほとんど空になっていた皿を脇にどけ、自分のリュックから資料を引っ張り出した。幕末にフランス軍事顧問団がたどった足跡を語り始める。

一八六五年、徳川幕府は洋式軍隊を創設するため、フランスに軍事顧問団の派遣を要請した。それを受け入れたフランスは十数名からなる顧問団を日本へ派遣し、幕府陸軍の兵士たちに軍事教練を施したという。

徳川幕府の崩壊により顧問団は二年足らずで解散、帰国することになったが、ジュール・ブリュネ大尉ほか数名は日本に残り、幕府軍残党の榎本武揚《えのもとたけあき》らとともに五稜郭で新政府軍と戦ったそうだ。

「だけど、軍事顧問団のメンバーの中に、一人だけ記録の曖昧な人物がいるんだ。資料によって、名前があったりなかったりする」栗原は謎めかせて言った。

「もしかして、その人物ってのが」

「そう。人形についたタグに書かれていた、デンクール中尉だよ。ある資料によれば、フルネームはフリエ・デンクールというそうだ」

栗原の調べたところによれば、一八六六年十一月十九日にフランスのマルセイユを発った日本派遣軍事顧問団は、各地を経由したのちの十二月二十四日には汽船『カンボジア』号で、サイゴンに入港していたという。十九世紀後半、現在のベトナムはコーチシナと呼ばれるフランスの植民地になっており、総督府が置かれた港町のサイゴンは交易都市としてにぎわい、フランスと日本を行き来する船も立ち寄っていたらしい。

そして、人形に書き込まれていたＬ・ドラポルトとは、探検家のルイ・ドラポルトのことかもしれないと栗原は言った。コーチシナに若い頃から駐在した人物で、のちに何度もの探検を成功させ、クメール文化をフランス本国へ紹介したのだそうだ。

「デンクール中尉が軍事顧問団のメンバーだったとすれば、『カンボジア』号がサイゴンに入港した時に友人のドラポルトと再会して、人形を渡したんじゃないかな。で、メキシコとのつながりについては俺の想像だけど」

「何かわかったか？」

「この頃、フランスはメキシコにも出兵していたんだ。デンクール中尉は、日本へ派遣される前に、メキシコに行っていたんじゃないか。だからお守りとして人形を持っていて、それをドラポルトに渡した」

「なるほど」

北斗は感心した。素直に褒めでもしたら調子に乗るのは明らかなのでそんなことはしないが、やはり好きなものを突き詰めた奴にはかなわないな、と思う。

「でも、そのデンクール中尉の名前が名簿にあったりなかったりするってのは、どういうわけなんだ」

「そこはわからないんだけど……他にも調べたことがあるんだ。軍事顧問団が指導した『伝習隊』っていう幕府軍の部隊について」

　栗原はにやりと笑みを浮かべ、リュックから大判の本を取り出した。

「これ、小山市の博物館で何年か前にやってた戊辰戦争の企画展の図録なんだけどさ」

「小山？　戊辰戦争って、そんなとこでも戦ってたのか」

　栗原は、鼻をふくらませて答えた。

「戊辰戦争は、日本中を巻き込んだ大規模な内戦だったんだよ。江戸が無血開城した後は、徳川家の聖地・日光で巻き返しを図ろうとした旧幕府軍と、それを追う新政府軍が、北関東の小山や宇都宮で激しく戦った。その時の旧幕府軍の中にいたのが、フランス軍事顧問団が鍛えた幕府陸軍の部隊、『伝習隊』だ。伝習隊は、西洋式の装備や戦術を身に付けた最精鋭部隊で、隊長はのちに五稜郭で榎本武揚と一緒に戦った大鳥圭介《おおとりけいすけ》だった」

　栗原は、図録のページを開いた。

「旧幕府軍は劣勢だったものの、局地的に勝利を収めた場合もあったんだ。例えば、小山では伝習隊が新政府軍に大損害を与えている。ここを読んでみて」

　北斗が覗き込んだ、図録の文章にはこう記されていた。

『小山宿の戦いにおける旧幕府軍で最も働いたのは、伝習隊である。その一小隊は常に先回りをして新政府軍に壊滅的な打撃を与えているが、指揮官は「千里眼の異人」と呼ばれたフランス人だったという言い伝えが残っている』

「フランス人……。名前はわからないのか。『ラスト サムライ』のモデルになった人とは違うのかな？」北斗は訊いた。

「ブリュネ大尉は、この段階ではまだ旧幕府軍には参加していない。他にも何人かフランス軍事顧問団から参戦した人はいるけど、皆、ブリュネ大尉と行動をともにしているんだ」

「ってことは……」

「小山で伝習隊の一小隊を指揮していたのは、単独で参戦していたデンクール中尉という可能性はある。ただ、この後の伝習隊の記録には、『千里眼の異人』という言葉は一切出てこないんだ」

「伝習隊はそれから、どうなったんだ」

「小山の後も転戦を重ね、会津を経て箱館戦争まで戦い抜いた」

　ふうん、と頷きながらも、北斗には何かが引っかかっていた。たった今、先に進むための手がかりが目の前を通り過ぎていったような――。

　無意識にアイスコーヒーを啜ろうとしたが、いつの間にか飲み干していたらしい。ストローの口から、ずずず、という音が聞こえた。

「調べられたのは、ここまでかな」

　栗原はそう言って、皿に残っていた玉ねぎの切れ端をフォークでつついた。「そういえば、先生の書いた付箋のことは何かわかったかよ。例の数字」

「そっちはさっぱり。夕子からは、先生のパソコンやスマホのパスワードじゃなかったし、金庫みたいなものも家にはなかったって連絡があった。他に変わったものは見つからなかったって」

そうか……と腕を組んだ栗原が、腕時計へちらりと視線を落とす。

「あ、そろそろ行ったほうがいいんじゃないか」

栗原が示した時間を見て、北斗は残っていたエピグラフを慌ててかき込んだ。

「では、そういうことで。平山さん、栗原さん、今回の特集もひとつよろしく頼みます」

小柄な女性編集長が発した、いささか曖昧な台詞をもって、編集会議は終わった。

駅から徒歩十分、大きなオフィスビルの狭間に建つ細長い雑居ビル。その三階、『日本野生生物保護協会』の事務所である。

特集の内容が箇条書きされたホワイトボードが部屋の隅に寄せられると、窓の向こうに建ち並ぶビルと、その合間に首都高速の高架が見えた。夏の光が、街を白く染め上げている。

パソコンやノートを抱えた職員たちが、パイプ椅子を立って会議室から出ていった。編集長は引き続き座ったままパソコンを操作している。部屋に残るのが他に栗原だけになるのを待ち、北斗は編集長に声をかけた。

「あの、ところで」

「はい？」

編集長が、手元のパソコンから視線を上げた。大きな目で北斗を見つめてくる。見かけは若いが、編集長は平均年齢の低めな協会にあって勤続三十年近いベテランだ。

「先日亡くなられた、樫野先生のことなんですが」

「ああ……先生は、本当に残念でしたね。平山さんと栗原さんは、教え子だったんでしょう」編集長は、気の毒そうに言った。

「はい。こちらの協会のお仕事も、樫野先生に紹介していただきました」

「そうだったわね。うちの会も、先生にはさんざんお世話になってたわ。それにしても、あの樫野先生がねえ……」

「残念です。編集長も、先生との思い出はおありですか」

「そりゃあね。昔、先生がまだ若手研究者だった頃、よく調査に協力してもらったわ。わたしも何度かご一緒したっけ。知ってるかしら、先生、結構映画好きだったのよね」

「ええ。そうでしたね」

「もう三十年くらい前になるのかな。『ターミネーター2』を観たばかりとかで、感想を熱く語られて、引いちゃうくらいだったなあ」

　その映画については、昔さんざん聞かされた。樫野先生はＳＦの中でも特に『ターミネーター』や『バック・トゥ・ザ・フューチャー』といった、過去や未来を行き来するような話が好きだった。

　少しのあいだ樫野教授にまつわる思い出話をしてから、北斗は確認したかったことを口にした。

「先生が会津へ調査に行かれていた話とか、聞いておられませんか」

「会津？」

　編集長が訊き返してきた。栗原も、北斗の横で不思議そうな顔をしている。

先ほど、栗原と話していた際に目の前を通り過ぎたように思えた手がかり。そのキーワードは『会津』だと、会議中に北斗の頭の片隅で小さな光が閃《ひらめ》いたのだ。

伝習隊の謎の異人デンクール中尉が向かった可能性がある土地、会津。その会津土産の赤べこは、樫野教授のノートの詰まった段ボールにも、カラベラの隠されたクッキー缶にも入っていた。それは、教授の残したヒントだったのではないだろうか。夕子の話では、その土産は自宅にもあり、教授は何度も会津へ行っていたらしい。

「そうね……。会津に、イヌワシの見られる山があるでしょう。あそこで、何年か前にお会いしたことがあるわ」

「ネットで拡散されたところですね。マニアが大勢押し掛けたのでちょっと問題になってた」

「ええ。だから、うちの会では調査目的だけで行くと決めてて、会報誌では積極的に紹介してないの。私も、調査の手伝いで初めて行って、その時に樫野先生とお会いしたのよ」

自然が相手とはいえ観察時期や場所が限られることも多いし、それほど広い業界でもない。知り合いと偶然遭遇した経験は、北斗にも少なからずあった。

「協会の仕事で一緒に行ったわけではないんですか？」

「プライベートってお話だったわ。あの山が有名になるずっと前から、時々来てるふうだったわね」

「ずっと前からですか」

もちろん樫野教授の行先をすべて把握していたわけではないが、会津の山に行っているなど、学生時代から今まで聞いた覚えがなかった。前から行っているのなら、どこかで教授は話していたはずだ。

いつの間にか、訝しげな表情をしていたのかもしれない。編集長は心配そうに言ってきた。

「あら。ひょっとして、お忍びだったのかしら」

「いえ、そういうことではないと思いますが……」

根拠のないフォローをした時、扉が開き若手の女性職員が会議室に入ってきた。栗原を見つけて顔をほころばせる。

「よかったあ。栗原さん、帰っちゃったかと」

「おっ、白石さん」

「これ、ありがとうございました。助かりました」

白石さんと呼ばれた女性職員は、手帳サイズの機械を栗原に渡した。電子辞書のようだ。これはお礼です、とお菓子らしい袋を添えている。

「役に立った？」

「すっごく。お借りできてよかったです」

「どうしたの？」

北斗の問いに、白石さんが答える。

「こないだ、タイへ渡り鳥の調査に行ったんですよ。現地ガイドの人と英語でやりとりしなきゃいけないのに、スマホで翻訳サイトとか見ようとしても、僻地で電波がつながらなかったら困るじゃないですか。で、前に栗原さんが使ってたのを思い出して、お借りしたんです。これ、辞書の他にも百科事典とか入ってて、便利ですよね」

「なるほど。たしかに、オフラインで調べものするには便利だね。でも、俺が同じことを頼んだら、栗原は絶対に『自分で買え』って言いそうだよな」

「当たり前だ」と言い放った栗原はすぐに表情を崩し、白石さんに向かって甘えた声を出した。

「じゃあさ、もう一つお礼といっちゃあなんだけど、今度一緒に鳥を見に行こうよ」

「それとこれとは別です」

栗原の軽さには慣れているらしい白石さんがばっさりと切り捨てる様子に、北斗は思わず噴き出した。

白石さんはさっさと北斗に向きなおり、「そういえば平山さん、先々月号の、畑でさえずってるヒバリの写真、すごくよかったです」と瞳を輝かせた。

「ああ……ありがとう」

「前から思ってたんですけど、平山さんの野鳥写真ってひと味ちがうんですよね。ただ鳥がきれいに写ってるだけじゃなくて、なんていうのかな、物語があるっていうか、懐かしい記憶、みたいな……」

「褒めても何も出ないよ」

北斗は笑った。あの写真には少し自信があった。褒められて悪い気はしない。だが、それほどよい写真なのであれば自分はもっと評価されているのではないか、という気もする。やはり、業界での自分の立ち位置はまだその程度なのだろう。

それから白石さんは壁の時計を見て何か思い出したようで、編集長におずおずと話しかけた。

「あのう、そろそろ次の会議なので……」

「おっと、そうだったわね」

編集長がパソコンを操作し、何やら準備を始めた。このまま次の会議に入るらしい。北斗たちは会議室を出ていくしかなかった。

その週の土曜日の夜遅く、自宅——築四十年近いマンションの部屋にいる北斗のスマートフォンが震えた。夕子からの電話だった。

『さっそく調べたよ』

「ありがとう。案外早かったね」

『わたしも気になるからね。でも大変だったんだよ』

三日前、日本野生生物保護協会の事務所から帰る途中、北斗は夕子へ連絡し、あることを頼んでいた。

樫野教授の会津行きは、何かしら引っかかる。そこで教授の行動を調べるために最適なものの存在を思い出した北斗は、夕子に確かめてもらおうと考えたのだ。

それは、樫野教授の遺した、過去数十年分のフィールドノートである。小まめにつけられた観察記録を調べれば、どこかに会津での出来事も書かれているはずだ。

また北斗は、例の「６４９１」という数字が関連していそうなページも調べてほしいと夕子に伝えていた。

『６４９１って数字がらみは、ちょっとよくわからなかったな。そもそもノートは六千ページもないし、昭和六十四年は九月までないし、北斗くんが言ってたムシクイって鳥の記録なんか、やたらとあるし……』

　これは空振りだったようだ。

「そうか……。数字については、パスワードじゃなかったし、ノートの線も消えたわけか。会津行きの記録は？」

『あの何十年分のノート、全部目を通すの大変だったよ。観察場所の欄《らん》を確かめながら。北斗くんから連絡もらった後、平日の夜と今日まるまる一日かけて、やっと終わったとこ』

「助かったよ。ありがとう」

　北斗の脳裏に、樫野教授の薄暗い書斎でひたすらノートのページをめくる夕子の様子が浮かんだ。

『といってもわたしのお父さんのことだからね……。で、結論』

「うん」北斗は息を呑み、夕子の言葉を待った。

『お父さん、ほとんど毎年、会津へ行ってた』

「やっぱり……」

『お土産があったから行ってるのは知ってたけど、毎年までとは思わなかったな』

「会津では何をしてたかわかる？」

『一九九五年から後はいつも、なんとかって山でイヌワシの観察をしてたっぽい。あと、浄《じょう》松《しょう》寺《じ》っていうお寺にはその前から毎年行ってたみたい』

「お寺？　鳥を見に？」

『違うと思う。お父さん、あのノートをスケジュール管理にも使ってたらしくて、お寺については訪問時間が書いてあっただけだから』

「じゃあお墓参りとか」

『うちのお墓は、鎌倉だよ。親類のお墓も、会津にあるなんて聞いたことない。浄松寺なんて名前も、全然知らないし。それに、ちょっと気になるのがね……』

「ああ」

『いつも一人で行ってたみたいなのに、一九九五年の十一月だけ、一緒に行った人の名前が書いてあるの。二人いて、そのうちの一人が塩屋さんなのよ』

北斗は、研究室を片づけた帰りに見かけた人影を思い出した。通夜で会った塩屋という人に似ているようにも見えた、あの人影。

「それって、先生の友達で、喧嘩してたって人だよね……。もう一人は？」

『ナカムラ、ってカタカナで書いてある。これだけじゃなんとも言えないけど、わたしが覚えてる限りでは、お父さんの知り合いにナカムラって人はいなかったと思う』

「その頃のこと、何か思い出せない？」

『一九九五年でしょ？　わたし、まだ幼稚園にも行ってないよ。覚えてるはずないじゃない』

夕子の声に、軽く苛立《いらだ》ちが混じる。そりゃそうだよな、と宥《なだ》める北斗に、夕子は意外なことを言った。

『でも……その時のこととか、ナカムラさんって誰かとか、今度、塩屋さんに聞いてみるよ』

「連絡が取れるの？」

『うん。お父さんが亡くなった後、わたしとお母さんのことを心配してくれてて、時々電話をくれるんだ。何度か家にも来てくれたし』

「そういう時は、どんな話をするの」

『お父さんの遺品の整理のこととか、お母さんの様子とか……』

「じゃあ、こないだの研究室の片づけのことも教えたのか」

『うん。片づけの何日か前に電話がかかってきた時、今度友達に手伝ってもらうんですって話はしたかな』

――研究室の片づけに行くのを、塩屋は知っていたのか。ならば、自分たちを見張ることもできたはずだ。

『それがどうかしたの？』

「いや……なんでもない。とりあえずは塩屋さんへの確認、してみてくれる？」

そう頼んでから、北斗は窓を打つ雨音に気づいた。いつの間にか降り始めていたらしい。その音はやがて、電話の向こうの声をかき消すほどに強く激しくなっていった。

第四章　暗雲

一八六八年　日本　宇都宮

遠い川面が、陽射しを浴びてきらきらと輝いている。

その光を見ているうちに、フリエ・デンクールは、故郷を流れるアンドル川で遊んだ少年の日を思い出した。

あれから、ずいぶんと遠いところへ来てしまったものだ――。

デンクールはきつく目を閉じ、噴き出しかけた感傷を胸の奥へ押し戻した。今は、そんな思いに浸っている時ではない。

再び開いた瞳には、戦場となった町を南北に貫く川の流れが映っていた。それは数日前なら、家々に隠れて見えなかったはずだ。今や、城から川までは一面灰色の荒野となり、さえぎるものはほとんどない。

小山の戦いから一週間も経たぬ、慶応四年四月二十三日（一八六八年五月十五日）の午後。デンクールは数日前まで宇都宮と呼ばれていた町の残骸を、城の櫓《やぐら》より見下ろしていた。

デンクールたち伝習隊が小山を突破する間、別方向から進軍していた元新選組副長・土方歳三《ひじかたとしぞう》率いる幕府軍別動隊は、四日前の四月十九日未明に宇都宮城を急襲、六時間にわたる攻城戦の末にこれを陥落させた。その際に両軍が放った火は、折しも北関東に吹いていた強風にあおられ、瞬く間に城下町を炎の海に包んだのだ。

火災が収まった翌二十日、小山から進軍したデンクールたちも宇都宮城に入っていた。しかし、わずか三日後のこの日、江戸より追撃してきた新政府軍の増援が城の南西側に到着、再び交戦が開始されたのだった。

度重なる戦闘のため、かつて街道の分岐点として多くの人々が行き交い、小江戸とも称された町の中心部は見る影もなくなっている。城の中にまで、焦げた臭いが漂っていた。

宇都宮城に天守はない。デンクールのいる、堀に面した郭《くるわ》に設けられた櫓が、最も高い構造物であった。城の塀沿いの各所では伝習隊を始め旧幕府軍の兵たちが狙撃の構えを取り、閉じられた門の内側でも、大勢の兵が戦闘の準備を行っていた。

今のところ、城を押さえた上に武器の質や戦術で勝る旧幕府軍は持ちこたえているが、新政府軍は次々と新手を送り込んできている。何よりも、彼らは民衆を味方につけつつあった。

旧幕府軍も、城内にあった兵糧《ひょうろう》を配布するなどしてはいるが、人々の家を焼いた原因をつくったのが自分たちであることは確かだ。

「米を配っている時あれほどいた町人たちは、どこへ行ってしまったのでしょう。勝手なものです」

櫓へ上ってきた神田が不満そうに言ったが、デンクールには町人たちの気持ちもわからなくはなかった。どれほど高い理想、ゆるぎない正義を掲げた戦であろうと、平穏な暮らしが乱され続けるのなら、人々は次第に疎ましく思い始めるものだ。

それに、町人たちが城に近づかないのは賢明だろう。敵は、まもなく城の空堀近くまで接近してくるはずだ。

もちろんデンクールは、状況を座視してはいなかった。斥候《せっこう》をこまめに出し、さらにはペンダントも活用して、城を取り巻く敵の配置は把握ずみだ。城の北側より兵を繰り出して北西を大きく迂回させ、城の西にいる敵の本隊を背後から攻撃する計画も立案した。

だが、進言したその作戦には、なかなか許可が下りなかった。旧幕府軍は複数の部隊の寄せ集めであるがゆえ、強力なリーダーである大鳥圭介や土方歳三らがいてもなお、指揮系統に混乱が生じがちなのだった。

指揮が乱れた軍隊が陥りがちな悲劇は士官学校の戦史の授業でも学んだし、デンクール自身、メキシコで経験していた。いつの時代の、どこの国の軍隊でも共通というわけだ。おそらく、未来においても同じようなことは繰り返され、苦労する軍人がいるのだろう。いつか、人間が戦争を止めるまで――そう考えて、デンクールは馬鹿馬鹿しくなった。醒《さ》めた心で思う。いや、そんな日は永遠に来るまい。そもそも人間が人間である限り、戦争は終わらないのだ。戦争とは、人間が生来持つ愚かさの発露なのだから。

神田が、訊いてきた。

「先生、またそれを持っておられるので」

デンクールが右手で握りしめているものに気づいたらしい。

「ああ、これか。同郷の友人に貰ったものだ。君たち日本人の言うところの、オマモリのようなものかな」デンクールは、手のひらを開いてクメールのペンダントを見せた。

「青銅の環《わ》に、水晶細工が嵌め込まれている……。なるほど、これがフランスのお守りですか」

「いや、フランスのものではないよ。友人は探検家でね。彼が訪れたカンボジア国でかつて栄えた、クメールという王朝の遺物だそうだ」

「くめえる、と。いったいどこにある国かもわかりませぬが……世界は広いものですな」

「いずれは君たちも、そこに乗り出すことになるかもしれんぞ」

　この一年あまりを日本人とともに過ごしたデンクールは、それを確信していた。いつかそうなる時の政治主体が旧幕府なのか新政府なのかは知る由もないが、彼ら日本人が長い眠りから覚めて世界に乗り出すのは、遠い日ではあるまい――。

　にわかに櫓へ駆け上がってきた兵が、大声で告げた。

「下知がありました。伝習第二大隊九番小隊は出陣せよとのこと！」

「九番小隊だけか」

「はい」

　そうか、とデンクールは頷き、神田と視線を交わした。

　やはり少人数での奇襲とせざるを得ないようだ。それでも、求められたのならば、やってみせるよりない。デンクールは命令を発した。

「よろしい。九番小隊、出撃する」


　城の北側にある大手門を静かにくぐり抜け、デンクール指揮下の九番小隊は町へと踏み出した。城から離れる道を通り、町の北西部を大きく迂回して進んでいく。足元には焼け落ちた家々の残骸が散乱し、道の上にいるのかどうか、時々わからなくなった。宇都宮の町は、燃え残った柱だけがまばらに生える、一面の黒ずんだ荒野と化していた。

伝馬町《てんまちょう》と呼ばれていたあたりに差し掛かると、銃声が近くに聞こえてきた。炭化した柱の陰に隠れつつ、あらかじめ目星をつけていた大きな屋敷跡を目指す。その場所を拠点に、敵本隊の背後へ奇襲をかける目論見だった。

城の西側に踏みとどまっている味方は、押されているようだ。敵の方向から盛んに銃声が聞こえてくる。

その時、先行していた斥候が戻ってきて、敵の小部隊が近づいていることを知らせた。まだ目指す屋敷跡にまでたどり着いていないというのに――。デンクールは舌打ちをして、隊士たちへ近くの建物へ隠れるよう命じた。

焼け残っていた小さな長屋に土足で上がり込むと、食事を前に慌てて逃げ出したらしく、ちゃぶ台に茶碗が残されていた。小さな子どもでもいたのか、部屋の隅には粗末な人形が転がっている。

破れた障子から、敵の近づいてくる道を覗き見た。隊士たちも、それぞれに銃を構える。緊迫した状況の中にありながら、デンクールの頭の片隅に小さな疑念が浮かんだ。

――いったい俺は、はるばるとよその国に来て、何をしているのだ？　何のために戦っている？　この国の人々のため？　信じた正義のため？

フランス帝国の正義は、他の列強諸国よりも多くの植民地を獲得し、フランスの権益を確保することだった。それが、バクフの支援という名のもとに、俺をここに連れてきたのだ。

それに——デンクールは、懐中にあるペンダントを思った。ルイがこれをカンボジアから持ち出したのも、その正義を信じたがゆえだろう。

だが、それはフランス帝国の正義であり、日本や、カンボジアにとっての正義ではない。おそらく、俺にとっても。

国により、いや、人により正義が異なるのならば、はたして正義とは何なのだ。そして、俺が信じるべき正義とは、どこにあるのだ——。

「来ました」

神田の小声が、深い沼のような思索からデンクールを引き揚げた。一人の軍人に戻り、腰の拳銃、ル・フォショウＭ１８５４シングルアクション・リボルバーを抜く。

やがて、敵が姿を現した。道に散らばる障害物をどけつつ兵が進み、その後に大量の荷物を載せた数台の大八車が続いている。戦闘部隊ではない。弾薬や食糧を運ぶ、輜重隊《しちょうたい》だ。兵たちが三角錐形をした「半首笠《はっぷりがさ》」と呼ばれる軍帽を被っていることで、薩摩藩兵だとわかった。

荷物を満載しているのか、車の動きは鈍かった。ふさふさとした黒い毛付きの陣笠を被った士官は、周囲を警戒する様子もなく、兵たちを怒鳴りつけているだけだ。

デンクールは思った。

——愚か者め。貴様の稚拙な指揮のせいで、兵が死ぬのだ。

隣で神田が言った。

「引きつけて、一斉に打ちます。弾や飯つきとはありがたい。鴨《かも》が葱《ねぎ》を背負《しょ》ってやってきたとはこのことですな」

神田は、日本の諺《ことわざ》らしいものを一生懸命フランス語に訳してきたが、相変わらず意味はよくわからなかった。だが、その前に彼が話した戦術方針に文句はない。ウィ、と同意する。

本来なら後方にいるはずの輜重兵がここまで進出しているという事実は少々気になったが、今はとにかく目の前の邪魔な敵を倒すことだ。

「打て！」

神田が号令を発し、一斉に数十挺《ちょう》のシャスポー銃が火を噴いた。

デンクールも発砲する。右手のリボルバーから放たれた口径十二ミリの弾丸が、一人の兵士の胸を撃ち抜いた。鮮血を噴き出し、仰向けに倒れる。特徴的な半首笠が外れ、転がっていった。

他の敵兵も、ばたばたと倒れていく。毛付き陣笠《じんがさ》の士官は初弾を免れ、突如起こった殺戮《さつりく》に慌てふためいていたが、その次の射撃であっさりと眉間を撃ち抜かれた。

数十秒のうちに動く者はいなくなり、隊士たちから勝利の雄たけびが上がった。

「トレビアン」

デンクールの言葉に、隊士たちが笑顔を見せる。

弾薬や食糧を奪うため、神田ら数名が大八車に駆け寄り、覆いを取った。中身を見た神田が、訝しげな表情を浮かべる。

「どうした」と近づいたデンクールに、神田は荷台に積まれたものを指し示した。

「この箱は、なんでしょうか」

大八車には、いくつもの木箱が積まれていた。少なくとも、食糧の類ではない。弾薬箱にしても、いささか大きすぎる。

デンクールは、それと似たものを見た覚えがあった。デンクールの本来の兵科は騎兵だが、砲兵としての基礎訓練も受けている。

――野戦砲の、榴弾だ。なぜこんなところに？

敵の輜重兵たちは、この道を南から北へ向かっていた。ここは、城の西にあたる。城を攻めている歩兵部隊へ弾を補給するのなら、東へ向かうはずだ。今までの経験から、新政府軍は砲を歩兵の援護のために短射程で用いるとばかり思いこんでいたが……。

いかん。

デンクールは、慌てて北へと視線を送った。しかし城の櫓に登っていた時とは違い、焼け落ちた建物の残骸が邪魔で遠くまで見通せない。

「神田。地図を」

呼ばれるとすぐに神田は懐から地図を取り出し、両手で広げた。宇都宮の城下が描かれた見取り図である。漢字はわからないが、おおよその見当はついた。

「城の北側は、少し高台になっていたな」

「はい」

それほど精密な地図ではないが、描かれている他の建物や、歩いた道から距離を推定する。城の北西側に、およそ二〇〇〇メートルの半円を想定し……。

頭の中で重ね合わせた半円に、何かの広い敷地が入っていた。城まで一五〇〇メートルといったところか。地図に描かれた絵を見ると、寺のようだ。

「ここは？」

「桂林寺《けいりんじ》という寺かと。この寺が、何か？」

ちょっと待っていてくれ、と言い残し、デンクールは誰もいない長屋の裏手に急いだ。懐からペンダントを取り出す。

遠隔透視は、もう慣れたものだった。見たばかりの地図をイメージしながら水晶を陽光にかざすと、すぐに映像が頭に流れ込んできた。

深い緑に囲まれた寺だ。寺の名を表しているらしい、門の扁額《へんがく》に書かれた漢字のうち、比較的簡単な『林』という字だけはわかる。建物の焼け落ちた広い境内には、複数の野戦砲が並べられていた。砲の形には、見覚えがある。そして、それは今にも――。

デンクールは透視を終えると、走って隊士たちのところへ戻った。

「城に帰るぞ」

「いかがされましたか、まだ敵の本隊と出会ってもいませぬが」

「いや、それよりも城に戻って、味方に警告しなければ」

デンクールは、隊士たちに急いで支度させた。砲撃は今にも始まりそうに見えたが、時間がかかっているようだ。もしかしたら、間に合うかもしれない。

そう思ったデンクールをあざ笑うかのように、腹に響く重い音がいくつも北西の方角から聞こえてきた。

くそっ、とデンクールが漏らした直後、頭上の空気を何かが切り裂いていく音がした。皆、呆然として空を見上げている。その正体を、デンクールは知っていた。

先ほどペンダントの水晶を通して見た砲――ライット4山砲（四斤山砲）は、フランス製の野戦砲であった。砲弾重量四キログラム、最大射程およそ二六〇〇メートルのその砲を、デンクールの祖国フランスは徳川幕府に売ると同時に、薩摩にも売りつけていたのだ。デンクールは大八車の上の木箱を確かめ、フランス語の小さな焼印が押されていることに今さら気づいた。

かつての経験から思い出す。榴弾が一五〇〇メートル先の目標に到達するまでは……だいたい七、八秒といったところか。その間、デンクールは奇妙に落ち着いた気分で考えた。

俺も所詮《しょせん》は、愚かな指揮官だったというわけだ。そして、どうやら国家にとっての正義は、俺の思う正義とは異なる場所にあるらしい。

あと三、二、一――と数えたところで、城の方向でぱっと何かが光り、連続する爆発音が響いた。

宇都宮城西の丸城壁が爆散した音であった。

その日、午後三時頃。新政府軍は宇都宮城北西側に構築した陣地より山砲による一斉攻撃を開始した。これにより城壁を破壊された上、南からも新政府軍増援部隊の猛攻を受け大混乱に陥った旧幕府軍は、夕刻に城を放棄、日光へ向け退却したのだった。

北斗は愛車――知人からただ同然で譲り受けた二十年もののスバル・フォレスターのエンジン

を切った。ワイパーが止まったフロントガラスを、すぐに大粒の雨が覆っていく。流れる雨水に、ビルの窓明かりが滲《にじ》んだ。

新宿西口の高層ビル街、その路上である。

やがて傘をさした人影が近づいてくると、車の中を覗き込むそぶりを見せ、後部座席のドアに手をかけた。

雨音とともに乗り込んできたのは、夕子だ。眼鏡に、水滴がいくつもついている。

「わざわざ会社の近くまで、ごめんね」閉じた傘を留め具で縛りながら、夕子は言った。

後部座席に乗り込んだ夕子の隣には既にエルザが座っており、助手席には栗原の姿がある。

樫野教授のノートの件を塩屋に電話で聞いてみたと、夕子から北斗へ連絡があったのは昨日、金曜日の晩のことだ。

夕子と話した北斗は、もう一度皆で情報を共有したほうがよいと考えた。そして、翌日は休日出勤だという夕子の都合にあわせ、この土曜の夜に短い時間でも集まることにしたのだ。自分も何か手伝いたいと言っていたエルザには、栗原が頼みもしないうちに連絡を取っていた。

栗原とエルザのことは、先に新宿駅で拾っている。話し合う場所を車の中にしたのは、そのまま皆を送っていけるという他にも理由があった。

樫野先生の残した謎と先生の死が関連しているのではという疑念を、北斗は払拭しきれていない。先生は最後の電話で、なぜあそこまで曖昧な言い方をしていたのか。預けたいものがあるのに、なぜこれほど遠回りさせるのか。それが、他の何者かの存在を警戒してのことだとしたら――。どこかの店に集まるより、車の中のほうが少しでも安全だろうと考えたのだ。

夕子が眼鏡の水滴を拭いてかけなおすのを待って、北斗は本題に入った。

「それにしても、塩屋さんの返事はちょっと意外だったな」

塩屋の名を口にする時、あの鋭い視線と、大学のキャンパスで見かけた人影を思い出した。

夕子が、自分のバッグからフィールドノートを取り出す。樫野教授の、一九九五年のノートだ。教授が会津に行った日のページを開きつつ、夕子は答えた。

「そうね……。塩屋さん、一九九五年にお父さんと会津に行ったことはないし、ナカムラという人も、浄松寺ってお寺も知らないって言うんだよね。何かの勘違いじゃないか、って」

ノートには見覚えのある字で、確かに浄松寺、塩屋、ナカムラの名が書かれていた。

夕子の隣でノートを覗き込んだエルザは、切れ長の目に困惑の色を浮かべている。急な展開についていくのがやっとなのかもしれない。

もちろん、困惑しているのは北斗も同じだ。

やっぱり、どう考えてもおかしいと首を捻《ひね》っていると、助手席の栗原が「いま、浄松寺って言ったか？」と驚いたような声を出した。

「どうした、急に」

「いや……。俺は北斗から『お寺』としか聞いてなかったけど、そういう名前の寺なんだな？浄松寺って、心当たりがあるんだ」

「知ってるのか」

栗原は、リュックから見覚えのある資料を取り出した。伝習隊についてのものだ。資料のページを開いて、北斗たちに見せる。

「これだよ。会津での戦いの後、伝習隊の本隊は仙台へ向かったんだけど、ごく一部の部隊は会津に残ってゲリラ戦を続けた。その部隊が最後に拠点としたのが、浄松寺という寺なんだ」

栗原は、続けて夕子に質問した。「塩屋さんって人は、先生の友達なんだよな」

「うん。こないだ北斗くんには話したけど、高校時代からのお友達で今は自衛隊員」

「えっ、そうなの！　どこの部隊？」

「栗原くん、ほんとそういうの好きだね……。詳しくは知らないけど、勤務先は神奈川の座間《ざま》だって言ってた」

「座間駐屯地か。ってことは、陸上自衛隊の第四施設群か……いや、陸上総隊司令部の可能性もあるな……」

その後も一人でぶつぶつ呟いている栗原には反応せず、夕子は言った。

「そういえば、こないだ塩屋さんと電話で話した時、北斗くんと栗原くんのことを聞かれたよ」

「俺たちのことを？」意外な話に、北斗は思わず夕子の顔を見つめた。

「お通夜の時に一緒にいた人は誰ですか、って。なんか悪い虫でもついてるんじゃないかって警戒されちゃったのかもね。お父さんの紹介で保護協会の仕事をしてるって話もしたし、変な人たちじゃないってわかってくれたと思うよ」夕子は無邪気に笑って言った。

「そうか……。とにかく、落ち着いてもう一度整理してみよう」

北斗は運転席から皆を見回し、話し始めた。

「樫野先生は、十九世紀の人形を大事に保管していた。くくりつけられたタグに書かれていた内容によれば、人形はサイゴン——今のベトナム、ホーチミン市で、フランスの軍人、デンクール中尉から探検家のドラポルトに渡されたものらしい。デンクールは日本へ派遣される途中に立ち寄ったサイゴンで友人のドラポルトに会い、記念か何かの意味で人形を渡したんだろう。人形はメキシコに伝わるカラベラというお守りのようなもので、これより前、デンクールがメキシコへ派遣されていた時に手に入れたものだと考えられる。そうだよな」

　栗原が頷く。北斗は話を続けた。

「たぶん、それ以来持ち歩いていたのを、再会したドラポルトに渡したんだ。ドラポルトはその後もサイゴンに滞在して、インドシナの探検で名を揚げた。だから普通に考えれば、人形はサイゴンなり母国のフランスなりにあるはずだけど、どうして樫野先生が持っていたのかはわからない。先生の専門とは違う分野だし、歴史に興味があったとも聞いたことはないよね。これ以上は謎だな、今のところ」

「もう一つ謎があるぞ」栗原が言った。

「ああ。先生は毎年会津の、浄松寺というお寺に一人で行っていた。一九九五年だけは、高校時代からの友人である塩屋氏と、素性のわからないナカムラという人物と一緒に行ったことになってるけど、それを塩屋氏は否定している。先生の思い違いなのか、それとも……」

「塩屋サンが嘘をついているのデショウカ」それまで黙っていたエルザが、夕子の隣でおずおずと口を開いた。

「どうかなあ。塩屋さんってそんな人だとは思えないんだよね」

　父親の友人を信じたいという夕子の気持ちはわかるが、北斗にはエルザの言うように嘘の可能性もあると思えてならなかった。あれほどこまめに記録を取る樫野先生が、同行者の名を勘違いするとは考えにくい。

塩屋という人物については他にも不審な点があるものの、明確な根拠はない。だからこの段階で、塩屋に対する先入観を彼女に抱かせるべきではないだろう。そもそも夕子にとっては、父親の友人であり、今も気にかけてくれている人なのだ。

「さて、これからどうするよ」

栗原が、助手席のシートにどすんと背中を預けながら、やや途方にくれたような声を出した。

「うーん……」北斗は唸った。

整理はしたものの次に何を調べたらいいのか、頭が回らない。

「ま、今日はいったん解散するか。またあらためて考えなおそうぜ」

栗原の言う通りかもしれない。北斗は皆の意向も確認し、今日のところは話し合いを終えることにした。

夕子と栗原はそれぞれの家まで送っていくことにしたが、電車で帰るというエルザのため、北斗はフォレスターを新宿駅へ向かわせた。

雨に濡れないよう、地下道の入口脇に停車してエルザを降ろす。その直後、栗原が急に「わりい。ちょっとトイレ行ってくるから待ってて」と言い出し、車を降りると近くのビルへ駆けこんでしまった。

車体を打つ雨音が、二人だけ残された車内に響く。やや気まずさを覚え、北斗はラジオをつけた。パーソナリティが、今年は台風が多いと嘆いている。また次の台風が南の洋上で発生したらしい。

北斗はルームミラーを見て、後方に車がいないかを確認した。黒く濡れた路面が、自車のハザードランプの点滅を照り返しているだけだ。こちらを監視している車などはいない。

ミラーに映る夕子は、また眼鏡を外して拭いていた。北斗の視線に気づいたらしく、夕子が顔を上げる。ミラー越しに目が合った。

「どうしたの」

「あ、いや……。そういえば、昔はコンタクトにしてたよな。もうやめたの」

「なんか、いろいろ面倒になっちゃって」

夕子は少し疲れたような声を出すと、ミラーの中で再び眼鏡をかけた。ぽつりと言う。

「仕事も、今ちょっと忙しくてさ。最近、土日のどっちかは出勤なの。そこまで望んで入った会社じゃないのに、なんでこんなことしてるんだろうな、って思ったりもするよ」

でもまあ、人生なんてこんなものかもね……と呟きながら、夕子はどこか諦《あきら》めたような横顔を窓の外に向けた。

北斗は元気づけるような言葉をかけてやりたかったが、何を言っても空虚に響く気がして、結局黙り込んでしまった。

その様子に気づいたのか、夕子は笑顔をつくった。

「ごめんごめん、めんどくさいこと言っちゃって。北斗くんだって忙しいよね。兼業なんだし。ねえ、会社ではカメラマンの仕事のこと、言ってるの」

「ああ。副業扱いだから、申請しないといけないんだ」

「プロカメラマンなんて、すごいって言われるんじゃない？」

「まさか。今どきはカメラの性能もすごいし、素人だってけっこう見栄えのいい写真が撮れるからね。むしろカメラマンなんて需要あるの、とか言われるくらいだよ」

実際、その通りの言葉をかけられたことがある。冗談めかした台詞の裏には北斗への非難が隠れているというのは、考えすぎだろうか。

上司や同僚にしてみれば、会社の役にも立たない副業のためにしばしば休みを取り、本業のエンジニアとしての成長をおろそかにしているようにも見える北斗は、迷惑な存在なのかもしれない。

だいたい、カメラマンとしてはまったく無名の存在なのだ。お前の才能などたかが知れているのに、何を芸術家面しているのだ、という声が聞こえてくる気もした。

生活のためには、写真とは関係のない仕事を続けていかなければいけない。だが、そうすることでカメラマンとして実績を残す機会は減っていく。

いつの日かネイチャーフォトの写真集を出したいという漠然とした夢はあるが、日々の仕事に追われ、自分の撮りたい写真を撮ることもできないままだ。

自分がいるべき場所は、本当にここなのだろうか。どうすれば、カメラマンとして一歩前に進めるのだろう……。

北斗の表情をミラー越しに見ていたのか、夕子が言った。

「そんな顔しないで。北斗くんはもっと自信持っていいと思うけどな」

逆に元気づけられてしまった、何をやってるんだ俺は、と北斗が自己嫌悪に陥っていると、夕子は「ん？」と首を捻った。

「……あれ？　なんかこんな話、したことなかったっけ」

「そういえば……」

　確かに、どこかで聞いた覚えのある言葉だ。

　ふいに、学生の頃の思い出がよみがえってきた。喫茶店の窓際のテーブル。メニューや灰皿を脇によけ、何かのテキストを広げていた記憶があるから、どちらかがレポートを書いていたのかもしれない。

　窓の外の、アスファルトの照り返しが眩しい日だった。たしか、あの時も夕子は父親への愚痴を口にしていたのだ。

『お父さん、何かっていうと、自分を決めつけるな、とか説教してくるわけよ。その時にほら、自分の好きな「バック・トゥ・ザ・フューチャー」の台詞使って、君の未来はまだ決まっていない、未来は自分で切り開くものだ、とか言うの。なんかうっとうしくない？』

　口をとがらせる夕子の表情は、苛立っているように見えた。案外、文句を言いつつも父親の話はわかっており、実際に苛立っているのは自分に対してなのかもしれなかった。

『そんな顔すんなよ。夕子はもっと自信持っていいと思うぞ。俺が言うのもなんだけど』

『自信持つって、どの辺によ』

　顔を上げ、じっと見つめてきた夕子の瞳に、北斗はついしどろもどろになった。

『え……？　いや、まあ、いろいろだよ』

『何よ、いろいろって……。まあいいや』

　それから夕子は少し不満そうな顔をしてストローでアイスコーヒーを飲み干すと、テーブルの隅へよけていた小さなガラスの灰皿を手に取り、窓の外の光にかざすような仕草をした。『何してんの』と訊いた北斗に、夕子は言ったのだった。

『丸いガラスを光にかざすと、悪い未来が見えちゃうことがあるから、やっちゃいけないんだって。子どもの頃、おじいちゃんに教わったの。ご先祖様からの言い伝えだって』

『そんな話、聞いたことないな』

『たぶん、我が家のオリジナル。あれかなあ、太陽をレンズで見ちゃいけないとか、そういうのを教えるためかな』

　――そんな、他愛のない会話の記憶。

　気づけば、ミラーの中の夕子は寂しそうな笑みを浮かべていた。

「自信持てなんて、わたしが言う台詞じゃないけどね。今だってそんなものないし、結局あの時みたいなことでお父さんと喧嘩して、そのままになっちゃった。やっぱり、こういう運命なのかもなあ」

　ちょうどその時、栗原がビルから出てきた。すっきりとした顔で手を振っている。

「なんか、学生の頃と全然変わんないね」

「ああ。軽くいらっとさせられるあたりとか」

　笑い合っていると、雨に打たれつつ駆けてきた栗原が、車のドアをがちゃりと開けた。

　びしょ濡れになった身体を遠慮なく助手席に座らせるなり、栗原はにやにやと笑みを浮かべて言った。

「お？　何なに？　お前ら二人でなんの話？」
「なんでもない」
北斗と夕子が声をそろえるのと同時に、街路樹の枝が大きく揺れた。ふいに強まった風がフロントガラスに、ざっ、と雨粒を叩きつけていった。

栗原と夕子をそれぞれの家に送るとすっかり遅くなってしまい、北斗が自宅に着く頃には夜十一時を回っていた。古い、外壁の色あせた五階建てのマンション。もちろん、オートロックなどはない。

就職を機に学生時代のアパートから移って以来、ずっと住んでいる。山へ行きやすくするためもう少し郊外に越そうかと思いつつ、通勤には便利なのでなかなか動けずにいるのだ。

階段を三階まで上がり、廊下を進んで四つ目が北斗の部屋だ。スチールのドアを開け、電気をつける。

なんとなく、違和感を覚えた。

部屋の中を見回す。玄関を入ってすぐの小さなキッチン。シンクの中は洗い残しの食器で少々散らかっているが、けさ部屋を出た時と変わりはない。反対側にはユニットバスと洗濯機。洗濯カゴの一番上では、昨日脱ぎ捨てたシャツがくしゃくしゃの状態を保っていた。

知らず知らず息を潜めていた北斗の耳に、冷蔵庫の低い音だけが聞こえてくる。

――気のせいか。

北斗は、ふうとため息をつきながらスニーカーを脱いだ。キッチンを横切り、居間兼寝室との仕切りの引き戸を開ける。

異様な光景が、視界に飛び込んできた。

目の前にあるのが自分の部屋だとは認識できない。ところかまわず、物が散乱していた。クローゼットの扉は開けられ、中に吊るしていた服がフローリングの床やベッドにぶちまけられている。本棚の中身も同様だ。散らばった服や本の隙間を埋めているのは、テーブルの上に置きっぱなしにしていたビールの空き缶だ。

――やられた。

空き巣に入られたのだ。北斗はすぐに、貴重品を確認した。

クローゼットの中、小さな棚の引き出しを調べる。通帳やカード類、わずかばかりの現金はそのままに残されていた。ケースに収めていた、カメラやレンズ類も無事だ。ノートパソコンや、テレビなどの家電類も、配置は乱れているがなくなったものはない。

どういうことだ？　これだけ荒らして、何も盗んでいかないとは。

とにかく、警察に通報すべきか。ポケットからスマートフォンを取り出しかけたところで、北斗はあることに気づいた。

樫野教授の研究室から預かってきたクッキー缶。それを、北斗は仕事用のデスクの上に置いていた。缶自体は変わらずそこにある。だが、問題はその蓋だ。クッキー缶の、流れる水の模様は、本体から蓋にかけてつながっていた。蓋は正方形をしているため、どの向きであっても被せることができたが、北斗にはこの種の蓋をする時に模様を合わせる癖があったのだ。

模様が、ずれている――。

嫌な予感がした。

缶の中に入っていたもののうち、いずれ必要になるというカラベラだけは持ち歩いているが、教授が大切にしていた鳥の羽根のコレクションと、『６４９１』という謎の数字が書かれた付箋は、しまったままにしていたのだ。

そっと缶の蓋を開けた北斗は、予感が的中したことを知った。中は、空っぽになっていた。何枚も重なっていたはずの、鳥の羽根の入った小袋はもちろん、二重底の下の付箋もない。デスクの周囲を探したが、それらはどこにも見つからなかった。

カラベラが被害にあわずにすんだのは不幸中の幸いだったが、やがて導き出した推測は、脚のたくさんついた虫が背筋を這《は》っているような薄気味の悪さを北斗にもたらした。

――これは、ただの空き巣ではない。

犯人は金目のものには手を出さず、クッキー缶の中身だけを持ち去っている。おそらく狙いはそれだったのだろう。缶の中身は、樫野先生が俺に預けようとしていた何かにつながっていると知っているのだ。つまり、その何かを狙っている者がおり、そしてその何かには、盗みまで働く価値があるということだ。

ふいに、つい先ほど夕子と交わした会話が思い出された。

『そういえば、こないだ塩屋さんと電話で話した時、北斗くんと栗原くんのことを聞かれたよ――』

そうか。名前さえわかれば、住所などどうにでも調べられるだろう。

湧き上がる疑念は黒い油のように、静かにねっとりと胸の内を覆っていった。

何かとてつもなく妙なことが、自分たちの周囲で起きている。

カーテンの隙間から、夜の街を見下ろした。目の前の道を、車が通り過ぎていく。その灯火が去った後、街は以前より暗さを増したような気がした。当たり前すぎて意識すらしなかったが、明かりのないところには底知れぬ闇が広がっているのだと、北斗は思った。

第五章　約束

一八六八年　日本　会津

沈む夕陽が、山並みを赤く縁取っている。その先の遠い稜線は白い薄化粧を施され、近づきつつある厳しい季節を告げていた。

秋は、慌ただしく過ぎ去ってしまった。風にそよぐ稲穂が、金色の波のように揺れる様を見る暇もなかった。

優美な想像を頭に浮かべた直後、神田英之進《えいのしん》はそれを打ち消し、自らの甘さを恥じた。少なくとも今年の会津藩に、そのような長閑《のどか》な風景はあり得なかったのだ。

戦は、まだ続いていた。鶴《つる》ヶ城《じょう》の城下からこの山あいの村へ逃げ延びるまでの間、荒らされた田畑を嫌になるほど見てきた。領民の、自分たちに対する恨みのこもった眼差しも。

ここは会津盆地の南西、細い街道を一里ほど山へ分け入った先の、小さな村である。何軒か並ぶ、半ば崩れかけた家々。その奥にある浄松寺という古寺へ向け、神田は走っているところだった。

暦はもう、九月も半ばを過ぎている。風の便りによれば、元号は先ごろ慶応から明治に変わったそうだが、神田たち伝習第二大隊九番小隊の生き残りには、何の感慨もなかった。

戦いに明け暮れた、数ヵ月だった。

伝習隊を含む旧幕府軍は宇都宮から退却し、会津へ向かった。会津軍に合流して態勢を立てなおし、反撃に転ずるためである。しかし大軍をもって白河や二本松を陥落させた新政府軍は、予想よりも早く会津への侵攻を開始した。それを食い止めるために伝習隊は母《ぼ》成峠《なりとうげ》で死闘を演じ、フリエ・デンクール率いる九番小隊も獅子《しし》奮迅《ふんじん》の働きを見せたものの、形勢の逆転には至らなかった。

伝習隊の本隊はその後、西会津で一ヵ月近く奮戦を続けたが戦力を消耗、やむなく会津からの退却を決定し仙台へ向かった。だが、分派され鶴ヶ城の城外で遊撃戦を展開していた九番小隊は本隊に合流できず、戦死や負傷による離脱者を多数出しながら、かろうじてこの村へ落ち延びたというわけだった。

栄光の伝習第二大隊九番小隊は、今や稼働戦力を当初の約五十名から十数名にまで激減させていた。「東照大権現」の幟も、それを掲げた隊士とともに、宇都宮より会津に至る戦場のどこかで失われてしまった。

デンクールに師事し、フランス式の近代教育を受けた神田は、広い視野で物事を捉えることができていた。

――おそらく、我らは負けるだろう。

とはいえ、自分は近代国家における軍人とかいうものの前に、武士である。侍として為すべきことを、為さねばならない。

古い寺の庫裏《くり》に上がり込んだ神田は、広間の前で立ち止まると、声をかけてから襖《ふすま》を開けた。

薄汚れた布団の上に、デンクールが座っていた。長らく着たままの軍服はひどく汚れ、綻んでいる。

額にじっとりと汗をかき、痛みをこらえるような表情を浮かべるデンクールに、神田はフランス語で話しかけた。

「先生、横になっていてください。無理をなさらぬよう」

「心配はいらない。どうした」

「斥候が戻ってきました。敵は鶴ヶ城への総攻撃を開始、城の外でも残兵狩りを始めているとのこと。この村にも向かってきていると」

「そうか」

デンクールは頷くと、苦しげに息を吐いた。

千里眼の異人と呼ばれるほどの、先を見通した采配ぶりを発揮してきたデンクールだったが、一週間前ついに敵弾に倒れていた。

弾は右の脇腹を貫通したが、その傷は一向に治る気配をみせず、悪化する一方だった。それもあって九番小隊は城下での遊撃戦を中止し、この村へ撤退したのだ。

そうなるまで隊を率いてくれたデンクールに対し、神田は申し訳なさだけを募らせていた。

伝習隊を訓練したフランス軍事顧問団のうちブリュネ大尉ほか数名は、デンクールの後で顧問団を離脱し、幕府軍残党に加わったと聞く。今は、幕府海軍の艦隊に乗って仙台にいるらしい。

ブリュネ大尉たちは退役届を提出するなど正式な手続きを踏んだため、元フランス軍人としての名誉が守られたのに対し、デンクールの立場はあくまで脱走兵である。

デンクールは、自ら選んだ道だ、悔いはないと笑っているが、その不名誉が祖国の家族に及ばぬよう気にかけていることを、神田は知っていた。

元フランス軍人がいた痕跡を、できるだけ残したくないのだろう。そのためにデンクールは、小山と宇都宮の戦い以来、一部で称され始めていた「千里眼の異人」という呼び名もやめさせていた。

いつか、先生が誉れを取り戻せる日が来ればよいのだが――。

小隊の采配を委ねられた神田は、デンクールを含む負傷者たちを、拠点として借り上げたこの浄松寺で休ませていた。求めに応じて寺の建物を提供した住職は、親切にしてくれている。それでも、時折見せる不安げな顔に神田は気づいていた。この戦況では、いずれ新政府軍がやってくるのは確実だ。住職が何よりおそれているのは、この村が戦場になってしまうことだろう。

ここへ落ち延びるまでに向けられてきた領民の視線でわかるように、会津藩が皆、新政府軍憎しで一丸となっているわけではなかった。士族や一部の町人を除く多くの民衆、特に、かねて重い年貢にあえいでいた百姓たちは、戦を醒めた目で見ていた。

徳川の大義も、新政府の理想も、彼らにとって関わりはない。

ただ、空を見上げては米の出来不出来を心配するささやかな暮らしに、そのうえ戦という暴風が吹き荒れるのは迷惑でしかないのだった。彼らは息を潜め、この災厄が過ぎ去るのをじっと待っていた。

――デンクール先生は、その気持ちがわかるとおっしゃっていたな。

神田は、デンクールに聞いた話を思い出した。いくつもの戦争に参加し、多くの町が焼かれるのを目の当たりにする中で、デンクールには一つ悟ったことがあるという。戦を始めるのはいつも、エリートと呼ばれる支配階級である。彼らは、初めには崇高な理想を掲げるものだ。だが多くの場合、己の言葉に酔った者たちは、正義の名のもと民衆に犠牲を強い、平穏な日常を差し出させるようになる。

民衆は馬鹿ではない。次第に気づいていくものだ。信じさせられていた正義が、色あせたものであったことに。そして大抵の場合、人々の心変わりに、戦を始めた者たちは気づかない――。

神田は、目を閉じているデンクールに、請うように言った。

「先生、御下知を」

おそらくこれが最後の戦いになると、神田にはわかっていた。隊を委ねられているといっても、やはりデンクールの意向を確かめたかったのだ。

「……よく聞いてくれ」

「はい」

デンクールは、静かに言った。「ただいまをもって、伝習第二大隊九番小隊に、解散を命ずる」

神田は、一瞬耳を疑った。

「……どういう、ことでしょうか。降伏すると？」

「降伏ではない。解散だ。隊士諸君は夜闇に紛れ、各個にこの村から退去するように。村内での戦闘、特に住民を巻き込んでの戦闘は、厳に禁ずる」

旧幕府軍は退却にあたって周囲に火をかけることが多く、その度に民の心は離反していた。その愚をおかさぬようにというわけか。

「されど、戦わずして逃げるなど……」

身体を震わせ、歯を食いしばる神田に、デンクールは穏やかに話しかけてきた。

「君たちは、今までよく戦った。見事だった。だが、戦の趨勢《すうせい》は決したのだ。これ以上戦って得られるものは死だけだ」

「ならば、その死を……名誉ある死を選ばせていただけませんか……先に逝《い》った者たちに申し訳が立ちませぬ！」

「そう言って戦い続け、さらに犠牲を増やすことを、死んだ者たちが願うと思うか。負けるとわかっている戦いで死ぬことは、認めん。それよりも武器を置いて故郷に帰り、明日のためにその身を役立てよ。この国は、これからますます人材を要するはずだ。いつまでも賊軍の汚名を着せられ続けはしないだろう。生きて、別の戦いに挑むのだ」

「………」

神田は、何も言葉を返せなかった。ただ自分が、不服な表情を浮かべているのは承知していた。

「なあ神田、君は何のために戦っている」

「徳川三百年の、大義のために」

「そうか。私は違う」デンクールははっきりと言った。「すまないが、私には徳川家への恩義などない。私がフランス軍を脱走までして戦ってきた理由は、そのためではない」

「正義《ジュスティス》、というものでしょうか」

「それも違う。そんなものは、時代や、為政者によってどうとでも変えられてしまう。私が戦ってきた理由に名前をつけるなら、そうだな、君たちに対する友誼のためとでもいうべきか。日本に来て一年以上、厳しい訓練をともに過ごした君たちだけを死地に送り出し、自らは何もなかったように祖国へ帰ることなどできなかったのだ」

自分でも少々驚いているがね、とデンクールは照れくさそうに笑い、それからまた痛みをこらえるそぶりを見せた。

目を伏せ、黙り込む神田の頭を、デンクールと過ごした様々な思い出がよぎった。伝習隊創設以来の、訓練の日々。出陣。勝利、そして敗北。その中で逝ってしまった大勢の戦友たち――。

やがて神田は、心を決めた。

「承知しました。御下知に従います。伝習第二大隊九番小隊は、ここに解散いたします」

「……今まで、本当によく戦ってくれた。指揮官として礼を言う。ありがとう」

デンクールは日本式に頭を下げた後、住職を呼ぶよう、神田に頼んだ。

そして連れてきた住職に、神田はデンクールの言葉を訳して聞かせた。新政府軍が迫っていること、村を戦場にせぬために自分たちは撤退することを。

「これ以上、迷惑をかけるわけにはまいりません、と隊長は申しております。世話になった礼をしたい、とも」

「お礼だなんて気にしねえでくんなしょ」

細長い形の頭を下げた住職に、デンクールは、せめてこんなものでよければ、と布団の脇に手を伸ばした。

そこには、デンクールがいつも持ち歩いている巾着袋があった。その中に、友人から貰ったという「くめえる」のお守りや愛用の帳面が収められていることを、神田は知っていた。

「よいのですか」

神田が問うと、デンクールは「ああ、もういいんだ」とさばさばした顔で言い、巾着袋から取り出した帳面を神田へ渡した。

「ブリュネ大尉を真似て描き始めただけだからな。あまり見せられるものではないのだが……。このような絵など、あまり面白いものではないかもしれませんが、と伝えてくれ」

住職は神田から恭しく帳面を受け取り、丁寧にそれを開いた。

神田も横から覗き込む。描かれた絵は、以前にも何度か見せてもらったことがある。見事な、西洋の風景画だった。

「御郷里の風景と仰せでしたな」

神田は言った。記憶だけでここまで描けるとは、大したものだ。

「なんとうづくしい絵だべ。寺の宝にして、御敵には決してわだしません」

住職は、帳面をめくっていった。最後のページ、デンクールが二日前に描いたという絵には、日付が入れられていた。年の表記は、妙に桁の多い西洋の暦になっている。

その絵は、デンクールが青春の一時期を過ごした、フランスの都だそうだ。立ち並ぶ建物のずっと向こうに、塔らしきものが描かれている。

「ずいぶん高い塔だ」神田は思わず呟いた。

「最後にパリを訪れてから、もう七年にもなる。その間に建てられたのかもしれんな」

デンクールの答えは神田には少し奇妙に聞こえたが、自分のフランス語の解釈が違うのだろうと考え、訊き返しはしなかった。

それからデンクールは、巾着袋にしまっていたもう一つのもの、「くめえる」のお守りも取り出したが、住職は「それはいげねぇ」と先回りして止めさせた。

「それには、大事な秘密があるどお見受けします。申し訳ねぇが、おらはそれをお使いになってるところを見ちまった。ただのお守りではねぇだべ」

住職が言うことの意味はよくわからなかったが、神田はそのままデンクールに伝えた。

――この村を守ってくださったデンクール殿のため、詳しくはうかがいませぬ。デンクール殿や、お持ちになっていたお守りのことは、子々孫々までの秘密といたします、お収め下さい、と。

それを聞いたデンクールは驚いた顔をした後で、よろしく頼みます、と深く頭を下げて巾着袋にしまった。

そして、神田とデンクールは、隊士たちを逃がすための道を住職に確認した。新政府軍は、会津東部の母成峠を突破してきた主力の他、別動隊が南部の下野街道や沼田街道からも迫っている。逃げるには、土地の者しか知らぬような山道を抜けていくしかなかった。

住職が去った後、隊士たちに渡すための略図を描き始めた神田に、「頼みがある」とデンクールが話しかけてきた。

「住職が教えてくれた、この一番山深い道を、私と行ってくれるか」デンクールは図の中の、ある場所を示した。

「あたりの者の信心を集めている山とのことでしたな。もちろん、お供しますが、先生……」

この時にはもう、神田はデンクールの了見を察していた。

デンクールに残された体力では、山越えに到底耐えられないのは明らかだった。おそらく、土地の者も滅多に立ち入らぬ霊山で、最期を迎えるつもりなのだろう。副官として見届けよということなのか。

夜の帳《とばり》が下りる頃、負傷者も含めた全員を集め、デンクールは神田に話したのと同じ内容の訓示をした。涙を流す隊士たちへ、神田は冷静に、最後の下知を果たせと説いた。

月もなく墨を流したような夜を、少人数の集団に分かれた隊士たちは、言葉も交わさずそれぞれの道へと歩き出していった。


最後に出発した神田とデンクールの二人は、住職に教えられた中で最も奥の、人の通った形跡がほとんど見当たらぬ山道を進んだ。負傷したデンクールに合わせているため歩調は遅く、普通なら半日で踏破できたであろう道のりに、三日を費やすことになった。

それでも既にいくつかの峠を越え、土地の者が、雨乞いの時にだけ立ち入るという山域に入っていた。低く垂れこめた雲の下、唸りを上げて吹きおろす風に小雪が舞っている。

デンクールは極力神田の手を煩わせぬよう、一人で歩き続けてきたが、それも限界に達したらしい。うっすらと雪に覆われた大岩の陰で、ついに膝をついた。

時間をかけて荒い息を整えなおしたデンクールは、「ここでいい」と告げた。苦し気な呼吸とは裏腹に、表情は穏やかだ。

「この山には、土地の者もほとんど来ないそうだな。ちょうどいい。ついでに、異人の呪いがかかるとでも噂を流しておいてくれ」デンクールは楽しそうに笑った。

来るべき時が、来たのだ。神田は、覚悟を決めた。自らの腰に下げたものに目を遣りつつ訊ねる。

「お使いに、なりますか」

デンクールが持っていたサーベルは、激戦の中で失われて久しかった。

首を振ったデンクールは、腰の拳銃を抜いて装弾されているか確かめた後、懐から巾着袋を取り出して神田に渡した。

「新しい国のために、役立てよ」

「これは……『くめえる』のお守りでは」

戸惑った神田に、デンクールは時折苦しげな顔を浮かべながらも少し長めの話をし、最後にあることを託した。

「……そういうわけだ。あとは、一人にしてくれないか」

神田は深々と頭を垂れ、「必ずや、仰せのとおりにいたします」とだけ言った。

その時、デンクールがぼそりと呟いた言葉を、神田は終生忘れることはなかった。

「戦ぐるいには、なりきれなかったな――」

立ち去った神田が胸騒ぎを覚えて振り返った時、山そのものの叫びのように聞こえていた風の響きが、ふいに止んだ。デンクールの姿はもう、岩陰に隠れている。

にわかに銃声がこだました。樹々の枝という枝から、鳥たちが一斉に飛び立つ。舞い散る雪の向こう、雲間より射す光の中を、一羽の鳥が螺旋《らせん》を描き昇っていくのが見えた。

早朝の磐越自動車道は、快調に流れていた。昇ったばかりの陽の光を受け、アスファルトがきらめいている。

東北自動車道を北上してきた古いスバル・フォレスターは、郡山ジャンクションで、福島県を東西に貫くこの高速道路に入ったところだった。朝日を背負い、長く伸びた自らの影を追いかけて走る。外気温計の数値は、もう二十五度に達していた。今日も暑くなりそうだ。

ハンドルを握る北斗は、視線を前の車のナンバープレートに据えたまま、思わず欠伸《あくび》をもらした。目的地での時間を長く取るため、前日の夜は早々に寝床に入り、真夜中に東京を出てきたのだ。

助手席では栗原がつい先ほどまで居眠りしていたが、今はノートパソコンのキーボードを叩いている。発表するあてはないが、フランス軍事顧問団の謎のメンバー、デンクール中尉についての原稿を書き始めたのだという。

「まだわかっていないことも多いし、あとでまとめて書いてもいいんじゃないか」

北斗が声をかけると、栗原は画面から視線を外さずに言った。

「実際にデンクールが通ったところで書く、ライブ感が大事なんだよ。この原稿は、たとえ発表できないとしても、俺がライターとして一皮むけるきっかけになるはずだ」

「そうか。そうなればいいけどな」

つれなく聞こえるであろう返事をしつつ、北斗は友人に感心もしていた。それに比べて自分は……とまたしても卑下しかけた心を押しとどめ、ガムを一つ口に含んで運転に集中する。

ルームミラーには、ダークブロンドの髪が映っていた。後部座席に座るエルザだ。今日は、チェックのシャツにトレッキングパンツと、アウトドアの装いに身を包んでいる。樫野教授の足跡を追って、山に入る可能性もあるためだ。北斗と栗原も、登山用の装備を一通り持ってきていた。

エルザの隣に、夕子の姿はない。やはり仕事が忙しいらしく、この週末も休日出勤になってしまったのだ。

磐梯山サービスエリアまで31キロという標識が流れ去っていく。目的地である会津地方は、もうすぐだ。

樫野教授がクッキー缶に保管していた十九世紀の人形と、メッセージの記された付箋。そこから導き出された、デンクール中尉なる人物と彼が指揮していた『伝習隊』の存在。そして、教授が毎年訪問していた『浄松寺』。すべては、会津で交錯している。その土地に、樫野教授が北斗に預けようとしていたものや、教授の死の真相を明らかにする鍵があるのかもしれない。

事態がにわかに緊迫の度合いを増したのは、新宿で北斗の車に集まって話をした直後のことだ。

夜中に帰宅した北斗を待っていたのは、荒らされた部屋と、クッキー缶の中身が盗まれたという事実だった。

北斗はすぐに栗原と夕子、エルザに連絡したが、幸い他に盗難に入られた者はおらず、誰の身にも何事もなかった。迷った末、警察には通報しなかった。盗まれたものは、一般的にはさほど貴重とはいえない鳥の羽根と付箋だけであり、それよりも今後のことを考えれば、むしろ通報しないほうがよいと判断したのだ。

翌日の夜、再び集合した車の中で、北斗は自分の考えを皆に話した。

樫野先生の残したものを、自分たちの他にも探している者がいるのではないか。何者かはわからないが部屋に侵入したその人物は、クッキー缶の中身が先生の残したものへのヒントだとわかっているから、付箋の他に鳥の羽根もごっそり持ち去ったのだ。

もっとも、６４９１という番号の書かれた付箋を奪ったところで、数字は北斗たちも記憶しているし、北斗が持ち歩いていたカラベラの存在には気づかれていないだろう。犯人に先を越されることはないはず……。

北斗は、皆にそう話した。

犯人については、ある人物を疑っていた。以前、南武大学のキャンパスで暗がりから怪しい視線を送ってきたと思われる男——塩屋だ。あのとき塩屋は、北斗がクッキー缶を大事そうに持ち帰る様子を見ていたはずだ。さらに夕子によれば、塩屋は、樫野教授のノートに名前があったことを教授の勘違いではと話していたらしい。それが、嘘だったとしたら。

だが、その推測を口にはしなかった。夕子への配慮のためだ。彼女は、塩屋を父親の親友だと思っている。明確な証拠もそろっていないのに、疑っているとは言いづらかったのである。

皆がそれまでにない危機感を覚えたものの、誰一人、調査をやめようとは言い出さなかった。

むしろ、何が隠されているのか知りたいという気持ちのほうが強かったのだ。一番乗り気だったのは、夕子だ。父親がそんなにも重要なものを持っていたのなら、盗みまでする相手に奪われたくはないと彼女は言った。もちろん北斗も、謎を託された者として引くつもりはなかった。

この先どう調べていくかは、北斗に一案があった。樫野教授が残した謎には、遺物の件と、会津に行っていた件の二つがある。それらが交錯している会津の浄松寺を訪ねてみれば、何かしらわかるはずと考えたのだ。

夕子は仕事のため来られなくなってしまったが、エルザは「今までほとんど手伝えなかったノデ……」と参加を申し出ていた。断ろうものなら、栗原に何をされるかわからない。もっとも、断る理由もなかった。

北斗は、バックミラーに視線を送った。ミラーを気にする回数は増えていた。謎に近づくことは、危険をともなう可能性がある。以前にも増して用心しなければならない。先ほどから後ろを走っているのは、白いミニバン。右側の車線から、緑色のスポーツカーが追い抜きにかかっている。その後から走ってきていた黒いＳＵＶが、ゆっくりと車線変更して白いミニバンの後ろに入るのが見えた。それほど妙な動きとは思えない。今のところは、大丈夫そうだ。

しばらく走り、会津地方のとあるインターチェンジで北斗たちは高速を下りた。一面に広がる田んぼは夏の光に照らされ、風にそよぐ稲が波のようだ。ところどころに点在する屋敷林は、緑の海に浮かぶ島にも見える。横切る雲の影は、さながら海を渡り行く船か。

ずっと昔から、この風景はあまり変わらないのだろうか。北斗の空想の中で、灰色のアスファルトと、流れ去る白いセンターラインは消え、砂ぼこりの舞う土の道が浮かび上がってくる。東京、いや江戸からここまでは、どのくらいの日数を要したのか。この季節、歩く度に滴る汗が、足元の土の色を黒く変えたことだろう。時には、緑の木陰で休み、風がやさしく頰を撫でていったかもしれない……。

空想に浸っていたのはほんの一瞬だった。近づいてくる対向車の姿が、北斗を現代に呼び戻した。汗ばんだ手をエアコンの吹き出し口に当てて乾かし、ハンドルを握りなおす。

やがて、ちらほらと見えていた林はつながって大きな森になった。車窓は田園風景から、起伏のある山林に変わっている。カーブが連続する道の幅は狭くなり、すれ違う対向車もいつしか見られなくなった。

フォレスターの運転席、オーディオのスペースには昔ながらのＣＤプレーヤーが収まっており、カーナビはついていない。もっとも、何かといえば助手席に収まることが多い栗原が、この車の専属ナビといえなくもなかった。

「あ、たぶん今のところ右だったわ」

ノートパソコンを閉じて道路地図を広げていた栗原が、のんびりとした口調で言った。北斗は呆れ顔でブレーキを踏んだ。

「『たぶん』とか『だった』とか、地図みてくれてる意味ないだろ」

「文句言うなら、カーナビつけろよ。今どきのはスマホとつないで音楽聴けたりもするんだろ。お前の持ってるＣＤ、聴き飽きたし」

「俺の車だってのに、文句多すぎ」

苦笑いしながらＵターンする。後部座席から、「二人は、ホントに仲がいいデスネ」というエルザの楽しそうな声が聞こえた。

通り過ぎたばかりのカーブを逆側から走っていると、向こうから黒いＳＵＶがやってきた。大きな車体の、トヨタ・ランドクルーザーだ。北斗はスピードを緩めた。狭い道ゆえ、ミラーをこすらないよう注意してすれ違う。

ふと、先ほど高速で見かけた黒いＳＵＶのことを思い出した。今思えば、あのＳＵＶは俺の車を追い越さないように、そして見つからないように、あえて一台挟んだ後ろに車線変更して入ったのではないか。そういえば、あの車もランドクルーザーだった気がする……。

北斗は慌てて相手の車の運転席へ視線を送ったが、既にすれ違った後だ。かろうじて確認できたナンバープレートは、相模ナンバーだった。

ブレーキを踏んだままの北斗に、栗原が訝しげに訊いてきた。

「どうしたよ」

「いや……なんでもない」

黒いランドクルーザーなど日本中で走っているだろうし、相模ナンバーの車が会津にいてはいけないということもない。

いささか過敏になりすぎだろうか。

山あいの小さな集落に、その寺はあった。道路を外れ、背の高い竹林に囲まれた空き地に車を停めると、木漏れ日がダッシュボードに光と影のまだら模様をつくった。

暑さを覚悟して、ドアを開ける。吹き込んできた風は案外乾いていた。古い墓石が並ぶ奥に、お堂が見える。

「ずいぶん寂れたお寺だな」

「由緒があるってことじゃないか」

そんな会話を栗原と交わした後、北斗はいつものようにカメラの入ったリュックを背負い、境内に入っていった。栗原が、エルザに説明しながら後をついてくる。

『浄松寺』という扁額の掲げられた山門の脇、住職の自宅を兼ねているらしい庫裏の前に、三人は着いた。すりガラスの嵌められた引き戸の周囲には、ドアホンもチャイムも見当たらない。

「ごめんください。先日お電話さしあげました、平山と申します」

大きめの声で呼ぶと、戸の向こう側から「はーい」と少し訛《なま》った男性の返事が聞こえた。北斗が訪問する旨の電話をした時と、同じ声だった。

ばたばたと歩く音に続いてガラス戸が開き、男性が顔を出した。この寺の住職だ。剃《そ》り上げた頭の形は細長く、年齢は初老に差し掛かったくらいか。住職は、エルザをみてはっとした表情を見せた。外国人がいるとは想定外だったのかもしれない。

しかし住職はすぐに元の顔に戻り、「どうぞ」と北斗たちを中へ案内した。

古い建物の、黒光りする木の廊下。住職の後をついて、板を軋《きし》ませ歩いていく。建物の中を興味深く見回していると、住職が説明してくれた。

「この建物は、もとは江戸時代に建てられたものなんですよ」

通されたのは、縁側のある広い和室だった。十畳以上はあるだろうか。真ん中の大きな座卓を、い草の座布団が囲み、部屋の隅に和箪笥《わだんす》が置かれている。鴨居《かもい》には、遺影や賞状が並んでいた。開け放された縁側から吹き込む風が涼しい。

北斗たちに続いてエルザが見よう見まねで正座したところに、住職が花柄のプリントされたガラスポットを持ってきた。麦茶が入っている。それぞれに自己紹介をした後、北斗は言った。

「お電話でもお話ししましたが、私たちの恩師が先日亡くなりまして、こちらのお寺を毎年訪ねていたと聞いたものですから……」

住職は、困ったような顔で答えた。

「はい。ただ、お電話でもお伝えしたとおり、こちらでは思い当たる節がないのです」

「そうですか……。樫野星司という大学教授なのですが、本当にご存知ではありませんか」

北斗は、教授の名を口にしながら住職の様子を観察したが、表情の変化までは読み取れなかった。

もっとも、樫野教授が寺を訪れた際も墓参りをしただけで挨拶していなかったのなら、住職が知らないのも当然だ。たとえそうであったとしても、なんらかの手がかりが得られる可能性に賭け、迷惑がられるのも承知の上で訪問したのだった。

それに、電話では説明できないものもある。

住職がガラスポットから麦茶を注ぎ始めた時、北斗は「実際に先生が遺したものをお見せします」と、リュックに入れていたノートを取り出した。

「本当に覚えていらっしゃいませんか。このノートに、こちらのお寺のことが書かれているんです」

ノートを開き、一九九五年十一月の、樫野教授が塩屋やナカムラとともに訪れた際のページを見せる。その記録に視線を落とした住職の目が、ほんの少しだけ見開かれたようにも思えた。

そこで北斗は、もう一つ持参したものを取り出した。心の中で樫野教授に呼びかける。

——ここで使うんですよね、先生。

教授の残した付箋に『お願いした件、いずれこの人形が必要になります』と書かれていたもの。メキシコの人形、カラベラ。

その人形を使うべき場面は、まさに今のはずだ。

「では、こちらはご存知ではないですか」

北斗は、カラベラを住職に見せた。

ふいに降りてきた沈黙が、その場を包んだ。グラスの氷が溶ける、からん、という音がやけに大きく響く。

やがて住職が口を開いた時、北斗は自らの直感の正しさというよりは、樫野教授の意図を汲《く》み取れたことに深い安堵を覚えた。

「そうですか……。あなた方だったのですか」

正座しなおした住職は言った。「樫野さんは事故で亡くなられたとか。お気の毒です」

「では、やはり先生のことをご存知なんですね」

住職は、少し迷った様子を見せた後で口を開いた。「このお話は、先代の住職——私の父も一緒にさせていただいたほうがよいでしょう。ちょっと、呼んできます」

住職が部屋を出ていった後、北斗たちはしばらく無言で過ごした。麦茶を飲み干した頃、住職は腰の曲がった老人を連れて戻ってきた。先代だろう。

「すみません……。わざわざ来ていただいて」と立ち上がりかけた北斗を、老人は片手をあげて制し、「さすけねぇ（大丈夫）」と言った。

　どっこいしょ、と腰を下ろした先代の細長い頭は、明らかに住職との血のつながりを感じさせた。髭だけが白く伸びた顔は皺だらけで、その間から覗く小さな瞳の、白目と黒目の境目はやや濁っている。それでも畑仕事をしているのか、肌はよく日焼けし、腕には筋が浮いていた。

「話は聞ぎました。樫野さんの言ってだ人だぢが来られだわげだね」

「先生が、なんとおっしゃっていたんですか」

　その問いには、今の住職が答えた。

「樫野さんを知らないなどと言って申し訳ありませんでした。ただ、秘密を守ることは、樫野さんのご先祖代々と当寺とのお約束だったのです」

「先祖代々の秘密、ですか……。樫野先生は、私に預けたいものがあると言っておられました。そのヒントとして、この人形を遺されたようなんです」

「そうですか。樫野さんは毎年お墓参りに来られていましたが、昨年お越しになった際におっしゃったのです。いつかその人形をお持ちの方が訪ねて来た時は、その方にだけは秘密を明かしてほしいと」

「先生がそんなことを……？　秘密というのは何なのでしょう。それに、先生の家のお墓はこちらにはないと聞いていましたが、毎年お墓参りに来ていたとは、どういうことでしょう？　教えてくださいませんか。樫野先生と、このお寺のつながりについて」北斗は、ひと息に質問した。

今の住職は頭に手をやって少し考えた後、「初めから、順にお話ししたほうがよいでしょうね」と言い、縁側の外に視線を送った。植木越しに並ぶ墓石の頭と卒塔婆《そとば》が見える。

「当寺では、戊辰戦争の際に亡くなった幕府軍の兵士を弔っています」

「伝習隊ですね」栗原が確認した。

「よくご存知だ。戊辰戦争では、会津藩の各地で戦いが行われました。この寺にも、デンクール中尉という外国人が指揮する伝習隊の一部隊がやってきて、宿舎にしたそうです」

「伝習隊の一個小隊がこのお寺を拠点にしていたというのは、本で読みました。でも、詳しいことは書かれていなくて」

「そうでしょうね。あまり知られていませんから……。会津での戦いの後、伝習隊の本隊は仙台で幕府海軍の艦隊に収容され、蝦夷《えぞ》の五稜郭へ向かいました。しかしデンクール中尉の小隊は、混戦の中で本隊と分断されてしまい別行動をとっていたのです」

「鶴ヶ城での籠城戦に参加したんでしょうか」栗原は、やや興奮気味に訊いた。

「いえ。城への収容が間に合わなかったのか、あえて外で戦うことにしたのかわかりませんが、彼らは遊撃部隊として城外で神出鬼没の活躍をしたようです。しかし損害も大きく、落ち延びてきたのが当寺というわけです」

「なるほど……。それで、最後にはどうなったんですか」

「大勢が戦死したそうで、当寺にあるのがそのお墓です。わずか十数人の生存者は、新政府軍が来る直前、デンクール中尉の命令で密かに撤退していったと伝えられています。おかげでこの集落が戦いに巻き込まれることは避けられたともいえますし、デンクール中尉は恩人なのです」

そう言いながら、住職は部屋の隅にある和簞笥から巻物と小さな桐箱を取り出した。「当寺に伝わるものです」

巻物を、住職が座卓の上で紐解く。先代の高祖父にあたる人物が記したものらしい。

「当時のことが書かれています。ここに、伝習隊の隊士の名前がありますね」

広げられた巻物の筆文字はなかなか読みづらかったが、「でんくうる」という字はわかった。その隣には、「神田英之進」と書いてあるそうだ。

「デンクール中尉の副官だった、この神田英之進という方の子孫が、樫野さんなのです。神田英之進は戊辰戦争を生き抜き、戦後は亡くなった部下を弔うため、毎年墓参していました。そして、その子孫の方も代々、会津での戦いが終わった頃――旧暦の九月、今の暦でいうと十一月ですね――墓参りに来られていたのです」

「樫野先生の家に、そんな習慣があったということですか……。しかし、先生のご遺族――娘さんは知らなかったようです」

「樫野さんも、お父さんが身体を悪くして遠出ができなくなってから、代々引き継がれてきた墓参りのことを初めて知らされたそうですからね。いずれ、娘さんにもお話しされるつもりだったのではないですか」

なるほど、と北斗は頷いたものの、やや引っかかる部分はあった。

「こごを見でくなんしょ」

先代の住職が、巻物のある部分を指さした。栗原が、たどたどしくその文章を読み上げる。

「『異人が持てし、くめえるの御守』、ですか」

「これが、樫野さんの家が当寺とのつながりを隠していた理由と伝えられています」

今の住職が言った。「そのお守りには何かの秘密があるようなのですが、それがどんなものかは、この時の住職も詮索《せんさく》しなかったらしくわかりません。そして、神田家――今では樫野家ですか、その代々の方との約束で、秘密は守られ続けてきたというわけです」

「くめえる、とはなんでしょう？」

「よぐわがんねえなあ」

先代が答えると、それまでじっと話を聞いていたエルザが口を挟んだ。

「クメール、ではないデショウカ。今のカンボジアのことデス」

「クメールのお守りか……。それは、今はどこにあるのかもわからないんですか」

栗原の質問に、住職は「はい。当寺には残されていません」と首を振り、「ですが、これだけはデンクール中尉が置いていったものとして伝わっています」と、和箪笥から取り出したもう一つの品である桐箱を開けた。中には、古そうな帳面が入っていた。

その帳面を、住職は丁寧にめくっていく。どのページにも、ヨーロッパの街並みらしき風景画が描かれていた。

「スケッチブックのようです。故郷を思い出して描いたのでしょう」住職が言った。

風景画の右下には、日付とサインが書かれている。

「フランス陸軍中尉、フリエ・デンクール……」

エルザがサインを読んでくれた。

その名を聞いて、北斗は奇妙な感動を覚えた。積もりゆく時の砂に埋もれかけていた人物が、確かに存在したという証。それが今、目の前にあるのだ。

最後のページの日付は、「１８６８．９．18」と記されていた。そのスケッチも、他と同様にヨーロッパ風の街並みを描いている。低い建物が連なる向こうに、塔が建っていた。大地から空へ向け、両手のひらを合わせて伸び上がるような形の塔。

——ああ、エッフェル塔か。ということは、これはパリの街だな。

北斗は合点した。実物を見た経験がなくとも、エッフェル塔の特徴的なシルエットを知らぬ者はほとんどいないだろう。十九世紀後半のパリ万博に合わせて建てられたというおぼろげな知識と、スケッチの年号も一致する。

北斗はリュックからカメラを取り出し、巻物と帳面を撮影させてもらった。

他にも、教えてもらいたいことはあった。北斗は、先ほど取り出した樫野教授のノートを再び住職に見せた。

「一九九五年だけ、樫野先生は他の人と来られているようです。塩屋さんと、ナカムラさんという方です。樫野先生は、お寺とのつながりを秘密にしていたのに、この二人には明かしていたのでしょうか。当時のことを、何か覚えていらっしゃいますか？」

「ああ、それも話さねえと」

先代はそう言うと、天井を見上げて目を瞑《つむ》った。記憶をたどっているのだろう。しばらくして、ゆっくりと目を開いた。

「あれは本堂の改築をした年だったな。その年の夏、ナカムラって人が、一人で訪ねて来らったんだ」

「一人で、ですか」

「ああ。樫野さんと一緒に来る前だ。身体のでっけえ人でな、見かけは日本人で、話し言葉も標準語みてえに聞こえたけんじょも、ちっとだけ訛ってだがら、訊いでみだら日系のアメリカ人で、軍隊にいるって言ってだな」

ナカムラは、外国人だったのだ。だから、樫野先生はわざわざカタカナで表記していたのだろう。だが、米軍とはどういうことだ。そんな人物に、先生が絡む理由がわからない。

エルザが確認するように繰り返した。「日系人で、アメリカ軍に……」

北斗でさえなんとか聞き取れている方言を理解できているかはわからないが、少なくともその部分はわかったらしい。

「ナカムラという人が一人で来たのは、どんな理由だったんでしょうか」

北斗が訊くと、先代は座卓の隅に置いていたカラベラを指さした。「その人形は、もともとナカムラって人が持ってきたんだ。ベトナム戦争に従軍した時に見っけだとか。そこにデンクール中尉のことが書いてあるみてえだな。それで、興味を持って調べ始めたと言ってだ」

「ベトナムで……」エルザが呟く。

「ああ。しかし、アメリカ人だっつーのにたまげるほど日本の歴史に詳しぐってね。少ねぇ資料でデンクール中尉の足跡を追って、いろんなとこを調べて回った末にこの寺さ来たそうだ。中尉がこの寺で何をしてだとか、何を持ってだとか……。詳しく知りたいようだったな。そんで、うんと切羽詰まった様子で、デンクール中尉の持ってだもの見つけねえと、世界が危ねえとがなんとが言ってるもんだがら、大げさだなあって思っただ」

「デンクール中尉の持っていたものというのが、先ほどのお話の、クメールのお守りなんでしょうか」北斗は訊いた。

「そごはわがんねえ。そうかもしんねえとは思ったけんじょ、秘密のことは先祖代々の約束だがらね。伝習隊がござさいだことは隠しようがねえけんじょも、お守りのことは話してねえ。ただ気にはなったがら、ナカムラって人が帰った後、こんな人が来たって樫野さんに電話したんだ。そしたら何ヵ月かして、いつもは一人で来る樫野さんが、その人ともう一人連れできたんだ。実際に会って話を聞いでみで、信用したって言ってだな」

「もう一人の、塩屋という人のことは覚えていますか」

「うーん、はて……。目つきが鋭い感じの人だったと思うけんじょ、その時しか来てねえがらなあ」

――それが、ノートに書かれていた記録か。

「三人であらためて来られた時には、どんなお話をされたんでしょうか」

「デンクール中尉の墓の場所を知りてえって言うがら、教えたんだ」

「デンクールは、ここで戦死したんですか」栗原が訊いた。

「いや。村から撤退した後、ずっと先の山奥で亡ぐなったって伝えられでる」

それから住職は、ここから少し南の、ある山の名を口にした。その山の『雨乞岩』という大岩の陰にある積み石が、デンクール中尉の墓と言い伝えられているらしい。山の名前には聞き覚えがあった。例の、イヌワシが見られる山からそう遠くないところだ。

「イヌワシの見られるあたりですね」

「樫野さんが鳥の研究をしてるって言うがら、山の辺でワシがぐるぐる上ってぐのを見たごとあるってしゃべったんです。そしたらまあ、面白がって。それがらは毎年、墓参りの時にはワシも見ていぐことにしたみてえだ」

――だから一九九五年以来、ノートにイヌワシの観察記録が書かれていたのか。

得心した北斗の横で、栗原がさらに質問した。

「デンクール中尉のお墓の場所を、樫野先生はそれまで知らなかったんですね。どうしてその時になって教わりにきたんでしょう」

「それもわがんねぇなあ。おらも詳しくは訊かねがった」

「クメールのお守りはソコにあるのでショウカ」今度はエルザが訊ねた。

「どうだべなあ……。『雨乞岩』は、昔から雨乞いをする時にだけ入るのを許される場所だ。積み石自体にも妙な言い伝えがあって、近づいたり、崩したりすっと、異人の祟《たた》りがあるっていうがら、おらは行ったこどねえ」先代は、硬い顔で答えた。

「異人の祟り、ですか……」

今の住職が答える。「たまに言い伝えを守らない不届き者がいましてね。私が中学の頃、肝試しに行った同級生が後で階段から落ちて大怪我をしたんです。ばちが当たったと噂になったもんです」

そうしたこともあるし、さらには雨乞い自体何年も行われていないため、今では近づく者はほとんどいないという。

「異人って言えば……」栗原が言った。「『千里眼の異人』って言い伝えが小山にあったな」

「センリガンとはなんデスカ」

意味がわからないらしいエルザに、栗原は説明した。

「千里の彼方まで見通せる力っていうか……」

「センリ？」

「一里は四キロメートルだから直接的には四〇〇〇キロメートルだけど、まあ、すごく遠くって程度の意味だろうね。実際にデンクール中尉がそこまで見えたわけじゃなくて、先を読んで戦うのが上手な人だったんじゃないかな」


三人は丁重に礼を言って寺を辞去し、車に戻った。

エンジンをかける前に、新たにわかった事実を整理する。

「ナカムラは日系アメリカ人で、米軍の軍人だったんだな。ベトナム戦争に行ってたってことは、いま何歳くらいだ」北斗は、栗原に確認した。

「戦争が終わったのが一九七五年だから、最低でもその頃に二十歳くらいとして、今は六十代か。樫野先生は五十何歳かだったよな。だったら、九五年当時、樫野先生は三十歳前後、ナカムラは四十歳くらいってとこか。先生は、今の俺たちとあまり変わらないな」

「研究室で見つけたこの人形は、ベトナム戦争中にナカムラが手に入れたものだったんだな」

北斗は、人形の入った自分のリュックを示した。話を続ける。「ナカムラはデンクールについて調べ、このお寺にたどり着いた。でもデンクールのこと、特にその持ち物のことは、お寺と、伝習隊の副官の末裔である樫野家の間の秘密だった。そこで先代の住職は、デンクールについて調べている人物がいると樫野先生に伝えたんだ」

「それで、先生は自分からナカムラに連絡したのかな」栗原が言った。

「ああ。どんな話をしたのかはわからないけど、先生はナカムラを信用したんだろう。人形は、その時に先生の手に渡ったのかもしれない。そしてその後、なぜか塩屋も一緒にこのお寺へやってくると、デンクールの墓の場所を教わった」

夕子によれば、塩屋はノートの記録を勘違いではないかと否定していたそうだ。やはり、その言葉は嘘だったということになる。

「ナカムラは、なんでそこまでしてデンクールについて調べていたんだ」

栗原が首を傾げていると、アッ、とエルザが短く叫んだ。

「住職サンの言っていたクメールのお守りとは、アノ人形のタグに書かれていた、ペンダントのことだと思いマス。ナカムラが探していたのはデンクールではなく、彼の持っていたペンダントではないデスカ」

「なるほど。それにしても、そのペンダントだかお守りだかって、いったい何なんだ……考古学的な遺物として、よっぽど価値があるとか？　だから、ナカムラは探していたのかな。デンクールの前に持っていたのはドラポルトって人だよな。クメール王朝のものを、どうしてフランス人が持っていたんだ？」

北斗の問いには、栗原が自信ありげに答えた。「当時、クメール――カンボジアはフランスの保護国だった。ドラポルトは、探検家だったんだ。カンボジアのどこかで見つけたんだろう。それを、デンクールに渡したのさ」

そうか、と北斗は頷いたが、まだ疑問は残されている。

「ナカムラは、世界が危ないとか言ってたらしいな。ペンダントと、何の関係があるんだ。樫野先生は、そんな変な話をする相手をどうして信用したんだろう。それに、樫野家はどうして代々秘密にしてきたんだ」

もちろん、誰もその謎の答えは持っていない。

ただ、北斗はこれから取るべき行動を思いついていた。

――樫野先生は、ペンダントの存在を知ってはいたが、それがどこにあるかまでは把握していなかったのではないか。そこにナカムラが現れ、なんらかの理由でペンダントを見つける必要が出てきたとして……。先生は言い伝えにあるデンクールの墓にそれがあると考え、墓の場所を教わりに、ナカムラたちとともにお寺を訪ねたのだ。

もしかして、そのペンダントこそが、教授が自分に預けたかったものではないか。

ペンダントは、きっとその山にあるはずだ。教授は、そこへたどり着くようにヒントを残していたのだから。こうも手間のかかるやり方で伝えたのは、何者かからペンダントを守るためか。

北斗は、自らの推理を栗原とエルザに話した。

今はまだ朝の十時すぎ。時間はあるし、場所も住職に聞いてわかっている。

「その山へ、行ってみよう」

第六章　継承

一九四四年　日本　東京

『ペリリュー　モロタイ島　皇軍の士気旺盛《おうせい》』
『敵陣へ肉薄夜襲　荒鷲《あらわし》、巡艦等三隻を大破』
十五日朝ペリリュー島、モロタイ島、十七日朝アンガウル島に上陸した敵は物量を恃《たの》んで爆撃或《あるい》は艦砲射撃の援護下に遮二無二攻立て一挙に占領を焦つてゐるが、所在の我部隊は何《いず》れも敵の猛攻をガッチリと受止め士気頗《すこぶ》る軒昂《けんこう》勇戦敢闘を続け敵撃滅の一路に邁進《まいしん》しつゝある

小さなため息を一つついた神田篤《あつし》は、昭和十九年九月二十二日付の新聞を畳んで革の鞄にしまった。

篤の乗っている省線電車は、速度を緩め始めている。まもなく上野駅に着くところだ。電車は今日も遅れ気味だった。

乗客たちは、黙って窓の外を見たり、本を読んだりしている。その様子自体は、以前と同じだ。しかし、車内がいくぶん暗く見えるのは、人々の服装がこの一年ほどで大きく変わってしま

ったからだろう。

国防色——陸軍の軍服に似た茶褐色の国民服を着ている者が、以前よりもかなり目につく。

篤自身もそれを着用していた。服の作りは、あまり丁寧とはいえない。まだ新しいのに、吊り革を掴む右手の袖はほつれ、胸のボタンはいくつか取れかけている。服一つ取ってもこの有様なのに、次々に造られては戦場へ送られているという戦闘機や軍艦は、問題ないのだろうか。

決して人前では口にできぬことを思いながら、篤は車内に並ぶ広告を見上げた。商品を売るためのものはほとんど姿を消し、『撃ちてし止まむ』や『一億玉砕』といった、勇ましい標語の戦意高揚広告ばかりが並んでいる。

こうした変化に、人々が違和感を覚えていないはずはない。篤の隣で吊り革を握る勤め人も、目の前の席に座る老婦人も、皆気づいているのだろう。だが、篤はそうした感想を、人々の口から公の場で聞いたことはなかった。

もっとも、そう考えている自分にも、世間の風潮に異を唱える勇気はない。

晴れわたる初秋の空とは対照的な、得体の知れぬ重苦しさが、帝都を覆っているように篤には思えた。

上野駅で、大勢の乗客とともに下車する。

改札に立っているのは、銀髪の老いた駅員だった。改札を抜ける時に見えた老駅員の眼鏡は、弦の折れ曲がった部分を紙で巻いて補修していた。

若い駅員の数は、明らかに減っている。これも、篤の気づいている世の中の変化の一つだ。

通りがかった待合室の壁には、先日後楽園で行われた、日本野球総進軍優勝大会のポスターが貼られていた。これを最後に、プロ野球は休止されるという噂だ。待合室の椅子には、三人の幼子を連れた三十代くらいの喪服の女性が顔を俯《うつむ》かせ座っていた。白い布で包んだ箱のようなものを抱えている。箱の中は、女性の夫だろうか。

　このところ、市中で未亡人と思われる女性の姿をよくみかけた。満州事変からの年数を数えれば、両手の指では収まらぬほど長く続く戦争によって、日本人のかなりの部分が、身内か、少なくとも友人知人の誰かを失っている。この二年ほど、そうした話を聞く頻度は加速度的に増していた。まるで、それが国民の義務として課されているかのように。そして人々はそれを、従容《しょうよう》と受け入れているように見えた。

　戦争は、これからも多くの国民の血を吸い取り、なお続いていくに違いない。その行き着く先、国家国民の総力を挙げた戦の果てに、何があるというのか。

　駅前に並ぶ店舗の看板も、街灯に施されたアールデコ調の装飾も、だいぶ前に消えていた。金属供出である。以前通っていたモダンなカフェには、閉店の貼り紙が掲げられて久しい。

　妙なものだ。電車の中で読んでいた新聞には、景気のよい話があふれていた。紙面を読む限りでは、大日本帝国の勝利は間違いなく、国民が心配することなど何もないように思える。どこか、別の国の新聞を自分は読んでいたのだろうか？

　省線上野駅の立派な駅舎と、向こうに広がる下町の家々を右に見ながら、上野の山と呼ばれる台地への坂を上っていく。篤の目的地は、その山中に造られた公園の奥にある。

上野恩賜《おんし》公園は、そのほぼ全域がかつて寛永寺《かんえいじ》の境内であった。だが戊辰戦争において彰義隊と新政府軍の戦闘、いわゆる上野戦争の激戦地となり焼失し、明治期に旧境内のほとんどが公園とされていた。

台地へ上り、寛永寺本坊があった場所に近づくと、それは見えてくる。七年前に竣工《しゅんこう》した重厚な建物——瓦葺《かわらぶき》の日本式と、鉄筋コンクリート造の洋式の折衷建築——が、篤の職場、東京帝室博物館であった。

優美なネオ・バロック様式の表慶館《ひょうけいかん》を横目に、職員の通用口から本館へ入館した篤は、事務室の自席についた。

篤の本来の仕事は、東洋、主に東南アジアの文化財の収集と調査研究だ。

博物館が東洋の文化財収集に力を入れ始めたのは、もう遠い昔に思える四年前、昭和十五年六月のことだ。

当時、ドイツ軍の本国占領によりフランス海外植民地は空白地帯となっており、そのうち仏印——フランス領インドシナに日本は目をつけていた。長引く日中戦争において仏印は、米英による中国側への支援物資輸送路として機能していたためである。

ドイツの傀儡であるフランスのヴィシー政権と協定を結び、北部仏印へ兵を進めた日本は、昭和十六年七月には南部仏印にも進駐した。

一連の仏印進駐以来、日本国内ではにわかにアンコールブームが巻き起こった。かつて仏印に栄えたクメール王朝の壮麗な美術や建築を各新聞社がこぞって紹介したのだが、背景には、国民に対しアジア解放の盟主としての日本の立場を宣伝する目的もあった。

その一環として帝室博物館でも、仏印における東南アジア文化の研究機関、フランス極東学院との間に、クメールの遺物と日本の美術品を交換する計画が立てられていた。計画は戦争の激化にともない実現不可能になったかと思われたが、昭和十八年、ふいに再開された。そして篤は、日本に送られてくるクメール遺物の受け入れと調査、研究を命じられたのだった。

それ自体は、大学で東洋美術史を専攻していた篤にとって大変興味深く、やりがいを感じるものではあった。

篤が東洋美術に興味を持ったのは、子どもの頃に祖父に見せてもらった、ある美術品の影響が大きい。

軍人であるとともに、フランスとの友好に努めた外交官でもあった祖父は、一番下の孫である篤をことのほか可愛がっていた。戊辰戦争で亡くした戦友の墓参のため、会津へ連れていってくれたこともある。

祖父が、戊辰戦争の際の恩人が遺した大切なものだと幼い篤に見せてくれたのは、古い青銅のペンダントだった。無類の戦上手でありながら戦いを憎むようになっていた恩人は、最期にあたり、友人から貰ったというそのペンダントを祖父に託したそうだ。

ペンダントが持つ意味などわかりようもなかったが、中心に嵌め込まれた水晶の輝きに目を奪われた時、篤の進むべき道は定まったといってよい。

真珠湾攻撃の直後に亡くなった祖父は、その最後の日々、帝国の将来を憂えていた。そして、現実は祖父の予言していた通りに進んでいる。

それにしても、学徒までもが出陣し、博物館職員も櫛《くし》の歯が欠けるように応召し戦場へ向かっている現状で、突然計画が再開されたのは理解しがたかった。その上、篤はこの業務を担当している間の兵役が免除されるという。冗談ではないかと疑ったが、軍の担当者がそう明言したのである。

不可解なことに、再開された計画には、軍が密接にかかわっていたのだ。

仏印からはるばる船で運ばれてきたクメールの遺物六十九点は、この九月初めに帝室博物館の彫刻区に引き渡され、美術的、歴史的な価値を慎重に検証するという名目で別館の地下室があてがわれた。時々やってきては進捗を確認していく軍の連絡官は、篤に対し真剣な顔で言った。

「すべての遺物を、あらゆる観点からできる限り詳しく調べよ。何か新しい発見があった場合、些細《ささい》な件であっても必ず報告すべし——」

発見とは何を指しているのだろう。

もちろん、これら遺物は美術品としても一級の品々である。十世紀から十三世紀の彫像や青銅器、陶器など……。東洋美術史を学んだ者として、それを目の当たりにできる幸運には感謝せずにいられないほどのものだ。

それらに軍が興味を持つとは普通に考えればおかしな話だが、もしかしたら、という予感はあった。それに、そのおかげで徴兵されずにすんでいるのであれば、声高に疑問を呈《てい》しはするまい。

篤はこまごまとした雑用を片づけ、早々に作業場である別館へ向かった。

鍵を開け、窓のない、暗い部屋に入る。壁のスイッチを入れると白熱球が灯った。

奥の棚にはいくつもの木箱が並び、その中に、送られてきたクメールの遺物が収められている。

仕事を始める前に、篤は一つずつ箱を開け、中身を確認していった。博物館で最も警備が厳重ともいえるこの部屋で盗難はあり得ないが、軍からはそのような手順を厳命されている。

検証作業も初めは軍の施設で実施する意向だったが、専門的な調査は博物館の中でなければできないため、やむを得ずこの地下室で行うことになったのだ。

そこまでして、これら遺物に軍が期待しているものとは何なのか。日を追うごとに、篤の予感はふくらんでいた。

その時、扉がノックされ、事務員の「神田さん、お客様です」という声がした。

「今行く。誰だい」

「俺だよ」

扉が開き、恰幅のよい陸軍士官が部屋に入ってきた。青みがかった茶褐色の軍服の襟には、大尉の階級章がつけられている。

「よう。久しぶりだな」

親しげに笑う陸軍士官は、兄の道男《みちお》だった。

「兄さん……帰ってきたんですか」

篤は破顔した。

末弟の篤と二つ違いの道男とは、兄たちの中でも一番仲がよかった。軍人を多く輩出してきた家系でありながら、他の兄弟と同じ道へ進まない篤を、祖父とともに何かと庇ってくれたのも道男だった。

道男は以前と同様豪気に笑っているが、疲れは隠せていなかった。単なる肉体的疲労ではない。その風貌には、どこか人生を達観したような気配すら感じられる。

仏印から部隊ごと引き揚げてきたそうで、詳しい話を訊くのは憚られたが、篤の想像も及ばぬ経験をしてきたであろうことは容易に想像がついた。

「俺が行っていた、仏印あたりの美術品だそうだね」と言う道男に、篤は事の経緯や進捗状況を説明した。

六十九点の遺物のうち、四十点あまりの精査を終えたこと。これらの品々はどれも美術史の観点から興味深いものばかりとはいえ、軍が何を望んでいるのかはわからないこと……。抱いている予感については触れなかったが、久しぶりに会う兄を前に、舌は滑らかにまわった。

穏やかな笑みを浮かべて話に耳を傾ける道男を見ているうちに、篤は疑問に感じていたことを訊くつもりになった。

「それにしても……この計画は、妙だと思うんです。なぜ今実行する必要があるんでしょう？　何か政治的な背景でもあるんでしょうか。国民に対して、今も外地との通商が滞りなく行われていると示すためとか？　でも、遺物を公開する予定すら立っていないのに……」

「なるほど。お前が不思議に感じるのも無理はない」

頷いた道男は、じっと篤の顔を見た後、口を開いた。

「実は、お前に伝えておきたいことがある。今日は、そのために来たんだ」

言葉を切った道男は、上着のポケットから煙草《たばこ》の箱を取り出しかけた。しかし、すぐにここでは控えたほうがよいと気づいたらしい。

篤は、よかったら外に行きませんか、と道男を別館の裏庭に誘った。そこには、職員が煙草を吸うための、灰皿代わりの缶が置かれているのだ。

薄暗い地下室から踏み出した外の世界は、ひどく眩しかった。

だが太陽の光を逃れ、建物の陰に入れば秋の気配がある。篤が真鍮《しんちゅう》の煙草入れを開き、くしゃくしゃの煙草を口に咥《くわ》えようとすると、道男が訝しげな視線を送ってきた。

「これですか。ああ、兄さんは知らないかもしれませんね。煙草が配給制になったもんだから、代用です。その辺に生えてるイタドリの葉を刻んで巻いたものだけど、案外旨いんですよ」

旨い、というのはもちろん強がりだ。

道男は今度こそ煙草を取り出すと、一本だけ抜き取り、箱ごと篤に差し出してきた。

「『響《ひびき》』じゃないですか。いいんですか、こんな高級品」

「軍の配給品だ。遠慮するな」

そう言いながら道男はマッチを擦《す》り、篤が咥えた『響』に火をつけてくれた。そのまま自分の煙草にもあててから、燃え残ったマッチ棒を缶に落とす。

篤は煙を深く吸い込んだ。これは旨い。

久しぶりの本物の煙草を味わっているうちに、道男が話し始めた。

「この美術品交換計画は、隠れ蓑《みの》さ」

「どういうことですか」

道男は、一段と声を潜めた。「俺も全部知っているわけじゃないが……仏印にいた頃、司令部勤務の同期に聞いたんだ」

仏印に進駐した帝国陸軍特務機関のとある将校が、少数民族の言い伝え——神秘的な力を持つクメールの遺物についての伝説を耳にしたのが、この件の発端だという。どうやらその遺物には、遠い場所の様子をいながらにして透視できる力があるらしい。

——透視。もしやとは思っていたが。

道男の話を聞いているうちに、篤の予感は確信へと近づいていった。脳裏に、かつて経験した信じがたい出来事がよぎる。

「それを、この難局に活かせないかと上の連中は考えたんだろうな。お前だから正直に言うが、戦況はきわめて不利だ。サイパンも陥ちた今となっては……」道男はそこでふっと口をつぐんだ後、自嘲するように笑って話を戻した。

伝説の遺物はクメールの遺跡に埋もれているという情報をもとに、帝国陸軍は仏印で手あたり次第に遺跡を捜索したそうだ。その何かが、具体的にどのようなものかわからない以上、とにかくクメールの遺物と名のつくものはすべてかき集め、調べることにしたのだ。そして、それを日本本土へ運ぶための偽装に、かつて帝室博物館が企画した美術品交換計画を利用したというわけだ。

道男が息を深く吸い込むと、咥えた煙草の火が一段と赤く燃えた。煙草のせいか、弟と二人だけでいるせいか、その口調はくだけ気味だ。

「なんでも、お前が調べているクメールの遺物は、ただの輸送船ではなく軍艦で運ばれたそうだ。それだけ、軍は重要視しているのさ。戦局打開、起死回生の切り札としてね。もちろん、お前のような研究者に任せる前に、軍なりに調べていたようだ。遺物が日本に到着したのは、この二月だというのは知っているな」

「それから半年、国際文化振興会で中身を確認していたと聞きました」

「建前上の話さ。実際には、登《のぼり》戸《と》に送られていた」

「登戸？」

　篤が訊き返すと、道男は少し迷うそぶりを見せた後、小声で言った。

「お前だから話す。登戸研究所——正式には第九陸軍技術研究所というんだが、そこでは怪力光線とか電波兵器とかの小説じみた兵器を、大真面目に研究しているらしい。結局そこでもわからなかったので、専門家にあらためて調査させることになったってわけさ。ある意味、帝国陸軍にとって、お前は最後の希望なんだよ」

「そんな……勝手に希望とか言わないでほしいな。軍の研究所でもわからなかったのに」

「……そうだな。まあともかく、そんなものに頼るようになっちゃあ、お終いだよな」

　いささか投げやりな兄の台詞を聞きながら、篤は煙草の煙をぼんやり見つめていた。建物の陰から漂い出た紫煙が、光の中に消えていく。

　いかん、暗くなっちまったな、と道男は笑顔を作り、話題を変えてきた。

「そういや、お前、陽《よう》子《こ》さんのところへ婿養子に行くそうだな。俺が戦地に行っている間にそんな話になってたとは、驚いたよ」

「ああ……きちんと言ってなくてすみません」

篤は、頭を掻きつつ事情を説明した。かねて結婚の約束をしていた恋人の陽子は一人娘であり、彼女の両親が出した交際を続けるための条件が、婿養子に来ることと、できるだけ早めに籍を入れるということだったのだ。

「こんな時代だから、早く孫の顔を見たいそうで」

「陽子さんの実家は、鎌倉の、わりと山のほうだったよな」

「はい。でも、向こうの家に入ったら、ここに通うのが大変になるから、そこだけ迷ってるんです」

「いいじゃないか。そのくらい我慢しろ。それで、家にある大事なものは、全部持っていけ」道男は真顔になり、少し口調を強めて言った。

「どうしたんですか、急に」

「さっき、サイパンが陥ちた話をしたよな。敵のB-29とかいう重爆撃機は、今はまだ大陸から九州へ飛んできているだけだが……とにかく、早くしたほうがいい。……ああそうだ、例の遺物について聞いたことがもう一つあった。伝説では『カーラの瞳』と言って、何かの装飾具のようなものらしいぞ」

「装飾具……」

やはり、あれなのか。

かつて祖父に見せられ、自らをこの道へ誘ったもの。水晶の嵌め込まれたペンダント。

軍の研究所がわからないのも当然だ。そして、俺のここでの作業も、実を結ぶことはない。探しているものは、この中にあるはずがないのだから――。

道男は、ぎりぎりまで短くなった煙草の火を缶の縁でもみ消すと、再び笑って言った。

「じゃあ、そろそろ行く」

篤は現実に引き戻され、立ち去ろうとする兄に声をかけた。

「気をつけてください。……あの、兄さん」

「ん？」

「大事なものは持っていけと言ってましたけど、供出したほうがいいものもあるんじゃないですか」

道男はこめかみをひと掻きした後で、はっきりと答えた。「しなくていい。お前は、これからを考えろ」

「これから？」

「未来のことさ」道男は、どこか吹っ切れたような表情を見せた。「さて、またしばらく、外地へ行くことになる。詳しくは話せないが、南方だ。親父とお袋を、頼むぞ」

建物の扉へ向かった道男は一度立ち止まり、背を向けたまま小さく言った。

「子どもの頃、じいさまに聞かされた話、覚えてるか」

「……あれですか、丸いガラスを光にかざすなって。ええ、覚えてますし、なんだかんだ今でも守ってますよ」

「それならよかった。じいさまたちの思いを、無駄にするな」

そして、兄の背中は扉の向こうに消えていった。

閉じられた扉を見つめながら、篤は呆然としていた。

――ひょっとして、兄さんも知っていたのか。

やはり、軍が欲しがっているのは、あれ――我が家に保管している青銅のペンダントなのだ。

それに隠された驚くべき秘密を知らされたのは、ほんの数年前、祖父が亡くなる直前のことだ。

祖父――神田英之進は、そのペンダントに秘められた力を、血の中から生まれでた近代日本のために使うことを、恩師から託されたのだという。秘められた力とは、クメール文明の遺した不思議な力――遠隔透視である。

戊辰戦争の終結から数年後、大日本帝国陸軍に仕官した英之進は、やがて日清、日露の両戦役に従軍、ペンダントの力を使って武功を挙げた。その頃には、英之進はペンダントの真の力を完全に理解していたのだ。

だが凄惨《せいさん》な戦場で、これが恩師の望んでいたことなのかという迷いを抱き始めていた英之進は、戦闘の終わった二百三高地の、敵味方の死体に埋め尽くされた丘を見てある結論に達した。

もはや、ペンダントの力を戦に使うべきではない。過去とは比べものにならぬほどの犠牲を強いられるようになった近代戦において、この力を使うことはたとえ味方のためであっても許されぬのではないか。邪《よこしま》な心を持つ者が利用すれば、一国を滅ぼすことすら容易いのだから。そう英之進は考えたのだ。

力を人類の進歩のために使えばよいのだろうが、列強が覇を競い合う時代にそれは難しいことだった。やがて始まった欧州での大戦も、英之進の考えの正しさを証明しているように思えた。

ゆえに、英之進はペンダントの力をいつかそれを使うにふさわしい日がくるまで封印し、代々密かに引き継いでいこうと決めたのである。

　そして引き継ぐ時までペンダントを偶然にでも使われぬよう、丸いガラスを光にかざさないということを、神田家の者へ子どものうちから言い聞かせてきたのだった。

　篤は、祖父からペンダントの実物を渡された時のことを思い出した。促されておそるおそる水晶を覗き込むと、遠く離れたところにいるはずの陽子の姿が頭の中に流れ込んできたのである。驚く篤に、祖父はその力を封印するつもりになった理由を、これからの世界を憂えていることとあわせて説明してくれた。そしてもう一度水晶を覗き込んだ篤はおそるべき情景を目にし、今度はペンダントを手から取り落とした。好奇心よりも、恐怖を感じていた。やはり言い伝えは正しかったのだ。ふさわしくない者に、ペンダントをみだりに使わせるべきではない。そう思ったことを正直に話すと、祖父は「それでいい」と頷き、やはりお前に託してよかったと呟いたのだった。

　もしかしたら祖父は、軍人の家系の中で唯一軍人にならなかった自分の他、道男にもペンダントの存在を伝えていたのかもしれない。

　篤は、心に決めた。

　祖父が決め、兄の望んだことを、自らが継いでいかねばならない。「大事なもの」を供出などするまい。陽子の家に持っていき、子々孫々密かに守り伝えていくのだ。

　見上げると、空高く幾筋かの雲が流れていた。足元の缶でくすぶる燃え殻からその空へ向け、細い煙が静かに昇っていった。

車は、屏風のように聳《そび》える山々の麓《ふもと》へ分け入った。樹々の緑が眩しい、ワインディングロード。窓を開けると、やかましい蟬《せみ》の声が飛び込んでくる。

川沿いの県道をしばらく走ったところで、助手席の栗原が地図を見ながら言った。

「五キロくらい先の分岐を左な」

「わかってるって」

ハンドルを握る北斗は苦笑した。栗原のナビは、今度は指示が早すぎだ。

やがて現れた分岐で、林道へとハンドルを切った。そこから峠を越えた先が、目的地である。

古くから霊山とされているその山は、かつては日照りの時の祈禱《きとう》を除き立ち入りが禁じられていたという。

今では車で行ける林道が途中まで敷かれ、その先の登山道も整備されているが、眺望やコースの面白さという点では近くにもっと条件のよい山がいくつもあるためか、入山する者は少ない。イヌワシが観察できる山に近いので時期によりマニアがやってくるものの、それも一定の期間のことだ。

北斗が連絡を取った地元自然保護団体の調査ボランティアによれば、その山の奥、廃道になった登山道をさらに外れたところに、目印になるような巨大な岩があるらしい。調査でもなければ滅多に人が寄りつくことはないそうだが、それが住職の言っていた『雨乞岩』に違いない。

郵 便 は が き

料金受取人払郵便

小石川局承認

1025

差出有効期間
2021年12月
31日まで

112-8731

〈受取人〉
東京都文京区
音羽二―一二―二一
講談社
文芸第二出版部 行

書名をお書きください。〔　〕

この本の感想、著者へのメッセージをご自由にご記入ください。

〔　〕

おすまいの都道府県 ………………　性別　男　女

年齢　10代　20代　30代　40代　50代　60代　70代　80代〜

頂戴したご意見・ご感想を、小社ホームページ・新聞宣伝・書籍帯・販促物などに
使用させていただいてもよろしいでしょうか。　はい（承諾します）　いいえ（承諾しません）

TY 000044-1910

ご購読ありがとうございます。
今後の出版企画の参考にさせていただくため、
アンケートへのご協力のほど、よろしくお願いいたします。

■ Q1 この本をどこでお知りになりましたか。

1 書店で本をみて

2 新聞、雑誌、フリーペーパー 〔誌名・紙名　　　〕

3 テレビ、ラジオ 〔番組名　　　〕

4 ネット書店 〔書店名　　　〕

5 Webサイト 〔サイト名　　　〕

6 携帯サイト 〔サイト名　　　〕

7 メールマガジン　　8 人にすすめられて　　9 講談社のサイト

10 その他 〔　　　〕

■ Q2 購入された動機を教えてください。〔複数可〕

1 著者が好き　　2 気になるタイトル　　3 装丁が好き

4 気になるテーマ　　5 読んで面白そうだった　　6 話題になっていた

7 好きなジャンルだから

8 その他 〔　　　〕

■ Q3 好きな作家を教えてください。〔複数可〕

〔　　　〕

■ Q4 今後どんなテーマの小説を読んでみたいですか。

〔　　　〕

住所

氏名　　電話番号

ご記入いただいた個人情報は、この企画の目的以外には使用いたしません。

鬱蒼とした森を貫く林道の幅は次第に狭くなり、そのうちに舗装もなくなった。片側が崖になった急なカーブを曲がりつつ、北斗は通ってきた道に目を遣った。後続車はいない。

「よそ見すんなよお」助手席の栗原は、本気で怖がっている様子だ。

「大丈夫だ」

変な車がついてきていないか気になって、とは言いづらい。

栗原は、いつの間にかまたノートパソコンを開き、記事の続きを書いていた。圏外のためネットが使えないようで、調べもののためにリュックから電子辞書を取り出している。

助手席の足元に投げ出したリュックの口からは、先日見た黒い缶のようなものが覗いていた。

「栗原、それいつも持ってるの？　なんだっけ、スタン……」

「スタングレネードな。いいじゃん、熊よけになるし」栗原がキーボードを叩きながら、あっけらかんと答える。

「スタングレネード？」

後ろの席から、エルザの驚く声が聞こえた。

「エルザ、知ってるの」栗原が振り返る。嬉しそうだ。

「映画で観たことありマス……。本物デスカ？」

「まさか。おもちゃだよ。そうだ、こんな山の中だし、試してみる？」

栗原はそれをリュックから取り出して見せた。「ピンを抜いて投げれば、二、三秒ですごい音を出して破裂する。簡単だろ？　プラスチックの胴体をまた買えば、起爆装置の部分は再利用できるんだ。だから安心して使っていいぜ」

「遠慮しとく」

北斗は即答した。ミラーの中でエルザが笑っている。

それからいくつかのカーブを曲がったところで、道は車の走れる幅ではなくなった。この先は、徒歩にならざるを得ない。車一台をやっと止められるほどのスペースに、北斗はフォレスターを頭から突っ込んだ。

腕時計の針は、まもなく十一時を指そうとしている。山に登り始めるには少し遅い時間だが、山頂を目指すわけではない。地図を見る限り、日没までには往復できるだろうと北斗は判断した。

車から降り、リアゲートを開いて山道具を取り出す。水と食料は、県道沿いのコンビニで調達ずみだ。

北斗は長袖のシャツを羽織り、雨具などの装備を詰めたザックを背負うと、カメラを首に下げた。

栗原とエルザも、持ってきた自分の装備を身につけている。エルザは、かなり本格的な登山靴を履いていた。調査で山に入ることもあるからだという。

「あーあ、それにしても眠いわ」栗原が、欠伸をしながらぼやいた。「だんだん、俺たちも無理がきかない歳になってきたよな」

「一緒にするなよ。歳のせいじゃなくて、不摂生なだけだろ」

エルザが、北斗と栗原の会話にまた笑みをこぼす。

十分に準備体操をしてから、出発した。予想以上に健脚のエルザを先頭に、かなりのハイペースで登っていく。

すぐに汗が頬を伝い、南向きの斜面では、照りつける陽の光がじりじりとうなじを焼いた。

三十分も経たないうちに、栗原の呼吸が荒くなってきた。北斗の背後から、きつそうな声がする。

「坂道は苦手なんだよな。平らな山って、ないもんかね」

「あのなあ……あんなにやる気だったくせに。彼女を見習え」

北斗は栗原を振り返ると、黙々と先を行くエルザを視線で示した。エルザは平然と歩き続け、息が乱れている様子もない。ジムか何かで鍛えているのだろうか。

情けない顔をした栗原は、渋々また歩き出した。

樹齢数百年はありそうなブナの原生林の中、徐々に高度を上げていく。

林の奥から、澄《す》んだ鳴き声が響いてきた。

北斗の後ろで栗原が、元鳥類学研究室としての意地を見せたのか「クロツグミの地鳴きだな」と呟いた。だが後に続く言葉はない。目の前の斜面を一歩ずつ登っていくのに精一杯のようだ。

もう一度、キョキョキョキョ、という声。

北斗は、先を行くエルザに話しかけた。

「エルザ、今の聞こえた？」

「ハイ？」エルザが、前に視線を向けたまま答える。

「クロツグミの地鳴き」

「スミマセン、気づかなかったデス」

繁殖期のオスが発するさえずり以外の様々な声を、地鳴きという。さえずりに比べれば地味な声だから、気づかなかったのだろうか。アメリカにはいない鳥だから彼女にとっては珍しいはずだし、ちょっと鳥の話でもしてみようと思ったのだけれど。

「なあー、そろそろ休もうぜ」

後ろから、弱々しい声が割って入った。栗原はかなり辛そうな様子だ。

北斗は、歩調を緩める気配のないエルザに呼びかけ、少し先の平坦な木陰で小休止を取ることにした。

荷物を下ろし、それぞれに水分を補給する。栗原はごくごくと喉を鳴らして一気飲みしているが、エルザは少量を口に含んだだけで涼しい顔をしている。

ふいに、タラララ……と連続した音が樹々の上から降ってきた。北斗は慌てて顔を上げ、カメラを構えた。どこかの梢に、キツツキの仲間がいるようだ。望遠レンズを持ってこなかったのが悔やまれる。

きょろきょろと鳥の姿を探す北斗に、栗原が言った。

「北斗、楽しそうだな」

栗原は少し元気を取り戻したのか、笑みを浮かべている。

「え……？　そうかな」

「やっぱ、お前は鳥とか自然とか撮るのがいいんじゃないか。最近迷ってたみたいだけどさ、向いた道に進むのが一番だと思うよ。まあ、俺も偉そうに言える立場じゃないけどね」

そう口にした栗原は、急に立ち上がって歩き出した。自分の台詞に、照れくさくなってしまったらしい。

その背中に、北斗は心の中で感謝した。少々口の悪いこの友人は、彼なりに自分のことを気にかけてくれているのだ。

「ありがとよ……。栗原みたいになれたらいいんだけどな。ミリタリーとかオカルトとか好きなことやって、充実してさ」

「あ、やっぱそう思う？　わかってくれたか。じゃあほら、スタングレネードくらい持ってたっていいよな。この際試してみる？」栗原が満面の笑みで振り返った。

「……鳥が逃げ出しちまうよ」

あまり、調子に乗せないほうがよさそうだ。

それから三十分ほどして、相変わらず歩くペースの変わらないエルザが、地図を見て呟いた。

「この先が、雨乞岩へ向かう道のようデス」

あたりの様子を見ると、登山道脇の藪《やぶ》に朽ちかけた道標が埋もれていた。文字はほとんど消えてしまっているが、ここから分岐した道があったようだ。道は草に覆われ、先のほうでは倒木が行く手を阻んでいる。

どこかから響いた鳥の声に、北斗は空を見上げた。生い茂る枝葉の隙間に、青空が覗いている。耳を澄ませたが、もう声は聞こえてこなかった。

北斗は、ふと思った。今自分がいるこの場所を、百数十年前、デンクールと神田英之進は歩いていたのだろうか。今では土に還ってしまった彼らが何を考え、何をしようとしていたのか、もはや知る由もない――。

「サア、行きマショウ」

再びエルザを先頭に、荒れた廃道に分け入った。道に倒れこんだ木の幹を乗り越え、時には人の背丈ほどに生い茂った夏草の間を漕《こ》ぐようにして進んでいく。緑の草をかき分けると、むせ返るような匂いが鼻をついた。

尾根や沢筋越えのアップダウンが連続する中でも、エルザは的確にルートを導き出していった。

「エルザ、山には慣れてるみたいだね」

声をかけた北斗に、エルザは道を探しながら答えた。

「調査に行くこともありマスし、子どもの頃ガールスカウトに入っていマシタ」

「へえ。どうりでこんな道でもすいすい行けるわけだ」

エルザは微笑んだ後、少し怪訝な顔をして言った。「チョット変デス。さっきから、誰か通った跡がありマス」

「そりゃあ、廃道といっても元は道だったんだから、跡はあるんじゃない？」

「デモ、通ったのは最近のようデス。枝が折れていマス……。動物デショウカ」

その可能性はあるが、折れた枝の他に残されたものが何もないのなら、わかりようがなかった。栗原に合わせてこまめな小休止を挟みつつ、それからおよそ一時間、道なき道を進んだ。

やがて北斗たちは、高く繁った草の向こうに、高さ五、六メートルはあろうかという大きな岩の姿を見つけた。山の斜面に半分埋もれたような形の、一枚岩だ。

「たぶんあれが、雨乞岩だな」

北斗はザックから双眼鏡を取り出し、周囲の状況を観察した。

大岩に近づくには藪漕ぎをする必要があったが、ここまでの道のりを思えば大したことはない。

栗原も、ゴールが見えたためか再び元気を取り戻したようだ。北斗の後を遅れずに、文句も言わずついてくる。

藪を抜けたところは、雨乞岩から崩れたものか、大小の岩が散乱する斜面だった。張り出した岩に手をかけ、登っていく。

そしてついに、北斗たちは大岩の下にたどり着いた。

側面を回り込んで調べると、岩と山の斜面の間に洞穴のような隙間があった。十分に、人が入っていける大きさだ。

その隙間を覗き込んだ時、急にコウモリが一匹飛び出し、風圧を感じるほど近くを羽ばたいていった。隙間の奥まで光は届いていない。降り注ぐ陽射しの眩しさに慣れていたためか、視界には緑色のフィルターがかかっているようだ。

何度か目を細め、瞬いているうちに、徐々に中の様子がわかってきた。

暗がりに慣れた北斗の目に、岩の姿が映った。一メートルほどの高さの岩——いや、岩ではない。いくつもの石が積み重ねられたものだ。こんな場所に、ひとりでに石が重なるはずはない。人が積んだものであることは明らかだ。

これが、デンクール中尉の墓だろう。

栗原が高揚した声で叫んだ。「おい、本当にあったな」

「ああ……。でも、これ以上近づいていいものかな」

いざ実物を前にすれば、ためらう気持ちもある。これからやろうとしているのは、墓荒らしのようなものなのだ。

北斗が躊躇《ちゅうちょ》している間に、エルザが隙間へともぐり込んでいった。制止する暇もなかった。エルザはポケットからフラッシュライトを取り出し、積み石に近づいていく。北斗と栗原も、その後をついていった。

隙間に上下方向の余裕はあまりなく、中腰の姿勢になって進むしかなかった。トレッキングシューズが踏みしめる足元には、鳥が運んできたらしい巣材の草が散乱していた。

フラッシュライトの光が、暗がりの中で揺れる。

エルザの背中越しに、苔むした積み石が見えた。そこに、教授が遺した謎のペンダントがあるかもしれないのだ。ここまで来れば、逆に覚悟が固まってきた。

立ち止まったエルザが、積み石をフラッシュライトで照らした。

「苔のつき方が、ばらばらデスネ……」

積み石は全体が苔に覆われていたが、ところどころ薄かったり、中にはついていない部分もあった。ライトの光が移動する。

「見てクダサイ」

一メートルほどの高さに積まれた石の、地面から三〇センチくらいのところに何かが載っている。ライトの光の輪の中に浮かび上がったそれは、錆《さ》びついた回転式弾倉の拳銃だった。木製の銃把は、半ば朽ちかけている。

栗原が掴み取ったそれに、エルザが横からライトを当てた。

「ずいぶん古いな……。ル・フォショウＭ１８５４か？　十九世紀フランス軍の、制式拳銃だ」

「じゃあ、これはやはりデンクール中尉の墓ってことだな」

「たぶん」

栗原は拳銃だけでも興奮している様子だが、本当に探しているものはそれではない。

エルザは積み石の前でしゃがみこみ、他の部分を調べていた。

「下に、空洞があるようデス」

確かに、墓石の香炉のように、積み石の基部に黒い穴が開いて見えた。穴の中へとライトが向けられる。

エルザが、困惑した声を上げた。

「アレはなんデショウ……？」

北斗と栗原は身体を屈め、押し合うようにして光線の先を見つめた。積み石の中の小さな空間に、何かがある。しばらく見ているうちに、北斗にはそれが、スチール製の金庫の扉だとわかった。

「金庫……？」

「だよな」

「戊辰戦争の頃に、あんな金庫ってあったのか」

「いや、あれはどうみても、現代のものだろ」

そこには、幕末に作られた墓とは不釣り合いな、四つ並んだ番号ダイヤルが取りつけられている。

金庫は、積み石の中に完全に埋め込まれていた。

「苔のつき方がばらばらなのは、中に金庫を隠すために一度崩して積みなおしたからか」北斗は言った。

「誰がそんなことを……」と口にしたところで、栗原は答えがわかったようだ。「って、樫野先生か」

北斗は頷いた。「ペンダントをしまうために埋め込んだのかも」

「開けられるかな」

「やってみマス」

手を伸ばしたエルザは、すぐに「ロックされていマス」と北斗たちを振り返った。「数字のダイヤルは四つありマスネ」

「四桁の番号か……。あっ」

――樫野先生の、あの付箋。

『平山北斗殿。お願いした件、いずれこの人形が必要になります。頼みます』

書かれていた通り、人形については、お寺に持っていくことで秘密を教えてもらえた。では付箋の右下の、四桁の数字は……。

――ここで使うんだ！

栗原も、少し遅れて気づいたようだ。「あの番号じゃないか？」

「ああ。きっとそうだ」

付箋は盗まれてしまったとはいえ、番号は暗記している。北斗は言った。「エルザ、『６４９１』にセットしてみて」

「わかりマシタ」

エルザが四つのダイヤルを順に合わせていく。その様子を、北斗と栗原は固唾《かたず》を呑んで見守った。

四つ目の数字がセットされ、エルザの手がハンドルを引く。

扉が開いた。

金庫の中へと伸びた光が、左右に揺れる。

「どう？」

しばらくして、エルザは残念そうに答えた。

「何もありマセン……」

北斗はライトを受け取り、エルザに代わって念のため確認したが、やはり金庫の中には何も見当たらない。

クメールのペンダントは、ここにはなかった。

古い拳銃を手に、栗原が拍子抜けした顔で言った。

「もともと、そんなものはなかったのかな」

「いや、先生は、最終的にここを探すように仕向けていたとしか考えられない。この中には、俺に預けるつもりだったもの——たぶんクメールのペンダントがあったはずだ。それがなくなっているということは……」

「誰かが持っていったのか」栗原が言った。「でも、誰が？」

——そうか。

北斗の頭の中で、何かがつながったような気がした。

「塩屋じゃないかな」ずっと疑っていた相手の名を口にする。ここに夕子はいないのだから、配慮する必要はない。

「どういうことだ」栗原が訊いてくる。

北斗は、自らの推測を話した。感じていた視線。ノートの記録についての嘘。盗まれた付箋と、そこに書かれていた番号。何度か見かけた黒いランドクルーザー。そして、ここへ来る廃道を誰かが最近通った跡があるというエルザの話。

それらを考え合わせると、最も怪しい人物は塩屋ということになる。

「きっかけは、ナカムラだったんじゃないか。一九九五年、ペンダントに興味を持ったナカムラは先生に接触した。もしかしたら、ペンダントはもともと先生が持っていたのかもしれない。ナカムラたちとここへ来たのは、ペンダントを見つけるためじゃなくて、隠しに来たんだとしたらどうだ。それで、金庫ごと埋めたんだ」

「ちょっと待ってくれ。先生がペンダントを持っていたとして、ここに隠す理由はなんだ？　それに、隠した時に塩屋もいたなら、なんで今になってわざわざ持っていく？」

「そこはわからないけど……とにかく、ペンダントを狙っていた塩屋は、俺たちがそれを探していることに気づいた。そして先生の研究室で見つけたクッキー缶の中にヒントがあると知り、中身を俺の部屋から盗んでいったんだ」

「なるほど……」栗原が頷く。「その盗んだ付箋に書かれていた番号で金庫を開けたわけか。でもさ、そもそも塩屋は先生と一緒にペンダントを隠したんだから、番号はわかってるんじゃないか？」

「先生が金庫の番号を一九九五年当時と変えていた可能性はある。だから、先生がなんらかの形で残していたはずの新しい番号を、俺たちが見つけるまで待っていたのかも。付箋の『６４９１』という番号を俺たちに知られたところで、塩屋としては先に金庫へたどり着いてしまえばいい」

「だけど、そこまでして手に入れたいペンダントってなんなんだ」

　北斗の頭に、ある不吉な考えが浮かんだ。

　クッキー缶を持ち帰ったのを知っているくらいなら、俺にペンダントを託そうとしていた樫野先生の意向もわかっていたのではないか。なのに、塩屋はそれを妨害し、奪い取ったことになる。先生の思いなど無視しているのだ。

　……もしかして先生は、そのペンダントのために殺されたのではないか？

第七章　疑惑

一九七五年　クメール共和国南部

鳥の声が聞こえる。

あまり美しい音色ではない。金属質な、どちらかといえば耳障《みみざわ》りな声だ。深く、暗い森の奥で響いているのは、その声だけではなかった。得体の知れぬ生き物たちの声が、あらゆる方向から降り注いでいる。

見上げれば、樹々の生い茂った葉が、緑色の天井となって空を隠していた。微かに漏れる熱帯の陽射しは白い光の束となって、地表近くに澱《よど》む靄《もや》を貫いている。

ふいに、生き物たちの声が止んだ。不気味な静寂が辺りを覆う。

アメリカ陸軍伍長、ジェイク・ナカムラは左手をさっと頭の高さに掲げた。止まれという意味のハンドシグナルだ。足を止めた後続の四名が、ＸＭ１７７サブマシンガンを構え、音を立てずに周囲を見回す。全員が、緑地に黒い縞《しま》模様のタイガーストライプ迷彩服で身を包み、顔にはドーランを塗りたくっている。目玉だけが、ぎらぎらと光っていた。

ナカムラも五感を働かせ、最も危険な生き物――人間の気配を探った。耳元を忙しなく行き交う虫の羽音は無視し、重く湿った空気の向こうへ耳を澄ませる。いつでも発砲できるよう、人差し指はＸＭ１７７のトリガー脇に軽く添えられていた。

――気配はない。大丈夫だ。

掲げた左手を前に倒し、進めという指示を出して歩き出す。後ろから、小さく葉を揺らす音がした。コンバットブーツがぬかるんだ泥土を踏む、控えめな足音が重なる。後に続く者たちはごく小さな声で何かを囁《ささや》き合っていたが、ナカムラにはよく聞き取れなかった。もっとも、普通の声で話していたとしてもどうだろうか。既に半年ほど付き合っているが、彼らの言葉――この深い森で何世代にもわたって暮らしてきた者たちの言葉には、まだ理解できない部分もあった。

彼ら四名は、モンタニヤード、通称ヤードと呼ばれる少数民族である。ベトナム中部高原に住む彼らをアメリカ人は一まとめにヤードと呼んでいるが、実際には多様な民族で構成されていた。今ナカムラの後に続いている者たちは、クメール人の流れを汲んでいるという。彼らの国籍はベトナム共和国――南ベトナムであり、所属は南ベトナム陸軍コマンド『雷虎』第三強襲戦闘団。ナカムラはアメリカ軍から派遣され、共同作戦の名目で実質的な指揮を執っていた。

今は一九七五年三月、ここはクメール共和国南部のジャングルである。

かつてカンボジア王国と呼ばれていたこの地では、五年前の一九七〇年、クーデターにより共和国が樹立された。隣国の南北ベトナムでの戦争は現在もなお続いており、北ベトナム軍は度々クメール共和国領内を通過し南ベトナムを攻撃している。一九七三年のパリ和平協定に基づき南ベトナムからアメリカ軍戦闘部隊が撤退した後、北ベトナムはソ連と中国の支援を受け、本格的な侵攻を開始していたのだ。士気の低下著しい南ベトナム軍は、各地で敗走を重ねている。

既にこの時、北ベトナム軍と、その攻勢に呼応した南ベトナム国内のゲリラ組織――南ベトナム解放民族戦線《ベトコン》は、ベトナム中部の古都フエを包囲し、陥落は避けられないとみなされていた。解放、正義の名のもとに、いくつもの残虐行為がなされているという噂も漏れ聞こえている。

しかしアメリカの戦争を批判してきた国際世論は、北ベトナムの行動を半ば黙認していた。当のアメリカ自身にも再び大規模介入する意思はなく、形ばかりの兵器の追加援助とごく少数の特殊部隊による南ベトナム軍支援を行うだけであった。その、ごく少数に含まれる一人が、ジェイク・ナカムラ伍長だったのだ。

日系三世であるナカムラは、徴兵制が廃止直前に適用された世代として、ハイスクールを出たところでアメリカ陸軍に入隊した。大学で歴史の勉強をしたいという希望はあったものの、家はそれほど裕福ではなかったため、退役後に奨学金がもらえるならかえってありがたいと軽く考えていたのだ。もちろん戦争は怖かったが、既にベトナムからの撤退は始まっており、前線に送られる可能性は低いように思えた。

だが、幸か不幸か、ナカムラはその時の軍が求めていたものを持っていた。アジア系の外見、そして日本人移民の祖父と日本語でコミュニケーションしていたゆえの、言語習得の才能である。軍が、彼の能力を見逃すことはなかった。

特技兵としての訓練を受けたナカムラは、ベトナムへ派遣された。公式な配属先は、陸軍第六九統合整備・支援中隊。アメリカ軍戦闘部隊のほとんどが撤退した後も、大使館の警備などを目的にごく少数が残された部隊の一つである。とはいえ、それは表向きであり、実際には特殊作戦や工作活動を行うことも多かった。

ナカムラは、山岳地帯の少数民族・モンタニヤードとともに、しばしばラオスやカンボジアへ潜入することとなった。

ヤードたちはベトナム戦争初期の段階から、アメリカ軍の軍事顧問団によって訓練を施され、ゲリラ部隊として活用されていた。長い戦争の期間を通じてアメリカを信じ、そのために戦い続けてきた彼らは、戦争の終わりがアメリカの望まぬ形で見えてきたこの段階ですら、アメリカ兵とともに特殊作戦に従事している。少数民族の彼らが生き残るための選択肢は、他にないのだった。

このミッションの目的は、クメール領内の遺跡にあるといわれるベトコン拠点の偵察だった。アメリカ兵の同行は和平協定違反だが、日常的に行われている。そして今回、ナカムラはいつものようにヤードたちを指揮監督する他、もう一つの任務を与えられていた。

ナカムラはジャングルの行軍にはもう慣れていたが、地図の信頼性が低く、度々ルートを変更せざるを得ないことには辟易《へきえき》していた。この地域は航空偵察を実施できなかったため、詳細な地図は作成されておらず、古いフランス統治時代の地図を使うしかなかったのだ。

それでも、夜間にヘリから降下して三日目。重いバックパックを背負っての彷徨《ほうこう》にもついに終わりの時が訪れた。

疲れ果て、荒い息を吐くナカムラたちの目の前に、灰色をした石造りの遺跡が、濃い緑の樹々に埋もれるように広がっていた。中央には緑の蔦にほとんど覆われた塔があり、刻まれた巨大な菩薩は数百年間続けてきたであろう微笑みを浮かべている。

その荘厳な様子を前にナカムラたちは束の間立ち尽くしていたが、いつまでもそうしてはいられない。音を立てぬよう散開し、包囲隊形を取った。

しかし、ベトコンの根拠地というわりには、まったくひと気が感じられない。相変わらず聞こえてくるのは、ジャングルに響くよくわからない鳥や獣の声だけだ。

ナカムラはヤードたちにサインを送ると、姿勢を低くしつつ、石壁の崩れた部分から遺跡へ静かに侵入した。中に入ってみると、確かに巨大ではあるが、既に知られているアンコールワットほどの規模はないことがわかった。

足元は泥や枯葉で覆われ、その下にあるはずの石畳は見えない。もう何年も、人が歩いていないのは明らかだった。

——情報は、誤っていたのか。

ナカムラは疑いを抱きつつも、ヤードたちを従えて寺院らしき建造物の中へ足を進めた。警戒を怠《おこた》ることなく、崩壊した瓦礫の山を乗り越える。薄暗い建物の中では、天井に開いた穴から射す光が柱になっていた。石の冷気が心地よい。

いくつかある部屋を、ナカムラたちは見て回った。放棄された拠点だとしても、いつ頃放棄されたのか、遺留品がないかなど調べねばならない。部屋ごとに、念のためトラップが仕掛けられていないか確認した上で、銃を構えながら突入する。

どの部屋にも誰もおらず、何もなかった。時々、蛇が驚いて逃げていくだけだ。ナカムラはバックパックからカメラを取り出すと、ところどころで遺跡の写真を撮った。

それが、ナカムラに与えられたもう一つの指令だった。

敵の拠点たる遺跡の詳細を調査し、可能な限り遺物を収集せよ――。

痕跡はなく、もともと敵の拠点ですらなかったようなのだから、無駄とは思いつつナカムラは要所要所で遺跡の写真を撮った。遺物収集というのはいささか不可解な指令ではあるが、そのまま放置していて戦火に呑まれてしまうよりはましだ。貴重な文化財を保護することにもなると、かつて歴史を学ぼうとしていたナカムラは好意的に解釈した。

祠堂とおぼしき建物の、重そうな石の扉は開いていた。踏み込んだところで、やはり何もない。

ナカムラはフラッシュライトを点けた。石壁に光の輪ができる。部屋の一方の壁には、別の小部屋に通じる出入口があるようだ。

暗い部屋の隅で、何か小さな物体がライトの光を跳ね返した。近づいて拾い上げると、それは指先に載るくらいのエメラルドの小石だった。

この部屋にあったものはほとんど、誰かに持ち出されてしまったのだろう。埃の積もり具合からして、かなり昔、フランス人が統治していた頃のことかもしれない。彼らは、東南アジアの遺跡に執心だったらしい。

だがそれは、ベトコンとは関係がない。やはり、この遺跡は軍事的な脅威ではなかったのだ。

無駄足だったか、とナカムラが苦い顔をしていると、奥の小部屋を調べていたモンタニヤード兵の呼ぶ声がした。

小部屋に入り、ヤードの一人、タックという名の背の低い上等兵が指し示すほうへ目を向ける。壁に、人や動物を模した文様があった。レリーフだ。石の壁に彫り込まれているため、フランス人たちも持ち出せなかったのか。

レリーフの中では、王の格好をした人物が、自らの目の前に何かを掲げていた。その視線が向けられた先の壁にナカムラはいわくありげな窪《くぼ》みを見つけたが、何も残されてはいなかった。

そのレリーフを写真に収めていると、隣に立ったタック上等兵が片言の英語で話しかけてきた。

「コノ絵ノ話、聞イタコトガアル……」


上野駅で地下鉄を降りた北斗は、長い連絡通路を抜けてＪＲの中央改札に出た。広いコンコースには、乗客たちが自動改札にＩＣカードを重ねる電子音が絶え間なく響き、駅舎の外から流れ込む熱気と湿気が渦を巻いている。壁に貼られた、プロ野球やＪリーグのポスターが目についた。

高い天井を見上げる。この駅舎は、戦前に建てられたものだと聞いたことがあった。古い建物を見る度に北斗は、いったいどれだけの人が行き過ぎるのを見守ってきたのだろう、と思う。

改札の奥、頭端式のプラットホームから、列車が出ていくのが見えた。そのまま視線を上げると、改札上のデジタル時計は十二時五十五分を示している。栗原たちとの待ち合わせは、午後一時に公園口の改札だ。

北斗は急いで歩き出した。改札の中を通れば速いが、そうもいかない。山下口からいったん外に出ると、目の前は上野の山である。その脇の階段を上ったところ、公園口の切符売り場の前に、夕子と栗原の姿が見えた。

「ごめんごめん」両手を合わせて二人に近づく。

「遅えよ」

腕を組み、軽く口をとがらせた栗原を「大丈夫だよ。行こっか」と夕子がとりなし、三人は駅に面した上野公園へ入っていった。

公園の入口には夏の陽射しが照りつけ、舗道のそこここに干からびたミミズが貼りついている。園内を覆う樹々の緑から、降り注ぐ蟬時雨《しぐれ》。空の開けた場所を通ると、湧き立つ積乱雲の前に東京スカイツリーが存在感を放っていた。

「仕事、落ち着いた？」北斗は夕子に訊いた。

「うん。ようやく休日出勤まではしなくてすむようになった。こないだは一緒に会津行けなくてごめんね」

「休めるようになったんなら、よかったな」

そう答えつつ、北斗は周囲に不審な人影を探した。このところすっかり習慣になっている。だが、公園の中にはあまりにも大勢の人たちが歩いていた。

向かいから、風船を持った子どもが走ってきた。ベビーカーを押す父親と母親が、笑いながらその後を追ってくる。動物園帰りだろうか。平和の象徴のような、明るい風景だ。こんなところに怪しい人物がいれば、わかりそうなものだ。

やがて、目的地が見えてきた。公園の中央、大噴水の向こうに建つ重厚な建物。

東京国立博物館である。

博物館の建物を見た北斗は、感心して言った。

「立派な建物だな」

「初めて来たのかよ」栗原が馬鹿にしたような声を出す。

「ああ。科学博物館には何度も行ってるけど。そう言うお前はどうなんだよ」

「俺も初めて」

ぺろりと舌を出し、栗原はチケット売り場へ足早に向かっていった。

「なんだあいつ。夕子は、来たことは？」

「ちょっと前に、友達と企画展を見にきたかな。古代中国美術の特別展」

「ふうん。友達か」

北斗の脳裏に、樫野教授の通夜の席で夕子の親戚が話していた台詞が浮かんだ。夕子ちゃん、最近いい人がいるって聞いたわよ――。

「そ。後でミュージアムショップ寄っていい？　そのとき一緒に来た女の子がね、早く帰らなくちゃいけなくて、図録を買いそびれちゃってさ」

「そうなんだ」

北斗は平静を装った返事をしながらも、女性と来たと聞いてなぜか安堵した自分に気づき、戸惑いを覚えた。

夕子はそんな北斗の内心など知るはずもなく、話を続けている。

「ていうか、その前にも何度も来たことあるよ。そもそも、おじいちゃんがここで働いてたって言ったでしょ」

　それは、ここを訪れた理由の一つだ。

　会津から戻った後、北斗は夕子に電話し、会津での出来事を報告した。そこから樫野家の先祖の話になり、夕子の祖父にあたる人物が戦前から戦中にかけて東京帝室博物館――現在の東京国立博物館に勤めていたことを聞いたのだ。

『おじいちゃんは、樫野家には婿養子に来たんだ。旧姓だと神田篤っていうの。北斗くんたちが会津のお寺で聞いてきた、神田英之進の孫にあたる人ね。神田の家は、戦争でみんな亡くなっちゃったんだって。おじいちゃんの両親は東京大空襲で、何人かいたお兄さんはみんな軍人だったから戦死しちゃって。おじいちゃんだけが生き残ったってわけ』

　夕子は、そう教えてくれたのだった。

　なお、博物館を訪れた理由はもう一つある。

　栗原が調べたところによれば、現在、日本国内で見られるクメールの美術品としては、東京国立博物館に展示されているものが最も有名なのだという。そこで、クメールのペンダントがどんなものかイメージを摑むためにも、実際に見てみることにしたのだ。それに栗原には、クメールの遺物に関して相談したいこともあるらしい。

　ただ栗原がつくづく残念がっていたのは、この日エルザは都合がつかないため三人での訪問となったことだった。

　北斗たちは博物館の入場ゲートを通り抜け、広い前庭に出た。ほとんどの来館者は正面にある本館へと進んでいくが、北斗たちはあらかじめ調べてきた通り、向かって右側にある東洋館を目指した。

東洋館は、戦前に建てられた本館よりも新しい、昭和四十三年の開館だ。中国や朝鮮半島、東南アジアなど東洋に関するものが展示されている。

静かな館内は、ひんやりとエアコンが効いていた。階段を下りていった先、目当ての展示がある地下一階には、ひと気がほとんどなかった。

スポットライトに浮かび上がるいくつかの展示物を見て、栗原が声を上げた。

「ああ、これだこれだ」

それらは、十世紀から十三世紀にかけて造られた、アンコール王朝時代のクメールの彫像や陶器だった。これら展示物は昭和十九年、当時の帝室博物館と、フランス領インドシナにあった東南アジア文化の研究機関『フランス極東学院』の美術品交換により収蔵されたものだと説明パネルに記されている。帝室博物館からは、日本の仏像や太刀《たち》などが送られたという。

展示室に並ぶ石仏や彫刻を順番に見ていく。北斗がふと視線を感じて振り返ると、よく知らない神様の彫刻に見下ろされていた。少し神経が過敏になり過ぎているのだろうか。

やがて北斗は、とある横長のレリーフの前で立ち止まった。象に乗った人物が大勢を引き連れている様子が描かれており、周囲を取り囲む精緻な文様に目を奪われた。説明書きによれば、このレリーフは堂の入口上部を飾るものらしい。そういえば、写真で見たアンコールワットの遺跡は、一面にこうした彫刻が施されていた。そのわずかな断片ですらこれほど引き込まれるのだから、実際のクメールの遺跡を目の当たりにすればきっと圧倒されることだろう。

それにしても。北斗は、疑問を口にした。

「昭和十九年って、戦争中だろ。こんな美術品を交換する余裕があったのかな」

隣にいた夕子も同じことを思ったようで、頷いている。

「昭和十九年といえば、終戦の前の年だ。戦局は完全に日本不利、至るところで転進や玉砕が相次いで、制海権、制空権も奪われつつあった。たしかに変だよな」

そう答えた栗原は、相談っていうのはこのことなんだけど、と続けた。

「会津から帰って、いろいろ調べたんだ。で、一つ面白いことがわかった。クメールには、遠く離れた場所を見通せる不思議なペンダントの伝説があるらしい」

「なんだ、またその手の話」

呆れ顔で言う夕子の隣で、北斗は「ペンダント？」と訊き返した。

「そう」

栗原がにやりと笑う。「デンクールの持っていたお守りってのは、まさにそれなんじゃないか。ただの戦上手じゃなくて、本当に敵の様子を透視していたのかも」

「なにそれ？」

疑り深そうな表情を浮かべている夕子に、栗原は言った。

「リモート・ビューイング——遠隔透視を、科学的に研究してる人も多いんだよ。米軍もかつて、スパイ活動のために遠隔透視を利用しようとしたそうだ。もしかしたら、日本軍はクメールのペンダントの伝説を知って、戦局を挽回するためにその力を手に入れようとしたんじゃないか。で、見つけたものを運ぶために、美術品交換をカモフラージュに利用したとか……」

「さっきの話と矛盾してないか。デンクールが遠隔透視のできるペンダントを持ってたのなら、既に日本にあったってことになるんだから」北斗は指摘した。

「あ……それもそうか」

栗原の推理は、あっさり崩れたようだ。「でも、戦時中にそんなことをしたんだから、やっぱり日本軍が絡んでたりするんじゃないかなあ」

「お前、そういう陰謀話とか大好きだよな」

北斗はからかいながらも、もしそんな超自然的な力を持つものが実在するならば、日本軍が欲しがっていたとしても無理はないと思った。

夕子は、まだ首を傾げている。

「どうも、信じられないなあ。例えば、水晶がレンズになってて、望遠鏡みたいに遠くのものが近くに見えただけなのに、昔の人には透視って思えたんじゃないの」

確かに、合理的に解釈すればそうかもしれない。北斗が今度は夕子の説に納得しかけたところで、栗原は反撃に出た。学生の頃の論争が再燃したようだ。

「これは、俺の考えだけど……」

栗原はまず、『副実像《ふくじつぞう》』と呼ばれる現象について説明した。凸レンズによって屈折した光が作る像は実像——上下左右が逆の像と、虚像——大きく見える像だけだと考えられていたのだが、光を当てる条件によってはレンズの前後に『副実像』と呼ばれる像も現れることが、近年、日本の高校生によって発見されたのだという。ちなみにこの副実像が映り込んでしまったものが、いわゆる心霊写真と考えられるそうだ。

「なんだよ。かえって否定するような話じゃないか」

「いやいや、ここからが本番」

栗原は、副実像の例が示すように、レンズが起こす光学現象にはまだわかっていないこともあるはずだと話した。そもそも水晶には、圧電効果といって圧力が加わると電気を発生させる特性がある。発生させる電圧がきわめて高い水晶があれば、付随して発生する磁場が、人間の磁気を感じる能力に影響する場合もあるのではないか。それが、レンズの持つ未知の光学現象と作用し合って、遠隔地を透視できるのではないか――。

「スクライングとかも、同じ理屈だと思うんだ」

「何、それ」北斗には、初めて聞く言葉だ。

「水晶とか水とか、何かの物体を見つめて、光学的には見えないものをイメージ――幻視することさ。水晶占いとかもこの一種だな」

「まるっきりオカルトじゃないの」

辛辣に切り捨てた夕子に、栗原がちくりと言い返す。

「でも夕子、学生の頃、水晶占いに行った話をしてなかったっけ？」

「よく覚えてるなあ……。あれはただの娯楽」

「なんだその勝手な理屈は」

「とにかく、栗原くんが言ってるみたいなのを、疑似科学って言うんじゃないの。だいたい、人間に磁場を感じる力なんか本当にあるの？」

「それが、あるらしいんだな。東大とカリフォルニア工科大だかの共同研究で証明されたって、ネットで読んだぞ」

「ネットで見たってだけで、知った気にならないでよ。科学的じゃないなあ」

栗原が、むっとした顔で反論する。「科学が万能ってわけじゃないだろ。現代の科学では当たり前の自然現象だって、昔は理解のおよばないものだったはずだ」

「それを言ったらなんでもありじゃない。オカルト信者の得意技」

その時、展示室の隅の椅子に座っていた学芸員が立ち上がり、「おそれいりますが、お静かに……」と声をかけてきた。

「あ……すみません」

少々興奮気味だった夕子と栗原は、急にしおれたように口をつぐんだ。居づらくなって、皆でその場を離れる。

隣の展示室に来ると、夕子が「あんなとこで変な話を始めるからだよ」と小声で文句をつけた。栗原も「言いがかりつけてきたのはそっちだろ」とやり返し、また小競り合いが始まる。

「まあまあ、落ち着けよ」と宥めに入った北斗だったが、二人に「落ち着いてるよ！」と声を合わせて言い返されてしまった。

大きく響いた声に、今度は、他の客から不審げな視線を向けられる。北斗は「場所を変えよう」と、二人を連れて展示室を出た。

本館の奥、平成館のラウンジは空いており、北斗たちは一番端のテーブルを囲んで座った。

それぞれに自販機で買ってきたコーヒーを飲む頃には、夕子と栗原の言い争いは昔と同様、何事もなかったように収まっていた。

「北斗の考えでは、ペンダントは一九九五年に樫野先生が会津の雨乞岩へ持っていったってことだよな」栗原が言った。

「ああ」

「じゃあ、それまでは先生の家にあったわけだ。夕子は全然知らないのかよ」

「わかんないよ。こないだも北斗くんに言ったけど、わたしはまだ幼稚園にも行ってない頃だよ。だいたい、そんな秘密のものだったら、子どもの手が届かないところにしまっとくはずでしょ」

その夕子の言葉を聞いた栗原が、にやにやと笑う。

「なによ」

「だって夕子の口ぶり、信じてるみたいなんだもん。遠隔透視のペンダント」

「百パーセントは信じてないって！」

「まあまあ」

北斗はまた二人の間に入った後、ペンダントのたどった道についての推測を話した。

「とにかく、ペンダントは先生のところにあったんだと思う。デンクールの最期を見届けた神田英之進さんがペンダントを持っていたとすれば、それは神田家から樫野家へ伝わったとしてもおかしくはない。夕子の話では、神田家はみんな戦争で亡くなって、財産を継いだのは樫野先生のお父さんだけってことだったよね。神田篤さんって言ったっけ」

夕子が頷く。北斗は続けた。

「ペンダントは、どこかのタイミングで先生に引き継がれたんだろう。篤さんが身体を悪くしてから、先生が墓参りに来るようになったと会津のお寺で聞いたけど、その時だったのかもしれない。そして一九九五年、それに興味を持っていたナカムラと会った後、先生はペンダントを雨乞岩へ隠すことにした」

「お父さんは、なんでわざわざそんなことをしたんだろう」

「ペンダントが本当に遠隔透視のできるものだったら、どうかな？　栗原の言うように、日本軍や米軍もその力を欲しがるほどのものだとしたら？　ナカムラは米軍の軍人だったらしいし、ペンダントの秘密を知っていたのかもしれない。先生はそんな力がペンダントに隠されていたことを知り、悪用されないように隠したとか」

うーん、と夕子は首を傾げた。あまり納得できていないようだ。

「米軍が欲しがっていたなら、その時になんでペンダントをお父さんから買い取るなり、奪い取るなりしなかったの。それに、なんでお父さんはそのナカムラって人と塩屋さんと一緒にペンダントを隠しに行ったの」

確かにその点は、よくわからない。しかし、話を進める以上……やはり、あの件に触れざるを得ないか。

夕子には、ペンダントを持ち去った人物についての推測までは伝えていなかった。樫野先生は殺されたのではと考えたことも。塩屋を父親の親友と思っている彼女には、まだ言い出せなかったのだ。

「ねえ、なんかわたしに黙ってる話とか、あるんじゃない？」

迷いが、態度に出ていたのだろう。北斗を見て、夕子が言った。「わたしに気を遣ってるんなら、そんな必要はないから」

こうなると、思い切って話す他ない。

「樫野先生は、殺されたんじゃないかな」

北斗の言葉に、皆が一瞬黙り込む。自らが発した言葉の重みに北斗は周囲が気になったが、ラウンジにまばらに座る来館者の誰も、その物騒な言葉に気づいた様子はなかった。

「そもそも、先生が事故で亡くなったこと自体、おかしいと思うんだ。フィールドワークではあれほど注意深かった先生が、間違えて崖から落ちるなんて……。自殺ってこともあり得ないよね」

夕子の目を見ながら、北斗は話を続けた。

「となれば、他殺だ……。心のどこかでは、それもないとは思ってた。あの先生が殺される理由が、どうしても考えつかなかったんだ。だけど、自分に非がなくても殺されてしまうことはあり得る。例えば、何か重要なものを持っているというだけで」

「それが、クメールのペンダントか」栗原が呟いた。

「ああ。ペンダントの秘密を知っているであろう人物は、先生の他に二人いる。先生と一緒にそれを隠した人物だ。ナカムラと……」

北斗は、夕子を見た。

「そんな……」

「申し訳ないけど、俺は塩屋さんを疑っている」

北斗の言葉に、夕子の表情がみるみる青ざめていく。

「でも……そうだとしたら、なんで今になって？　一九九五年に一緒に隠したなら、その時にいくらでもペンダントを手に入れるチャンスはあったんじゃないの」

それは栗原も言っていたことだが、まだよくわからない。今になって考えを変え、ペンダントを手に入れたくなったのだろうか。

「もちろん、その可能性はある。あるいは、二人の共犯か」

「それに、塩屋さんじゃなくてナカムラって人かもしれない」夕子は言った。

「ナカムラって人は、アメリカの軍人なんだよね。塩屋さんは自衛隊だし……。まさか、米軍や自衛隊が絡んでるとか？」夕子は、ひどく不安そうな顔をした。

「いや。たぶんそれはないな」栗原が答えた。「米軍や自衛隊が、一九九五年からずっとペンダントを狙っていたのなら、こんなに長いあいだ放置はしないよ。ナカムラにせよ塩屋さんにせよ、個人的な行動だったんじゃないかな」

「でも、ペンダントが欲しいからって、お父さんを……死なせる必要がある？」

「先生と塩屋さんが仲違いをしていたってことに関係があるのか……。その辺の事情も今はわからないな」

そう言いながら北斗は、黒々とした雨雲のような不安が胸の中で渦を巻き、大きくなっていくのを感じていた。

そして北斗は、おそるべき事実を認識した。もっとも、それは意識の片隅にずっと浮かんでいたことだ。

樫野先生が殺され、ペンダントを持ち去られたことで、本当に終わりなのだろうか。自分たちが真相を察したと気づかれたら。そうなれば、次に命の危険にさらされるのは――。

「やっぱり、警察に任せるべきかな」

北斗の提案に、真っ先に否定的な見解を示したのは夕子だった。

「たぶん、信じてもらえないよ。一度は事故と断定したんだし、クメールのペンダントが原因――しかも遠隔透視がどうのだなんて、話も聞いてもらえないと思う」

「それはそうだけど……この先は危険だよ。少なくとも、夕子はもう関わらないほうがいい」

「なんで？」

夕子は、少し怒ったような目で突っかかってきた。予想外のことにたじろぎつつ、北斗は答えた。

「いや……だって、危ないから……」

「だから、わたしは黙って様子を見てろっての？　栗原くんはどうするの？」

「決まってんだろ」栗原が呆れたように言った。「俺は降りない。こうなったら、全部調べ上げて、記事にしてやる」

「ほら」

夕子は、少なくとも今は栗原と結託することにしたようだ。「だいたい、わたしのお父さんは殺されたかもしれないんだよ。わたしが抜けてどうすんの」ぐっと身を乗り出して力説した後、夕子は力を抜いた声で言った。

「……でも、心配してくれてありがとう」

「そういうことだ」と、栗原が、まとめにかかった。「俺のジャーナリスト魂にかけても、必ず真実を突き止めてみせる！」

「いつからジャーナリストになったんだよ」と突っこみを入れる北斗に、栗原は少しだけ真面目な顔をして言い返した。

「お前こそ、調べ続けるつもりだったくせに」

図星だった。北斗は、以前にも増して、真実を確かめたいと強く願っていた。しかし、それがどんな結果を招くのかはわからない。

北斗は、夕子に言った。

「塩屋さんのことは、まだはっきりとした証拠があるわけじゃない。けど、何かあればすぐに連絡くれよな」

夕子は頷いた後、寂しそうに口にした。

「だけど、お父さんはそのペンダントを、なんで北斗くんに預けようとしたんだろうね」

それは、北斗も思っていたことだった。なぜそんな大事なものを、娘の夕子ではなく俺になんだろう。いささか心苦しくもある。

「やっぱり、喧嘩しちゃってたからかな。あ、娘のわたしをさしおいて、とかそういうんじゃないから気にしないで。だいたいそんなよくわかんないもの、要らないし」夕子はそう言った後、「そういえば」と話題を変えた。

「喧嘩する前、わたしの誕生日に、お父さんがプレゼントは要るかって聞いてきたことがあったんだ。その時は、いい歳して今さら父親からのプレゼントなんて、って断っちゃったんだけど、もらっておけばよかったな」

　さすがにそっちは変なものじゃなかっただろうしね、と笑う夕子の声色には、やはり寂しさが含まれていた。

　窓に映る空の色はいつしかオレンジへと移り変わっていた。暗くなった建物の陰からは、今も視線が注がれているように見えてしまう。

　北斗は窓の外に目を凝らした。だがそこには誰の姿もなく、夕陽を浴びた建物の壁が、まるで血のような赤に染まっているだけだった。

第八章　誤算

一九七五年　ベトナム共和国　サイゴン

四月の陽光が、香辛料の匂い漂う街を熱している。それでもこの時期、空気は乾燥し、案外と過ごしやすい。

きついのは、もうじきやってくる蒸し暑い雨季だ。その頃には自分がこの国にいないことを、感謝すべきだろうか。

皮肉な気分で軍用トラックの荷台に座るジェイク・ナカムラ伍長の耳に、突如爆音が飛び込んできた。次の瞬間、幌《ほろ》のない荷台の上を、大きな黒い影が横切っていく。

影を落としたものを見上げはしなかった。それが何かは、わかりきっている。

ここ数日で、それ――市街地上空をひっきりなしに飛ぶヘリコプターの存在には、慣れてしまっていた。

また爆音が響くと、視界の隅を通常ではあり得ぬ低高度で、通称ヒューイと呼ばれるＵＨ－１輸送ヘリが飛んでいった。南ベトナム空軍の国籍標識をつけている。搭乗口のドアを外した機内には立ったまま乗っている者の姿もあり、まるで満員電車のようだ。ヘリは、明らかに定員以上の人間を詰め込んでいた。

遠くのビルでも、わずかに塗装の異なるアメリカ海兵隊のヒューイが屋上から離陸しようとしている。屋上へつながる階段には人間が鈴なりになっているが、ごく少数の者を乗せただけで、ヘリは飛び去っていった。

――脱出、か。

ナカムラは、東の空へ向かう機影を見送りながら呟いた。

一九七五年四月三十日。ベトナム共和国――南ベトナムの首都、サイゴン。

前日の夜、在ベトナム米軍放送《AFVN》のラジオから雑音混じりに流れるビング・クロスビーの『ホワイト・クリスマス』を、ナカムラは聴いた。熱帯の街に流れる、雪のクリスマスを夢みる歌。それは、かねて定められていた暗号、脱出作戦『フリークエント・ウィンド』の発動を知らせるメッセージでもあった。

各地で南ベトナム軍の抵抗を粉砕した末、首都サイゴンを包囲した北ベトナム軍が、ついに最後の総攻撃を始めたのだ。

ここ数週間、郊外のタンソンニャット空軍基地から頻繁に飛び立っていた大型輸送機の姿は、もう空にない。

空軍基地の方角には、大きな黒煙が上がっていた。北ベトナム軍の爆撃により滑走路は破壊されたらしい。もはや、輸送機による脱出は不可能だろう。

アメリカ軍のヘリコプターは、サイゴンの沖合に展開した第七艦隊との間でピストン輸送を行い、南ベトナムに残っていたアメリカ軍人とその家族、またアメリカ国籍の者たちを脱出させていた。

指揮系統の崩壊した南ベトナム軍も、自分たちのヘリに乗せられるだけの者を乗せ、沖合の艦隊を目指している。任務に忠実な者は勇敢にも北ベトナム軍に立ち向かっていたが、次々に撃破されていた。

その混乱の中、ナカムラは少数の兵士たちとともに、ある任務へ向かっていた。

サイゴン市内、レユアン通りの端にある国立博物館の捜索である。かつてフランス極東学院のものであったその博物館に収蔵されているかもしれない、貴重な遺物——具体的には「ペンダント」——を探し、見つけた場合はすみやかに確保せよという命令だった。

その命令を受けてすぐ、ナカムラはカンボジア領内で見聞きしたある事柄を思い出した。そのことは、誰にも話していない。

トラックは、カラフルな看板が所狭しと掲げられた商店街を通り抜けようとしている。軒を連ねた数え切れぬほどの商店から熱気と喧騒は消え、どの店も固く扉を閉ざしていた。舗道の上に人影はなく、痩せた犬が一匹横切っていくだけだ。

ナカムラが二週間ほど前にそこを歩いた際、街のざわめきは以前と変わらず、人々も表面上は平静に見えた。だがその表情からはどこかしら怯えのようなものが感じられ、街全体を不穏な気配が覆っていたものだ。

その時のナカムラは、私服だった。東洋系の顔立ちゆえに面倒はなかったが、もしアメリカ軍の軍服を着ていれば、たちまち冷たい視線を向けられただろう。何しろ、アメリカは同盟国——南ベトナムという国家そのものをまさに見捨てようとしているのだ。

――モンタニヤードの人々に続き、今度はこの国を丸ごとか。

流れ去る街並みを乾いた心で見つめるナカムラの耳に、トラックの荷台に座る他の兵士の声が聞こえてきた。戦闘服の胸に、トンプソンという名が記された一等兵だ。

「そのペンダントには不思議な水晶がついてて、遠く離れた場所が透視できるんだってよ」

隣の兵士が、胡散《うさん》くさそうに言う。「そんなもん、あるわけねえだろ」

「でも昔、日本軍はそれを信じてベトナム中を探しまわったらしいぜ」

トンプソンは、上官の会話を耳に入れてしまったのだという。

そもそもの発端は、第二次大戦後に日本を占領したアメリカ軍が日本軍の研究所で見つけた記録であり、それには日本軍が仏印で探していた遠隔透視のできる遺物のことが書かれていたそうだ。日本軍は実際、仏印からクメールの遺物をいくつも日本本土へ運んだが、結局その中にはなかったらしい。

トンプソンは得意げに、自分が知った情報を説明した。本来、そのような機密を口にするのは許されない。しかし、敗走しつつある軍隊に規律を求めるのがどれほど難しいかは、歴史上の数《あま》多《た》の事例が証明していた。

初めは無関心だった他の兵士たちも、次第に興味を示し始めている。

「ふうん……本当かよ」

「面白えな」

皆の反応に自尊心を満足させた様子のトンプソンは、話を続けた。

「で、この戦争が始まって、アメリカ軍もその遺物を探すようになったわけだ」

捜索の過程で、遺物とは水晶のついたペンダントだとわかったが、結局、戦争が終わろうとしている今に至ってもそれは見つかっていないという。

「いよいよケツをまくるんで、どさくさに紛れて博物館を漁っちまおうってことさ」

話を聞きながら、ナカムラは小さく頷いた。なるほど、ようやくわかった。あの任務には、そんな背景があったのか。

上層部は、それをとにかく手に入れたいのだろう。この戦いを失うであろう合衆国は、神頼みでもなんでも、次こそは勝つつもりなのだ。

トラックが、交差点の角を曲がった。目的地が近づいたことを察し、兵士たちは口を閉ざした。

荷台から見える街の風景は、それまでと変化してきていた。緑の多いレユアン通りの一角には、石畳の舗道に面し、フランス統治時代に建てられた白亜の建築物が並んでいる。ヨーロッパ風ではあるが、ベランダや屋根の造りなど、どことなく東洋との融合も感じさせる佇《たたず》まいだ。

その最も奥にあるのが、国立博物館だった。西洋と東洋が融合した、インドシナ様式とよばれる薄黄色の建物である。

博物館には、インドシナ各地から集められた貴重な遺物が展示されている。かつてはサイゴン市民で賑わったその博物館も、ここ数週間は訪れる者もなく閉鎖されていた。

トラックが門扉の前で一時停止すると、一人の兵士が、どこからか調達していた鍵で門を開けた。博物館の庭に乗り入れ、エントランスの正面でエンジンを切る。

荷台から、ナカムラたちは飛び降りた。それぞれが片手にＭ16Ａ１アサルトライフルを持っているが、構えはしない。ここが無人であるという情報は事前に入っていた。庭の芝生の上を、新聞紙の切れ端が風に飛ばされていくのが見えた。

煙草を咥えた指揮官が最後に助手席から降り、エントランスの扉の前に立った。

一週間ほど前に、沖合の空母からヘリでやってきた大尉である。噂によれば、かつては第一騎兵師団の一部隊を指揮していたが、ベトコンを匿《かくま》っているという理由で村をいくつも焼いてしまい、さすがにやり過ぎだと罷免されたらしい。

空室の増えた大使館の中で、天井にシーリングファンの据え付けられた部屋を指揮所代わりにした大尉は、ナカムラの所属する第六九統合整備・支援中隊の面々へ次々に命令を発した。そのいずれもが、市内で歴史上の遺物を捜索せよというものだったが、混乱のさなか、指揮系統を無視した形で臨時の捜索部隊が編成されたところで気にする者はいなかった。そうして、今日の博物館捜索に至ったのである。

先ほど博物館の門扉を開けた兵士が、別の鍵を建物の扉に差し込んだ。大尉に続いて兵士たちがなだれ込む。

天井の高いホールに、大尉の声が響いた。

「展示物の中にないのはわかっている！　バックヤードを探すんだ」

ナカムラが入った部屋の壁の棚には、貴重そうな遺物が並んでいた。英語の解説によると、阮朝時代の壺や、クメール王朝のシヴァ神の彫像など、数百年前のもののようだ。それらを興味深く眺めたナカムラは、ふと心配になった。間もなくやってくる北ベトナム軍は、これらをどう扱うのだろう。

突然、隣の展示室から、ガラスが割れる音がした。展示物をひっくり返すような音も聞こえてくる。

――なるほど、火事場泥棒とはこういうものか。北ベトナム軍の前に身内の心配をしたほうがよかったらしい。

荒っぽく探し回る音が、少しずつ移動していく。静かになった隣の部屋に入ろうとすると、トンプソン一等兵が出てくるところだった。

トンプソンは、何かを自分の戦闘服のポケットに押し込もうとしていた。目が合ったナカムラに、トンプソンは悪びれずに言った。

「ペンダントはなかったですけどね。伍長も記念に何か、持ち帰ったらどうですか。取り放題ですよ」

入れ違いで部屋に入ると、キャビネットの引き出しという引き出しはすべて開けられ、内容物が床にまき散らされていた。

床に散らばった様々なもののうち、小さな布袋にナカムラは目を留めた。袋の口に、カラフルな骸骨の人形が覗いていたからだ。

以前、本で読んだことがあった。たしか、メキシコのカラベラとかいう人形だ。

取り上げて確かめる。人形の服の下には紙のタグがしまい込まれていた。抜き出してみると、何か字が書いてある。フランス語だったが、ナカムラは任務の関係上ある程度習得していた。

古びた紙片には、こう書かれていた。

『一八六六年十二月、サイゴンにて、我が友、日本派遣軍事顧問団のF・デンクール陸軍中尉より受け取る。彼には友誼の証としてペンダントを渡した。Ｌ・ドラポルト』

――ペンダント。まさか。

ナカムラは、人形がもともと収められていた引き出しを調べた。どうやらこれは、ドラポルトという人物がコーチシナの屋敷に保管していたコレクションの一つらしい。ドラポルトが十九世紀後半の、フランス統治時代の探検家であることは知っていた。

このタグに記されたペンダントが、探しているものかはわからない。だが、少なくともペンダントがまだ見つからない以上、それは一八六六年、デンクール中尉なる人物の手に渡った可能性はある。そしてデンクール中尉は、日本へ派遣されていた――。

ナカムラは、その人形の入った布袋を自らのポケットに収めた。

結局ペンダントを見つけられぬまま、捜索部隊は博物館の庭に集合した。

兵士たちが荒っぽい捜索の仕方をしていたのを、大尉は把握していたはずだ。しかし、彼らの行動を咎《とが》めることはなかった。

やがて、ヘリの爆音が近づいてきた。迎えが来たのだ。捜索部隊はここから直接、沖合の空母へ脱出する予定になっていた。

博物館の東洋風の屋根を巻くようにして、海兵隊のＵＨ－１ヘリが現れた。着陸態勢に入る。ヘリのキャビンでは海兵隊員が周囲を威圧するように、据えつけられた重機関銃を左右へ振っていた。庭の端に立つ巨木の枝が風圧で揺れ、無数の白い花びらが舞い散る。

兵士の一人が、エントランス前に停めていたトラックのエンジンルームに手榴弾を投げ込んだ。やって来る北ベトナム軍に使わせないようにするためだ。

爆発音とともにトラックが火を噴き出した時、博物館の閉められた門扉を叩く音がした。振り向けば、大勢の人間が押し寄せている。ヘリの着陸を見てやってきた市民たちだ。老人も若者も、幼い子を連れた家族もいる。皆が大荷物を抱えるか、背負うかしていた。

もはや確実となった北ベトナムによる占領後、一般市民がどのように扱われるかはわからない。よもや全員がひどい目に遭わされはしないだろうが、今までアメリカや南ベトナム政府に協力的な姿勢を取ってきた者の扱いについては、悲観する見方が強かった。彼らにはその心当たりがあり、ゆえに脱出を望んでいるのかもしれない。

「連れていってくれ！」という声がいくつも重なって聞こえた。

彼らの多くは、ただ生きるためにアメリカ軍に協力してきたに違いない。他に選択の余地はなかったのだ。

大尉は、煙草を咥えたまま拳銃を腰のホルスターから抜くと、何の予告もせず門扉の上に向けて撃った。一発、二発。群衆が慌てて逃げていく。

連れていけないのは、やむを得まい。だが、これは——。ナカムラは、大尉に近づいていった。

人々を追い立てるように、さらに数発を空へ放った後、煙草を投げ捨てた大尉と目が合う。感情の読めないその瞳に思わず声を失ったナカムラの横を素通りし、大尉は面白くなさそうに兵士たちへ告げた。

「早くヘリに乗るんだ、諸君《ボーイズ》」

兵士たちがヘリに乗り込む。ナカムラも、それに続くしかなかった。

大尉は、最後に乗り込んできた。エンジンの回転数が高まる。

ヘリのパイロットが叫んだ。

「離陸する。摑まれ」

胃袋が持ち上げられるような感覚がし、博物館の屋根が視界の下へ去っていく。旋回したヘリの開け放たれたドアから、道路を埋め尽くす群衆が見下ろせた。至るところで、ヘリに乗せろ乗せないという押し問答が起きているようだ。銃撃戦が展開されているらしい様子もうかがえた。

避難民が押し寄せてくる北の方角には、何条もの黒煙が上がっている。ヘリのエンジン音越しに、砲声が聞こえた。

煙で曇った空を飛ぶ数え切れぬほどのヘリは、全機が東の洋上を目指している。海岸線を越えると、海路での脱出を試みている小舟が何艘も白波を蹴立《けた》てているのが見えた。

今まさに、一つの国が滅び去ろうとしている。

日本軍が去ったのち、再び進駐したフランスとの戦いから数えれば、実に三十年の長きに及んだ戦乱の時代が、一つの区切りを迎えようとしているのだ。

ナカムラの耳が、大尉とパイロットの会話をとらえた。

「空母『ミッドウェイ』艦上の、国防情報局《DIA》担当官へ符牒《ふちょう》で送信してくれ。『カーラの涙は流れず』だ」

「それだけでいいんですか」

「ああ。それだけでいい」

二人のやりとりが、ナカムラを迷わせた。おそらくその符牒は、目的物を確保できなかったという意味なのだろう。ポケットにしまっている布袋を、どうすべきか。ペンダントそのものではないにせよ、それは捜索のための重要なヒントになるかもしれないのだ。このまま持ち帰って、よいものか――。

「送信完了しました、ロックウッド大尉」

パイロットの報告する声が聞こえてきた。

ナカムラは、二度と訪れることはないであろうサイゴンの街を遠く眺めた。はるか彼方には、緑の中を蛇行する川が見える。チベットに発し、中国やカンボジアなどの諸国を流れ下って南シナ海へ注ぐ大河だ。

川面に照り返す陽光が、ヘリの動きにあわせ少しずつ移ろっていく。それはまるで、インドシナの大地が泣いているようにも思えた。

木漏れ日の揺れる渓谷を、さらさらと水が流れていく。

その川べりの、アウトドア用の小さな椅子で、北斗は長いこと同じ姿勢のまま固まっていた。北斗の前の三脚には、望遠レンズをつけたカメラが載っている。レンズを向けた先では、苔むした岩が急流に逆らい白くしぶきを上げていた。

東京国立博物館を訪ねた、次の週末。樫野教授の残した謎を調べ続けることにしたものの、次にどうすべきかはわからないままだし、栗原も外せない仕事が入ったというので、北斗は気分転換を兼ね久しぶりに一人で撮影に来ていた。誰かに依頼された仕事ではなく、自分のための写真を撮るのが目的だ。写真をネットに上げたところで、買う人どころか見る人すらいないかもしれない。それでも構わないと思っている。

発表するあてもないデンクール中尉の記事を書いている栗原に、刺激を受けた面は否めない。自分も何か将来のための行動をすべきだろうかと考えた時、最初に思い浮かんだのは、カメラを始めるきっかけになった野鳥や自然の写真だった。そもそもは、樫野教授から教わったものだ。

ここは神奈川県西部、丹沢《たんざわ》の山中である。数日前に大雨が降ったばかりだが、何度か撮影に来たことのあるこのポイントに、以前と変わった様子はない。もっとも、少し離れた山では土砂崩れがあったようで、来る途中には災害派遣された自衛隊のトラックとすれ違っていた。

今日、北斗が狙っているのは、ヤマセミという鳥だ。冠のような頭部の羽と白黒のまだら模様が特徴的な、日本のカワセミ科では最大の野鳥である。早朝に入山し、この小さな渓流の川べりに隠れるように腰を据えてから、既に三時間近くが経っていた。

自然相手の写真を撮る際に必要なものは、何より忍耐力だ。時々、餌付《えづ》けで目当ての鳥をおびき寄せるようなカメラマンもいるが、北斗はそこまでして撮ろうとは思わない。

深呼吸をし、水の匂いのする空気で胸を満たしてから、北斗は再びファインダーを覗き込んだ。樹々の緑を背に、清流に顔を出した岩が映っている。ここにヤマセミが飛んでくれば、綺麗な画が撮れるだろう。

……が、そううまくいくものではない。まだまだ待つ羽目になりそうだ。

手持ち無沙汰《ぶさた》になると、どうしても樫野教授や、クメールのペンダントのことが頭に浮かんできてしまう。

樫野先生は、デンクール中尉の副官、神田英之進という人物の子孫だった。神田家から樫野家へと代々引き継がれてきたペンダントをめぐって、先生は命を落とす羽目になったのではないか――。その推測は、今や確信に近かった。そして、犯人ではと疑っている塩屋は、自分たちを監視していたらしいのだ。ペンダントは既に持ち去られた可能性があるとはいえ、すべてが終わったかどうかはわからない。

危険な状況であることは、認識しておいたほうがいい。特に、夕子が心配だった。彼女の勢いに押され、これからも一緒に調査を続けることにしてしまったが、本当によかったのだろうか。自分自身も、一人でこんなところに来たのは軽率だったかもしれない。

ふいにカメラマンベストのポケットが振動し始め、北斗はびくりとした。

――なんだ、電話か。

スマートフォンを取り出しながら、既視感を覚える。そういえばあの時も、撮影中だった。キヨクアジサシのいた海岸。

また何か妙な電話ではないだろうな、と画面に表示された相手の名前を確認する。その名を見た北斗は、慌てて通話ボタンを押した。まさか――。

『もしもし。今、いい？』

耳元で、夕子の声が響いた。

「どうした？　大丈夫か」

『……なんで焦ってんの？』

「いや、だって、何か危ないことでもあったかなと思って」

『大丈夫だよ、今のところ』

そうか、と北斗が安堵の答えを返してすぐ、狙っていた岩のあたりに白と黒の大きな鳥が留まるのが見えた。

――ヤマセミだ。

早くシャッターを切らないと。飛び去られては、ここまでの苦労が水の泡だ。

どうしてこう、この親子は絶妙なタイミングで電話をかけてくるんだろうと苦笑する。左手でスマホを持っているため、右手だけでカメラのレンズの向きを微調整していると、夕子が言った。

『何か取り込み中？　かけなおしたほうがいい？』

「あ、いや……問題ないよ。で、どうしたの」

話しているうちに、調整を終えた。よし、あとは電話をしながらでも、シャッターボタンを押すだけだ。

『ちょっと、相談しておきたいことがあって』

「相談？」

北斗は、つい身を乗り出した。その拍子に足が三脚に触れ、またカメラの位置がずれてしまう。覗き込んだファインダーは明後日の方向を映していた。

こちらの事情など当然知る由もない夕子が、話し始めた。

『来週、お父さんの四十九日法要と納骨があるんだけどね……。塩屋さんも来るの』

「えっ……。断るわけにはいかないの？」

『もともとお母さんが呼んでたんだし、急にそんなこと言っても変でしょ』

「それはそうだな……」

『このあいだの大雨で、塩屋さんの部隊も災害派遣されてるらしくて、長引いた場合には来られないかも、っていうんだけど……。どうなるかはわからないもんね。で、相談したいのは……』

夕子は、申し訳なさそうに言った。『急だけど、できたら北斗くんたちも来てもらえないかな、と思って』

夕子の声に、心配の色が滲む。

「もちろん行くよ。栗原にも伝えておく」北斗は力強く答えた。

その間に、なんとか右手で三脚の位置を直す。ファインダーの中にヤマセミが戻ってきた。

『ありがとう……。エルザには、わたしから相談しとくね』

ああ、と答えた時、岩の上にいるヤマセミが川面の一点を凝視するような動きをした。魚を見つけたのかもしれない。

『塩屋さんのこと、疑いたくはないんだ』

電話の向こうで、夕子がため息混じりに言った。『でも、こないだの話を聞いちゃうとね……』

その後は四十九日の法要と納骨が行われる霊園の場所と日時を確認し、自分たちも行くのだしあまり心配し過ぎないようにと伝えて電話を切った。

通話終了と表示されたスマートフォンの画面を、じっと見つめる。

視界の隅でヤマセミが飛び立ちそうな仕草をしているが、北斗はシャッターボタンへ手を伸ばすのも忘れ、考え続けた。

今のやりとりで、気になり始めたことがあったのだ。

――災害派遣。

今年は台風や大雨続きで、災害派遣の様子がよくニュースに映っている。今日も自衛隊のトラックを見かけた。

北斗は、スマホで検索を始めた。

検索結果を読んでしばらくし、そもそもここで何をしていたか思い出した時には、岩の上からヤマセミの姿はとっくに消えていた。

第九章　真相

一九九四年　アメリカ合衆国　ニューヨーク州

演習場の広い草原へ、二機の輸送ヘリが横並びで降下してきた。ローターの起こす風にちぎれた草と砂埃が、ヘリの周囲に渦を巻く。車輪が接地する前に飛び降りた兵士たちは、姿勢を低く保ったまま駆け出していくと、腹ばいになりM16A2アサルトライフルを構えた。全周の脅威へ対応できるよう、防御円陣を組んでいる。

その間もターボシャフトエンジンの回転数が下がることはなく、やがてヘリは再び空へ舞い上がっていった。

「前回よりも十秒ほど縮めています。順調に仕上がってますな」

ストップウォッチを片手に報告してきたタック先任曹長に、ジェイク・ナカムラは満足げに頷いた。

旋回して戻ってきたヘリが、頭上を通過する。ドア横に据えつけられた重機関銃が銃口を左右に振り、周囲を警戒しているのが見えた。

以前に見た同じような光景が、ふいにナカムラの頭をよぎった。

だが、ヘリの機種は、あの時のＵＨ－１から最新のＵＨ－60ブラックホークへ変わっている。ナカムラの、ウッドランド・パターンの迷彩服に縫い付けられた階級章も、大尉のものになっていた。

サイゴン撤退から、二十年近くが過ぎた。

今は、一九九四年七月十二日。ここはアメリカ合衆国ニューヨーク州、フォート・ドラム陸軍基地である。

ナカムラの所属する第一〇山岳師団《マウンテナーズ》が出動準備を命ぜられたのは、一週間前のことだ。中米カリブ海に浮かぶ小国ハイチへの軍事介入。その可能性が、急速に高まっていた。ハイチでは軍事政権による虐殺から逃れるため、大量の難民が発生する事態となっており、クリントン大統領は軍事介入を示唆、ガリ国連事務総長も多国籍軍の派遣を勧告していたのだ。近日中にも、国連安保理による武力行使決議が見込まれている。そうなれば、第一〇山岳師団は最初に派遣される計画になっていた。

ヘリが飛び去ったところで、タックが小柄な身体に見合わぬ大きな声で状況終了を告げた。伏《ふく》射《しゃ》姿勢を取っていた兵士たちが、土を払いながらゆっくりと立ち上がる。

その様子を見て緊張を解いたらしいタックは、ナカムラに話しかけてきた。

「そういえば大尉、このあいだはお子さんの誕生日だったとか。何歳でしたっけ」

「まだ二歳だよ」

「かわいい盛りですね。奥様似だとか」

「そうだな。大きくなったらどうなるかわからないがね」

三年前に湾岸戦争から帰還したのち、ナカムラは結婚し、子どもが生まれていた。年が行ってからできたこともあり、子どもは目に入れても痛くないほど可愛い。まだ気が早いかもしれないが、自分の希望する職につかせたいと思っている。歴史学者になりたかったナカムラは、結局軍隊で二十年を過ごすことになった。おそらくこれから先も、この世界で生きていくのだろう。軍人としての適性があるのは自分でもわかっていた。望まぬ面で評価され、望む道へ進めないというのは、まったく皮肉な話だ。

「君のところの子どもはどうした」ナカムラは、タックに訊ねた。

「うちのガキは四人とももう成人して、全員軍隊に入りましたよ。それぞれ、陸海空軍に海兵隊。笑っちまうでしょう」

「それはまたすごいな」

「私が教えられるのは戦争の仕方だけでしたからね。大尉はまあ……軍隊に入れるつもりはないのかもしれませんが、一通り教えておいて損はないですよ。なんたって潰しがきく」

タックは豪快に笑った。

その笑いの裏にあるものを、ナカムラは知っている。

かつて、タックが所属していたのは、アメリカ陸軍ではなかった。アメリカによって軍事訓練を施された少数民族モンタニヤードのタックは、ベトナム共和国陸軍コマンド『雷虎』の一員として、ナカムラとともに戦っていたのだ。

共和国が滅んだ日、タックは家族を連れての脱出に成功した。その後で彼が取り得た選択肢は、家族とともにアメリカの市民権を得るのと引き換えに、アメリカ陸軍に入隊することしかなかった。

「まあ、ガキどもはすっかりアメリカ人ですから、どこで何をしても生きていけるでしょうが、私はね……。ま、なくなっちまったあの国でも私らの部族が歓迎されていた覚えはないですが」

タックの表情が翳《かげ》る。二十年前のジャングルで見たのと同じ顔だった。

「ともあれ、君がこの第一〇にいてくれて助かった」

「山岳戦が本職の部隊は、アメリカ軍でも今はここだけですからね。私は世界中のここにしか、居場所がないんですよ。それか、そのうちガキどもと一緒に会社でも興しますか」

「なんの会社だ」

「戦争しかできませんな」タックは再び大きな声で笑った。

タックは山岳戦闘の経験を買われ、以前からこの第一〇山岳師団に所属していた。一年ほど前、転属してきたナカムラはタックがいると知り、自分の指揮する中隊へ引き抜いたのだ。それ以来、ベトナム時代と同様によく手助けしてもらっている。

タックと初めて会った時の記憶がよみがえった。カンボジア——当時のクメール共和国に越境し、ベトコンの根拠地とみなされていた遺跡を調べる任務だった。

まだ英語の上手くなかった、南ベトナム陸軍タック上等兵は、遺跡のレリーフを前に「コノ絵ノ話、聞イタコトガアル……」と言ったのだ。

任務の帰路、タックは一族に伝わる話をナカムラに教えてくれた。クメールには『カーラの瞳』と呼ばれる、遠くを見通せる水晶があるという。レリーフはそれが使われている様子を描いたものではということだったが、当時のナカムラにはただの伝説としか思えなかった。

「ところで大尉」

タックの声が、ナカムラを追憶から呼び戻した。

「作戦のために合流した特殊部隊のお偉いさんと会われるそうですね、この後」

「それがどうかしたか」

「大尉だから言いますが……あの指揮官の大佐、あまりいい噂を聞かんのですよ」

「ベトナムでは、彼の指揮を受けた経験もある。その前に、彼が第一騎兵師団で何をしたかも知っているよ」

「ご存知でしたか。今回も、妙なことをしでかさないでしょうね」

「国連決議による、人道支援のための介入だぞ。さすがにないだろう」

「……それにしても、あの大佐が連れてきた連中だって、みんな胡散くさいと思いませんか。ハイチまで同じ空母に乗っていくって話ですが、まさか現地でも一緒なのでは」

「作戦開始後は別行動だと説明を受けている。俺が呼ばれたのも、昔の知り合いだから声をかけてきただけだと思う」

「そうですか……。まあ、それならいいんですが……」


演習終了後、司令部の廊下を会議室へ向かいながら、ナカムラはタックとの会話について考えていた。自分は、タックに嘘をついた。知り合いだから声をかけてきた――。いや。おそらく、理由は他にある。

会議室の前に着いたナカムラは、ドアをノックした。

「どうぞ」という返事にノブを捻り、入室する。壁に飾られた南北戦争の油絵が目に飛び込んできた。調度品には木材がふんだんに使われ、窓の外には青々とした芝生が広がっている。あまり馴染みのない、高級将校用の会議室だ。待っていた男の階級章を確認しつつ、ナカムラは敬礼した。

「お久しぶりです。ロックウッド――大佐」

「ああ、十九年ぶりか」

応接テーブルの向こうで、ロックウッド大佐が答礼する。

「伍長も、大尉になるわけだな。元気だったかね」

「はい、おかげさまで。大佐もお元気そうで何よりです」

「ありがとう」と微笑んだロックウッドは、かけたまえ、とソファーを手のひらで示した。テーブルを挟み、向かい合う形でナカムラは座った。

「『デザートストーム』には、行ったそうだね」

ロックウッドは訊ねてきた。三年前の、デザートストーム作戦――湾岸戦争のことだ。

「はい。第八二空挺《くうてい》師団におりました」

「そうか。勝ち戦だったな。羨ましいよ。私の戦争は、負け戦の記憶のまま。サイゴンからヘリで空母にたどり着いた時のね。戦争には負けたし、探していた遺物――『カーラの瞳』も見つからなかった」

ロックウッドは、ナカムラの目をじっと覗き込みながら言った。

「そのような名前だったのですか」

「ああ」ロックウッドは頷いた。「それがどんなものかは知っているのだろう？　あの時、おしゃべりな兵隊が噂していたな」

　ナカムラは表情を変えずに答えた。

「聞いておられたのですね」

「トラックの荷台であんな大声を出していては、嫌でも耳に入る」ロックウッドは苦笑して、続けた。「まあ、戦に負ける時の軍隊というのは、あんなものだ。仕方がない。今だから言うが、あのサイゴンの博物館より前に一度、君には捜索に手を貸してもらったのだよ」

「そうなのですか」ナカムラは驚いた顔を作って言った。

「カンボジア越境作戦だ。ベトコンの根拠地偵察に行ってもらったことがあっただろう。あの遺跡に、『カーラの瞳』があるという情報があってね。作戦にゴーサインを出したのは、実は私だ」

　遺跡で撮影したレリーフの写真を、結局ナカムラは提出しなかった。敵が遺跡を根拠地にしている証拠はなかったため、報告資料はごく簡単なものですませたのだ。その判断は正しかったと、のちのサイゴン脱出時の出来事でナカムラは確信していた。もちろん、博物館で発見した人形も提出することはなかった。

「念のため訊くが、遺跡には何もなかったのだな」

　大佐は、まさか気づいているのか――。ナカムラの背筋をひやりとしたものが伝う。一瞬の間を置いて、答えた。

「ええ。何も」

　ロックウッドはナカムラの目をじっと見つめた後、視線を窓の外に向けて言った。

「我々が去っても、インドシナに平和は訪れなかった。解放されたはずの南ベトナムからは数十万人が難民として脱出し、ベトナム人民軍は同じ社会主義国家であるカンボジアや中国と戦火を交えた。あの遺跡も、今はどうなったか……」

ロックウッドは、手元のファイルに視線を落とした。

「君はあれから、順調に出世したようだな。ドイツ駐留、八二空挺でデザートストームも経験して今は第一〇山岳師団……見事な軍歴、結構なことだ。私のほうは因果なものでね、ずっと同じプロジェクトに関わりっぱなしだ」

「プロジェクト、ですか」

ナカムラはさも知らぬように答えたが、実際のところその噂は耳にしたことがあった。そういえば、ロックウッドが率いてきた連中をタック先任曹長は特殊部隊と呼んでいた。確かに、ある意味で特殊な部隊ではある。

「今回も、そのプロジェクトの一環でね。我々がこの基地に来たのは、ハイチまで君たち第一〇山岳師団と同じ空母『アイゼンハワー』に乗るから、事前調整のためだ。もちろん、現地では別行動をとる」

「ペンダントを、まだ探されているのですか」

「ああ。だが、今回は別だ」

ロックウッドは、またナカムラの目を覗き込むようにして言った。「最近は、いろいろと手を広げていてね。ハイチといえば、墓から蘇える死人の話は知っているか」

「どこかで聞いたことがあります」

「まあ、いろいろと脚色されてはいるが、火のないところに煙は立たない。それに関して、前からちょっと探したいものがあったのさ。このタイミングで軍事介入とは、渡りに船だ」

「そうですか……」

会話がどこへ向かっているのか、ナカムラにはわからなくなりつつあった。この男は、結局何を言いたいのだ？

しかし、その意図をよく摑めぬうちに、ロックウッドは話を締めにかかっていた。

「ここに君がいると耳にしたので、旧交を温めたいと思った次第だ。忙しい中を呼び立ててすまなかったな」

それが呼び出した理由とはとても思えなかったものの、ナカムラは曖昧な笑みを浮かべて答えた。

「いえ……。久しぶりにお会いできてよかったです」

「私もだよ。ところで、私はこの作戦が終わったら、退役して起業するつもりなんだが」

似たような話をよく聞く日だ、とナカムラは思った。

「一緒に来る気はないかね。君なら歓迎する」

そう言ってロックウッドは、じっとナカムラを見つめてきた。

「ありがたいお話ですが……。できればつつがなく軍務を終え、静かな老後を過ごしたいと思っておりまして」

「そうか。残念だ」

申し訳ありません、と立ち上がったナカムラに、ロックウッドは「そういえば」と思い出したように言った。「少し前に子どもが生まれたそうじゃないか。おめでとう」

「……ありがとうございます」

笑みを浮かべたロックウッドに敬礼し、会議室を出る。

閉めかけたドアから、ロックウッドの声が漏れ聞こえてきた。

「気が変わったら、連絡をくれ」


その日の夜、家族の寝静まった自宅のソファーに座り、ナカムラは考えていた。ロックウッドに関する噂は、おそらく本当だったのだ。

彼が関わっているプロジェクトは、あれに違いない。

『スターゲート』計画――超能力による遠隔透視プロジェクト。一九七〇年代初め、超能力の軍事利用を進めているという旧ソ連に対抗するため、国防総省と陸軍がスタンフォード研究所と共同で開始したものだ。

世界に伝わる様々な超自然現象や、古代の遺物にまで手を広げているのは、二十年近く続いた計画が大きな成果を挙げられていないためだろう。そのため、計画は間もなく中止されるとも聞く。

ロックウッドは、自らの会社でそれを引き継ぐ気でいるのだ。クメール王朝の遺したペンダント『カーラの瞳』を探すことも含めて。

まだ信じられない面はあるが、ペンダントが持つ遠隔透視の力が本当であれば、秘密裏に、かつ損害をともなわず、正確に敵の様子を偵察できる。それは、戦争へのハードルを下げてしまいかねない。そんなものを、軍の制約から解き放たれたロックウッドが手にするのがどれほど危険か。

ドラポルトの人形をナカムラが持っている限り、ロックウッドはペンダントの消息を知り得ないはずではある。だが、彼は手を尽くしてその行方を追い続けるだろう。いつか、その所在を示す別の証拠を見つけてしまうかもしれない。

——ならば。

先にペンダントを探し出してしまえばどうだろうと、ナカムラは思いついた。

今度の作戦が終わったら、転属を申し出てみるか。

自らのルーツの国、日本へ——。


南から押し寄せる鈍色《にびいろ》の雲は、いつの間にか空のほとんどを覆いつくしていた。カーラジオが、台風の接近を告げている。

せめて納骨の間だけでも天気が持ってほしいと願いつつ、北斗は霊園の駐車場へとフォレスターのハンドルを切った。樫野教授の四十九日供養に参列するため、鎌倉に近いこの霊園へ、栗原を乗せてやってきたところだ。

「なんでギリギリまで仕事してんだよ。もうちょっと早く来れば、エルザを途中で乗せられたのに」黒いネクタイを締めなおした栗原が、残念そうに言った。

「彼女なら一人で来られるだろ」

「でもさ、塩屋と顔を合わせる前に、話をしとかなくてよかったのかな」

「そこは、なんとかなると思う」

「なんで？」

「詳しいことは後で話すよ……」

北斗は、そう答えながら車を止めた。エンジンを切って運転席のドアを開けると、生ぬるく、湿気を含んだ空気が全身にまとわりついてくる。天気のせいもあるが、海はそれほど遠くないのだ。

霊園の会館に向かって、栗原と歩き出す。

それほど広くはない駐車場の隅に、黒いランドクルーザーが止まっているのを北斗は見つけた。運転席に人影はないが、別のどこかから見られているような気がして北斗は立ち止まった。

「どうした？」

振り返った栗原が訊いてくる。

北斗はもう一度周囲を見回してから、なんでもないと言い栗原の後を追った。

霊園の会館内、法要室に入ると、祭壇を前に並ぶパイプ椅子は既にほとんどが埋まっていた。参列者は皆、到着しているようだ。夕子たち親族に挨拶をしてから、後ろの空いている椅子に向かう。樫野教授夫人は立ちなおった様子にも見え、北斗は少しほっとした。

椅子の列の真ん中あたりに、塩屋の姿を見つけた。

北斗たちが着席した後、黒いスーツ姿のエルザがやってきた。会釈しているうちに僧侶が入室してくる。

供養の間、北斗の位置からは塩屋の背中がよく見えた。肩幅はずいぶんと広い。だが、短く刈《か》り揃えられた頭髪には半分以上白いものが交じり、樫野教授と同じ五十代前半という年齢も見て取れた。

長い読経と僧侶の法話が終わると、納骨である。

建物を出るため、参列者たちが小声でやりとりしながら立ち上がった。北斗を振り返った夕子の眼差しが一瞬だけ塩屋へ向けられ、また北斗に戻ってきた。不安そうな表情を浮かべている。北斗は、大丈夫だと頷いた。

心配されていた雨は、まだ降り出してはいない。樫野教授の骨壺を抱えた夫人と夕子を先頭に、一同は墓へと向かった。

樫野家の墓は、大きなナラの木のそばにあった。もっとも、この曇り空では木陰のありがたみは感じられない。教授が墓の下に納められようとする時、北斗は視界の隅に鳥の姿を捉えた。はっと目を向けたが、その白っぽい鳥はもうナラの枝の向こうに消えてしまっていた。

視線を戻した先には、背筋を伸ばし、きつく目を閉じた塩屋がいた。


式が一通り終わると、それを待っていたかのように天気は崩れ始めた。見る間に雨は本降りになり、風も勢いを増していく。

参列者は、夫人と夕子に挨拶をし、三々五々引き揚げ始めた。本来であれば、納骨の後は会館内で会食をする予定だった。しかし数日前から荒天の予報が出ていたため、式が終わり次第、引出物と弁当を配って早々に解散する流れに変更されていたのだ。

この日、法要の予定を入れていたのは樫野家の一組だけだった。会館の中は、すぐに閑散としてしまった。

人々の去った法要室、片づけを待つ遺影の前で佇《たたず》んでいる塩屋のところへ、北斗は近づいていった。

突然北斗が取った行動に、栗原が困惑しているのがわかった。その向こうには、やはり戸惑った様子のエルザと夕子の姿も見える。誰にも、こんな行動を取るとは伝えていなかった。申し訳なくも思ったが、やるしかない。

塩屋の背中はずいぶんと大きく見え、一瞬躊躇したものの、北斗は勇気を振り絞った。声をかけるのは、誰もいなくなった今しかない。

「すみません……。塩屋さんでいらっしゃいますよね」

振り向いた塩屋は最初、軽く驚いたような表情をした。北斗から話しかけてくるとは想定していなかったのかもしれない。

ここからが勝負だと、北斗は覚悟を固めた。言葉を続ける。

「うかがいたいことがあるのですが、よろしいでしょうか」

塩屋が、じっと北斗の目を覗き込んできた。視線をそらしてはいけないように思え、見つめ返す。その雰囲気に、後からついてきた栗原たちはさらに戸惑っていた。

わずかに間をおいて、塩屋は小さく首を傾げつつ答えた。

「……はい。ただ、立ち話もなんですし、あちらに行きましょう」

法要室の扉の外、ロビーを身振りで示す。

事情が呑み込めないでいるらしい栗原たちを北斗は手招きし、塩屋の後をついていった。

北斗の目の前を、塩屋が歩いている。疑い、おそれていた男の背中は、意外なほど無防備に見えた。

ロビーの隅にある休憩コーナーには、ソファーとテーブルがいくつか配されていた。晴れていれば、大きな一枚窓の向こうには霊園の緑が広がって見えるはずだが、今は雨粒でほとんど覆われている。

周囲に、ひと気はない。霊園のスタッフも、今は法要の片づけをしているか、事務室に詰めているようだ。好都合だった。

塩屋は「ここにしましょう」と、L字型のソファーの、片方の辺に腰かけた。北斗はもう片方の辺に座り、あとから来た栗原、エルザ、そして夕子が順に座っていく。栗原たちは困惑しながらも、北斗が話し出すのを待っているようだ。

北斗は塩屋のほうへ身体を向け、その目を見据えて口を開いた。

「申し遅れました。僕は樫野先生の教え子で、平山北斗と申します。会社員兼業で、カメラマンをしています」

北斗に促され、栗原とエルザも名乗った。

「栗原均です。フリーライターです」

「エルザ・シュローダー、研究者デス」

塩屋はエルザの顔を少し長く見つめた後、自らも名乗った。「私は、塩屋敏明《としあき》。樫野とは、高校時代からの友人です」

「お通夜の時にも、お会いしましたよね」

北斗の言葉に、塩屋が頷く。北斗はストレートに切り出すことにした。

「じつは僕たちは、樫野先生の死因に疑問を持っています」

意識して落ち着いた口調を保っているが、背中を汗が伝うのがわかった。

「と、いいますと……？」訊き返す塩屋の声色は、あくまで穏やかだ。

「先生に限って、誤って崖から落ちるようなことはないと思うんです。先生は、野外調査の際はひどく安全に気を遣う人でした。昔からのご友人だそうですから、塩屋さんもご存知かもしれませんが……」

「では、事故ではないとして、なんだとおっしゃるのです？」

さらに質問を返してきた塩屋に、北斗は周囲をはばかりながらも、はっきりと言った。

「……他殺、です」

それを聞いた塩屋が、感情の読み取れぬ目をして「なるほど」と呟く。北斗は、重ねるように問いかけた。

「塩屋さんも、そうは思われませんか？」

――少し、やり過ぎただろうか。

北斗が内心で後悔していると、にわかに栗原が割り込んできた。

「クメール王朝の遺したペンダント。それに、ナカムラという日系のアメリカ軍人。知っていますよね？」

北斗の言い方に乗せられたのか、まるで犯人を問い詰めるような口調だ。

「さあ……何のことをおっしゃっているのか」

塩屋は首を捻りつつ答えた。しかしその直前、塩屋の視線がほんのわずかに泳いだのを、北斗は見逃さなかった。

「とぼけないでください！」

いささか興奮している様子の栗原を、北斗は落ち着けよとなだめた。

順序立てて話をしようと思っていたのだが、栗原を変に刺激したことで、ややこしくしてしまった。

北斗は、再び塩屋と向き合った。

「僕たちは、樫野先生は何者かに殺されたと考えています。それには、おそらく古いクメールのペンダントが関係しているのだとも。塩屋さん、知っていることを教えていただけませんか。……僕は、塩屋さんを疑っているわけではありません」

冷静に話した。北斗には、わかっていた。塩屋は、犯人ではありえないのだ。

隣で、栗原が意外そうな表情を浮かべている。

沈黙の後、塩屋が返してきたのは、「もちろん、私は樫野を殺してなどいませんが……。すみません、それ以上は何もわかりません」という台詞だった。

その時、夕子が絞り出すような声を出した。

「ごめんなさい、塩屋さん。わたしたちは、塩屋さんを疑っていました。本当に、犯人ではないんですね。それならよかった……。でも、何か知っているのなら、お願いです。教えてください」

夕子は頭を下げた。戸惑いの表情を浮かべた塩屋に、懇願を続ける。

「わたしたちは、調べたんです。父は、そのペンダントを持っていたんですよね。そして、一九九五年に塩屋さんと、ナカムラさんという方と一緒に会津の山へ隠した。でもそれは、最近誰かが持ち去ってしまった。父が亡くなった――殺されたことにも、ペンダントは関係しているんでしょうか」

塩屋は、黙って夕子の顔を見つめている。

「……父は、ずっと塩屋さんと仲違いしたことを気にしていました。高校時代からの親友と、ちょっとしたことで喧嘩してしまったんだ、って……。悲しそうな顔をしてたのを覚えてます。もしかして、喧嘩の原因にはペンダントが関係しているんじゃないですか？」

塩屋は、ああ、と小さく呟いて下を向いた後、長い時間をかけてようやく口を開いた。

「樫野は、そんなふうに言ってくれていたのですか……」

「その先生が、殺されたんです」

北斗は、夕子の後を継いだ。「塩屋さんが知らないとおっしゃっている、クメールのペンダントのために。そのペンダントを、先生は僕に預けようとしておられました」

それから北斗は、樫野教授の遺した人形や付箋を見つけたことや、部屋を荒らされてクッキー缶から付箋が盗まれたこと、会津の寺を訪ねた後、雨乞岩へ行ってみたがペンダントはなかったことなど、これまでの経緯を塩屋に話した。塩屋かナカムラが樫野教授を殺したと推測していたとも、正直に伝える。

また長い間、じっと北斗を見つめていた塩屋が、ゆっくりと訊ねてきた。

「あなたは、初めは私を犯人だと考えたそうですが、さっきは疑っていないとおっしゃいました。どうしてですか」

「つい最近、僕はあることに気づきました。それで、少なくとも塩屋さんは犯人ではあり得ないと考えなおしたんです」

北斗は、スマートフォンを取り出した。アプリを起動し、検索ワードを入力する。

「これです」

表示されたのはツイッターの、陸上自衛隊のアカウントだった。

「最近の自衛隊は、広報に力を入れているんですね。派遣された部隊や支援内容が細かく書かれているし、画像もたくさん貼られています。その中から、これを見つけたんです」

画面をスクロールする。現れたのは、しばらく前、神奈川県内の台風被害に対して災害派遣された部隊についてのツイートだ。

今年最初の台風がもたらした大雨により、大規模な土砂崩れが発生した時のものだった。派遣されたのは、座間駐屯地の第四施設群。台風が過ぎた後も、一週間ほどは作業に従事していたようだ。貼られた写真のうちの一枚には、いま目の前にいる人物が迷彩服を着て隊員たちに指示をする様子が写っていた。

「この写真が撮影されたのはまさに、樫野先生が亡くなった日です。まさか災害派遣中に抜け出して、先生を殺しに行くなど不可能でしょう」

「なるほど……。広報に写真を撮られるのはあまり好きではなかったのですが、そのおかげで助かったわけだ」

ひとしきり流れた沈黙の後、夕子が震える声で言った。

「じゃあ、やっぱり塩屋さんが犯人ではないんですね……」

「私がそんなことをするはずがないでしょう」塩屋が優しく答える。

「変な聞き方をして、申し訳ありませんでした」

北斗は、素直に頭を下げた。「本当のことを知るためには、どうしても塩屋さんにお話をうかがわなければいけないと考えたんです」

「いえ……。私のほうこそ、疑われるような行動をしていたのは事実です。あらぬ誤解をさせてしまったのなら、申し訳なかった」

それから塩屋は、皆を見回して続けた。

「あなた方は、もうかなりの部分をご存知のようだ。そこまでたどり着いたのでしたら、もう隠し立てするべきではないのかもしれない。それに樫野があれを、平山さん、あなたに預けるつもりだったのなら、やはり協力すべきだろうとは思います……」

急に風が強くなったのか、窓ガラスを叩く雨音が響いた。表の様子は、もうほとんど見えない。

塩屋は続けた。

「ただ、お話をする前に一つだけ確認させてください。この先を知ることには、大きな危険がともないます。だからこそ、いつかはお伝えするにしても、今はまだその時期ではないと判断していたのですが……」

「わかっています。覚悟の上です」北斗は頷いた。

夕子も真剣な眼差しで塩屋を見つめ、強い口調で答える。「殺されたのは、わたしの父なんです。わたしには、知る権利があると思います。塩屋さん、教えてください」

塩屋は少し驚いたように彼女を見返した後、皆へ視線を向けた。北斗だけでなく、栗原もエルザも、夕子と同じように塩屋を見つめている。

北斗は言った。

「僕らは塩屋さんから見れば頼りないかもしれませんが、それでもできることがあると思います。お願いです。樫野先生のためにも」

「……もう一度言いますが、それは危険なことです。あなたたちが思っているよりもずっと大きな危険ですよ」

再度の警告に、怖気づく者はいない。それを見て塩屋は、北斗たちの決意を受け止めてくれたようだった。

「でしたら、私も覚悟を決めるとしましょう。とはいえ、少し長い話になるかもしれません」

そう言ってから、塩屋は夕子を見た。「時間は大丈夫かな。会場の片づけもあるし、お母さんは……」

「片づけはほとんど終わっていますし、閉園まではまだ時間があるので、ここでお話ししていても問題ありません。母は、この後で叔父が家まで送ってくれることになっています。わたしは、友達を送ってくると言ってあります」夕子が答えた。

「そうですか、では……」

塩屋は皆の顔をあらためて見回してから、話し始めた。「まず、樫野の亡くなった本当の理由ですが……。あのペンダントのために、殺されたというあなたの推理はおそらく正しい」

　静まり返った場に、雨音が響く。

「犯人は、ナカムラですか」栗原が訊いた。

「いえ。彼ではありません」

「なら、誰だかわかっているんですか」

「……心当たりはあります。ただ、明確な証拠がないので、警察にも伝えようはありません。そもそも、ペンダントの秘密を知らせるわけにはいきませんし、何より危険なのです……。順を追ってお話ししましょう。始まりは、一九九五年のことです。当時、私は赤坂にあった檜町《ひのきちょう》駐屯地に勤務していました。市ヶ谷に移転する前の、防衛庁があったところですね。防大出の幹部自衛官は数年おきに全国の部隊を渡り歩くのが普通なのですが、東京の部隊にいる時は、休みの日に学生時代の友人と会うこともしばしばありました」

「では、樫野先生とも」

「はい。樫野はもう結婚して、夕子さんも生まれていましたが、何度か飲みに行きましたよ」

　塩屋は懐かしそうに宙を見つめ、話を続けた。「九五年の、夏の終わりだったか……樫野からおかしな電話がありました。なんでも、ナカムラというアメリカ軍人を名乗る男と会うことになったのだが同席してもらえないか、自衛隊員の塩屋なら本物の軍人かどうか見極められるだろうし、何かあった時のためにも、というのです」

「それで、樫野先生と一緒に、ナカムラに会ったんですね」

「ええ。ジェイク・ナカムラと初めて会ったのは、たしか、渋谷の喫茶店でした」

「ジェイク・ナカムラ……」

エルザが確認するように繰り返した。ナカムラのフルネームは今までわからなかったが、名はジェイクというらしい。

「私服で現れたジェイクは、一見普通の日本人でした。ただ、彼の目を見て、私にはすぐにわかりました。ああ、これは修羅場をくぐり抜けてきた人物だな、と。立ち振る舞いも、隙がない。日本へは家族連れで赴任してきたと聞いて、意外だと感じたものです。彼の家族とはその後一度会いましたが、まだ子どもが小さかったのを覚えています。自己紹介の後、彼はさっそくクメールのペンダントの話を始めました。ある者たちがそれを探している、彼らに奪われては世界が危険だ、あなた方が持っているのか、と」

「ナカムラは、ペンダントの力を知っていたんですね。というか、本当にペンダントは不思議な力――遠隔透視の力を持っているんですか」

北斗の問いに、塩屋は頷いた。「私も、樫野から聞かされた時には正直なところ疑っていたのですが……。後で実際にそれを見て、信じざるを得ませんでした」

「本当に、そんな力が実在したんですか……。そのことを、樫野先生はもともと知っていたんでしょうか」

「はい。樫野が気にしていたのは、秘密のはずのペンダントについて、なぜジェイクが知っているのかということでした」

「たしかに」

「樫野がそのことを訊ねると、ジェイクは一九七五年のサイゴン撤退作戦に参加した時の話を始めました」

「ベトナム戦争最後の作戦――『オペレーション・フリークエント・ウィンド』だ」

口を挟んだ栗原に、塩屋は頷いて話を続けた。

「サイゴン撤退時、ジェイクはロックウッドという男が指揮する部隊にいたそうです。ロックウッドはその後、スターゲート計画で中心的な役割を果たした人物です」

「スターゲート計画！」

栗原がいきなり大声を上げた。

北斗は、栗原に訊いた。

「例によって、その手の話はさっぱりわからない。いったいなんの計画だよ？」

「米軍が、一九七〇年代に始めたとされている秘密計画さ。グリル・フレームやサン・ストリークなど名前を変えながら九〇年代まで続いて、最後のコードネームが、『スターゲート』。超能力による遠隔透視計画だ」

栗原の説明に塩屋はまた大きく頷き、先を促す仕草をした。むしろその部分は話してもらったほうがよいと判断したようだ。

「超能力者を集めて軍事目的のためにその力を使わせるというのは、もともとはナチスがやっていたらしいけど、本格的に取り組み始めたのは一九五〇年代の旧ソ連だと言われている。超能力といってもいろいろある中で、この頃注目されていたのは遠隔透視だった。偵察の手段も限られている時代だからね、敵の軍事機密を様々な方法で手に入れようとしていたんだな。七〇年代に入るとアメリカも旧ソ連に対抗し、遠隔透視の素質がある者を集めて超能力部隊を編制した。これが、スターゲート計画の始まりだ」

「本当なの？」夕子が疑わしそうに眉をひそめる。

「公式には認められていないけど、その部隊にいた人の証言はたくさんあるんだ。旧ソ連が秘密裏に進めていたタイフーン級ミサイル原潜の建造を透視したって話とかね。ただ、超能力者個人の力によるところが大きいから、本番でうまくいかないことも多かったらしい。一九七九年のイラン大使館人質救出作戦で米軍が失敗したのは、いよいよという時に透視ができなかったせいもあるとか……。そうした経緯もあって、九〇年代半ばに米軍は計画を放棄したんだ」

「背景には、冷戦終結などの理由もあったようですがね」

　塩屋が、栗原の後を引き継いで話し始めた。「計画が行われていた当時、個人のコンディションによらず確実な透視ができるよう、米軍は違うアプローチも試していました。そのために、世界中で超自然的な遺物を探していたのです」

「それで、クメールに伝わるというペンダントをベトナム戦争の頃から探していたんですか」北斗は訊いた。

「はい。当時、ロックウッドの指揮下でペンダントを探す任務にあたっていたジェイクは、サイゴン脱出の直前、博物館で重要なヒントになるものを見つけました」

「ドラポルトという探検家の持ち物だった、メキシコのカラベラですね。ペンダントを、日本に派遣されるデンクール中尉へ渡したことが書かれた」

「そうです。ジェイクは、それをずっと個人的に隠し持っていました。そして一九九五年、ペンダントを探すため、転属希望を出して日本へやってきたのです」

そこで夕子が、話に割り込んだ。「よくわからないんですが……あの人形は、ペンダントを探すためにはすごくヒントになるものですよね。デンクールという人が、ペンダントを持って日本へ渡ったことがわかるんですから。ナカムラさんは米軍の人なのに、どうしてそれを自分で持ったままでいたんですか。しかも、一九七五年から、九五年に日本で探し始めるまで二十年も空いています」

「先ほどお話しした、スターゲート計画の中心人物、ロックウッドが原因です」

「ロックウッド……」エルザが、おうむ返しに呟いた。

「ジェイクは、ロックウッドを信用していませんでした。だから、彼の手にペンダントが渡らぬよう、ヒントとなる人形を見つけても報告しなかったのです。しかしジェイクは一九九四年、彼に再会しました。そこで彼が、スターゲート計画の終了にともない民間に移ること、ペンダントの捜索を諦めていないことを知ったのです」

「それで、先にペンダントを見つけようと、その時になって動き始めたんですね。ロックウッドという人は、いったい何者なんですか」北斗は訊ねた。

「今は、ある民間軍事会社のＣＥＯです」

「民間軍事会社というと」栗原が興味を示す。

「ブラウンウォーターですよ」

「それって！」北斗は、栗原と顔を見合わせた。「じゃあ、先生を殺したのは……」

「確証はありませんが、ブラウンウォーター、あるいはロックウッド本人が、秘密を聞き出そうとして犯行に及んだのではないかと。相手が相手です。警察も頼りにはできないでしょう」

　驚きの表情を浮かべたエルザの向こうで、夕子が唇を強くかみしめる様子が見えた。

「ブラウンウォーターは、どうやって樫野先生のことを知ったんでしょう」

　北斗が問うと、エルザも「ソウデス。ブラウンウォーターの他にも、ペンダントを狙っている者がいるのカモ……」と別の推測を口にした。

「もちろん、その可能性もあります。ただ、私が自衛隊や米軍内の伝手《つて》を使って調べた限りでは、ここ最近ブラウンウォーターの隊員が来日する頻度が増しているようです。しばらく前には、ロックウッド本人の姿を横田基地で見たという噂も聞きました」

「そうか！」

　栗原が叫んだ。「あの、Ｃ－１３０輸送機の画像だ。あそこに写っていた偉そうな人物が、ロックウッドかもしれない」

「ロックウッドという人は、そんなに危険なんでしょうか」北斗は塩屋に訊ねた。

「ええ。ジェイクによれば、ベトナム戦争中、ロックウッドはいくつかの村での虐殺を指揮していました。目的のものを手に入れるためには人を殺してもおかしくないほどの危険な人物ということです。実際に今も、彼が経営するブラウンウォーターは中東で悪名をはせているようですし……。そのロックウッドとブラウンウォーターに先んじて、ジェイクがペンダントを見つけるための鍵が、あの人形でした。もともと日本語にも堪能で、歴史の知識もあったジェイクは、日本駐留中にフランス軍事顧問団とデンクールの足跡を追って各地を回ったそうです。そして、会津の寺にまでたどり着いた」

「でも、住職は先代からの言い伝えを守ってペンダントの秘密を教えず、ナカムラという人物が来たことを樫野先生に連絡した……」

「ええ。お寺を訪れたジェイクは、『デンクールが持っていたものを守らなければ、世界が危険だ』と住職に言ったそうです。住職は半信半疑でしたが、連絡を受けた樫野は、無視はできないと考えたのです。そして、ジェイクがお寺に置いていった名刺の電話番号に連絡を取り、私と一緒に会うことにしたわけです」

「それで、ナカムラを信用したと」

「はい。彼は秘密のはずのペンダントのことを詳しく知っていましたし、米軍の関係者でなければ入手し得ない情報も持っていました。だから私たちは彼を信用し、ペンダントをロックウッドに奪われる危険性を認識したのです」

「ソノ時、ペンダントは樫野先生が持っていたのデスカ」エルザが訊いた。

「樫野の曾祖父が、戊辰戦争に参加したデンクールの副官をしていたことは、ご存知ですね。その曾祖父がデンクールから渡され、代々受け継がれてきたそうです。樫野の父親は戦時中、それを最後まで軍に供出せず持ち続けていました。両親や兄弟を戦争で失い、これ以上大切なものを国に奪われたくないと思ったのでしょう。樫野は、身体を悪くした父親から会津への墓参りを引き継いだ際、ペンダントの秘密を教わったということでした。渋谷で会った数日後、樫野は父親の家からペンダントを持ってきて、私とジェイクはそれを初めて目にしました」

「まさか、おじいちゃんちにあったなんて……」夕子が驚いた声を出した。「どんなペンダントなんですか」

「青銅のリングに、綺麗な水晶が嵌め込まれていたのを覚えています。ジェイクが、その名前を教えてくれました。カーラの瞳、と」

「カーラの瞳……」北斗たちはその名を繰り返した。

「私とジェイクにも透視をさせることに、樫野は気が進まない様子ではありましたが、実際に経験しなければ信じられないと言うと試させてくれました。やり方は、夕子さん、あなたも知っているはずです」

「わたしがですか？　父からは何も聞いて……」

「夕子さんの家に、昔からの言い伝えがありませんか」

「それって……丸いガラスを光にかざしてはいけない、というものですか」

塩屋が頷く。

北斗の頭に、学生時代の喫茶店の光景がよみがえった。あの時も、夕子はその話をしてくれた。

「……なんでそんなふうに伝えられてきたんだろう」

呟いた夕子に、塩屋は答えた。

「遠隔透視の力を秘密にしておくため、あえてつくった言い伝えだろうと樫野は言っていました。先祖から伝えられてきたものとはいえ、一族の全員がペンダントについて知っていたわけではないようです。偶然に秘密を知られないように、子どもの頃から禁忌として意識づけたのだろう、ということでした。私とジェイクは順番に、ペンダントの水晶を光にかざしてみました。すると、奇妙なイメージが頭に浮かんできたのです。不思議な感覚でした。自分が目にしているものの他に、もう一つ、頭の中に流れ込んでくる映像があるというか……」

「何が見えたんですか」栗原が訊いた。

「私が見たのは、自分の部隊が訓練をしている場面でした。ジェイクは家族の様子を見たそうです。後で確認したら、私の部隊もジェイクの家族も、イメージで見たとおりのことをその頃にしていたのです。樫野によれば、何が見えるかの基準はよくわからないということでした。それに、あまり何度も見ないほうがいいと聞かされてきたとかで、二回目は試させてもらえませんでした。だから、経験したのはその一度限りです」

「信じられない……。本当にそんなものがあるだなんて」夕子が呆然とする。

「実際にイメージを見てしまえば、認めざるを得ません。その現象が存在するのは確かです。どういう理屈かは、樫野にとっても専門外ゆえ結論は出ませんでした」

「ほらみろ、やっぱ遠隔透視は本当にあったんだ」と得意げになった栗原を、夕子は「ちょっと黙ってて」と一蹴した。

「私たちは、ペンダントを前に話し合いました。ジェイクの言うとおり、ロックウッドの手に渡ることは避けねばなりません。とはいえ樫野の家に置いたままでは、家族に危険が及ぶ可能性があります。ジェイクや私の家でも同様です。なので、最初に私は自分の勤務先を提案しました」

「そうか、自衛隊の駐屯地だったら」

「ええ。少なくとも、民間人は滅多に入れません。それに、ちょうどその時私の担当していた仕事で、隠し場所に心当たりがあったのです。しかし、樫野は『本来の持ち主に返すべきだ』と言いました。彼は、曾祖父が建てたデンクールの墓について会津のお寺で聞いていたそうで、そこに隠すことを思いついたのです」

「それで、浄松寺を訪ねたんですね」

「樫野は墓の具体的な場所までは知らなかったため、三人で教わりに行ったのです。それから実際に山の中の墓を訪れ、ペンダントを入れてきた小さな金庫ごと埋め込みました。その時のことが、樫野のノートに書かれていたのですね。樫野の勘違いではないかとお答えしましたが、申し訳ない。私は嘘をつきました」

　頭を下げる塩屋に、北斗は言った。

「それは、僕たちを巻き込まないためだったんですね」

「はい。樫野は、病気で長くはないことを知り、ペンダントを託す次の世代としてあなたを考えたのかもしれません。なぜ夕子さんではなく、平山さんを選んだのかはわかりませんが……。いずれにせよ樫野の遺志は尊重すべきとは思いますが、やはり今は危険です」

「でも、そんな危ないものならいっそ壊すなり捨てるなりしてしまってもよかったんじゃないですか」

「ええ。当時そういう議論もしましたが、樫野はそれには反対でした。たくさんの人が大切に守り伝えてきた歴史的に重要なものであるし、これほどの現象を究明もせず葬り去るなど、いち科学者として認められない、未来のためにも、と言うのです。私も一度は納得して、山に隠すことに同意したのですが……。後になって蒸し返してしまったのです」

「もしかして、先生と喧嘩されたのはそれが理由ですか」

「お互いに若かったせいもあるでしょうが、それからぎくしゃくし始め、疎遠になってしまい……。樫野がこんなことになるなら、もっと早く和解しておくべきでした」

塩屋は、本当に残念です、と小さく言った。

厳つい顔つきゆえ、悲しげというよりおそろしげにも見える。北斗は、時々感じていた鋭い視線のことを思い出した。

「そういえば塩屋さん、夕子のことを見張っておられましたか」

塩屋は意外そうに北斗を見て、答えた。

「気づいておられましたか……。はい。ブラウンウォーターが樫野から情報を得られないまま死なせてしまったのなら、今度は夕子さんに手を出してくる可能性があると考えたのです。仕事もありますので常にというわけにはいきませんが、できる限り、警護させてもらっていました」

夕子が、目を見張る。

「そんなことをしてもらってたんですか。でも、どうしてそこまで……」

「樫野は、私の一番の親友でしたから」塩屋はきっぱりと言った。「喧嘩別れしたまま逝ってしまった彼のために、夕子さんを守ることが、せめてもの罪滅ぼしのつもりだったのです……」

夕子が黙って頭を下げた。目尻を指でぬぐっている。

北斗は訊ねた。

「じゃあ、樫野先生の研究室を片づけた後、塩屋さんらしい姿をキャンパスで見かけたんですが、やはりあれは塩屋さんだったんですね」

「はい。研究室を片づけて、何か重要なものが出てきた場合、ブラウンウォーターに襲われないとも限りませんから」

「でしたら、いっそペンダントのことを教えてくだされば……」夕子が言った。

「先ほどもお話ししたように、今は危険だと判断していたのです。しかし見守っているうちに、皆さんがペンダントを探し始めたことがわかりました。樫野は、平山さんにペンダントを託すつもりでメッセージを残していたのですよね。そのメッセージは、ペンダントを狙う者への備えとして、暗号のような形になっていたのではないですか」

「おっしゃるとおりです」北斗は答えた。

「私は、夕子さんや皆さんのためにも、秘密に近づかれてはならないと考えました。だからノートの記述についても知らないとお答えしたのです。それにもかかわらず、あなたたちは真相に近づいている様子だった。今ペンダントを手に入れてしまうのは、あまりにも危険です。そこで、先回りして会津の雨乞岩から持ち出し、別の場所に隠させてもらったのです」

「じゃあ、僕の部屋を荒らして、クッキー缶から付箋や羽根を持っていったのも……？」

「ああ……、先ほどそのお話をうかがって、気になっていました。それは、私ではありません」

「でも、金庫の番号は缶にしまっていた付箋を見なければわからないはずですよね」

「いえ、番号は昔のまま変わっていませんでした。それより、部屋に侵入されたのですね」

「ええ」

「それこそ、ブラウンウォーターでしょう。やはり、今ペンダントに近づくのは危険です」

塩屋の顔は、真剣だ。

北斗は危険が実在することをあらためて知らされ、背筋が寒くなる思いを味わった。ブラウンウォーターの手は、もうそこまで迫っているのか。

「ところで、ナカムラという人は今どうしているんですか。その人だってペンダントの秘密を知っているんですよね。そもそもロックウッドに近かったそうですし」栗原が訊ねた。

「ジェイクなら、もう心配する必要はありません……。彼はペンダントを隠した翌年、また転属になり、家族を連れて日本から去りました。十年ほど前、軍を退役するという報告の手紙をもらったのですが、奥さんが重い病気とかで、治療費を稼ぐためまだ当分は働かなければならないということでした。かつての部下の仕事を手伝うとも書いてありましたね。ブラウンウォーターやロックウッドといった具体的な名前には触れられていませんでしたが、君たちと自分のつながりを知られてはならない者がいるので、手紙はこれで最後にする、ともありました。実際、その後は連絡がありませんでしたが……」

塩屋は一瞬言い淀んでから、残念そうに口を開いた。「三年前、シリアで亡くなったという話を聞きました。ブラウンウォーターとは違う民間軍事会社で仕事をしていたようです。時期や場所を考えると、今回の件とは関係がないでしょう」

「シリアか……」と栗原が呟いた。

雨粒がまた窓を叩き、北斗はガラス越しに外の様子をうかがった。吹き荒れる風雨に、樹々が大きく揺れている。その向こうに黒い影を認めたような気がしたが、目を凝らしてもわからなかった。しなった枝の影でも見間違えたのだろうか。

「ソレで……ペンダントは、ドコに移したのデスカ」エルザが訊ねた。

「少なくとも今は、お伝えしないほうがよいと思います。私を信じて、しばらくはそのままにさせておいてもらえないでしょうか。皆さんが危険です」

「もちろん、塩屋さんのことは信じますが……。でもそうしたら、今度は塩屋さんがブラウンウォーターに狙われてしまうんじゃないですか」

北斗が訊くと、塩屋は悲痛な表情で答えた。

「大丈夫でしょう。今のところ、彼らに私の存在が知られた兆候はありません。おそらく樫野は、ブラウンウォーターに迫られても最後まで私の名前を出さなかったのだと思います……」

話は、これで終わりのようだった。ペンダントを今は預からせてほしいという提案も、納得はできる。

「皆さん、気をつけてください。ブラウンウォーターの手は、どこに伸びているかわかりません」

塩屋は、最後にそう言った。

夕子は、次のバスに乗るからと会場を出ていった。同じバスに乗るつもりというエルザも、すぐに後を追う。

車で来ている北斗と栗原は彼女たちと別れ、いったんトイレに向かった。塩屋も一緒だ。歩きながら北斗は訊ねた。

「今日はお休みなんですか」

「はい。休暇をもらいました」

その会話をきっかけに、栗原が質問を始める。

「座間の駐屯地におられるそうですが、経歴などもう少し詳しく教えていただけませんか。僕はミリタリー関係の記事を書いているので、参考としていろいろ知りたいんです」

「記事をお書きに……なるほど」

塩屋は、厳つい顔をわずかに綻ばせて答えた。

「経歴といっても、自衛隊ひと筋です。三十年前、防衛大を出てからいろいろな部隊を回りました。今の階級は三等陸佐、第四施設群の本部にいます」

「じゃあ、職種は施設科ですか」

「はい」

栗原は、目を輝かせて次々と質問を繰り出し始めた。場をつなぐためというよりは、単に個人的な興味のようだ。だが、マニアックな問いかけに対しても、塩屋は一つひとつ真面目に返答していた。

話についていけずにいる北斗に、塩屋は「施設科とは、他国や旧軍でいうところの、工兵のことです。陣地構築などの戦闘支援を行う他、平時には土木工事もやります」と丁寧に説明してくれた。

それからも塩屋は質問に答えるにあたり、北斗にもわかりやすい言葉を選び、必要に応じ解説を付け加えてくれた。冷たくおそろしく感じられたのは顔つきのせいで、実際には誠実な人柄なのかもしれない。

その時、栗原のポケットから妙に陽気なメロディーが漏れてきた。

「なんだその曲」

「エルザ専用の着信音」

にやつきながら、栗原がスマートフォンを取り出す。

「はい、栗原です」

スマホを耳に当てた栗原の表情が、一変した。

「えっ」

緊迫した声に、北斗と塩屋が振り返る。――何かあったのか。

「うん、うん……エルザは大丈夫？　わかった、ちょっと待って」

栗原はいったんスマホを耳から離すと、震える声で北斗たちに言った。

「何者かに、夕子が連れ去られたって」

第十章　天眼

現代　中東某所

閉じたブラインドの隙間から射し込む夕陽が、壁に明るい線を何本も描いている。天井では、シーリングファンがゆっくりと回っていた。

室温は高いものの、空気が乾燥しているためか、窓際のデスクに座る部屋の主にさほど不快な様子はない。その男は、ブラウンを基調とした砂漠迷彩の戦闘服に身を包んでいた。

ノックの音に続いてドアが開き、同様の戦闘服を着た兵士が入ってきた。

「失礼します。……冷房はつけておられないのですか」

入ってきた兵士に、部屋の空気はやや暑く感じられたようだ。

「歳を取ると、冷たい空気は身体にこたえるのでね。なるべくつけないようにしている」

「それで、風だけということですか」兵士は、天井で回るファンに視線を送った。

「まあ、一種の戒めだな。あれが回っているのを見ると、昔の失敗を思い出すんだ。半世紀前、ここから遠く離れた場所でのことをね」

兵士は、そうですか、と言っただけで、その遠い場所について訊き返しはしなかった。デスクの前に立ったまま、書類を差し出す。

「拘置所から報告がありました。九二番は、まだ自供しないと」

「そうか」

デスクの男は表情を変えず、ただ眉間の皺を深くした。皺は顔中を覆い、頭髪はほとんど白くなっている。戦闘服を着ていても、男は老人と呼ばれておかしくない歳なのだった。

男は椅子を回転させて窓のほうを向くと、ブラインドの隙間から赤い砂漠を見つめた。その姿勢のまま、兵士に問いかける。

「ここでの仕事は、どうだ。もう一年くらいになるか」

兵士は、背中を向けた男の後頭部を見据えて答えた。

「率直に申し上げれば、疑問を感じることは多いです。捕虜に対する扱いもいかがなものかと」

「私も、やりたくてやっているわけではない。あれは、やむを得ぬ犠牲《コラテラル・ダメージ》だ」

天井のファンが回る、ごうんごうん、という音だけが部屋に響く。その合間に、遠くから何かが聞こえてきた。それは、獣の遠吠えのようでもあり、人の悲鳴のようでもあった。男は再び椅子を回して兵士に向き合うと、組んだ掌に顎を乗せて言った。

「新しい仕事は、喜んでもらえると思う。だいぶ待たせたが、君をスカウトした時に約束していた件だ」

それを聞いた兵士の、緑色を帯びた瞳が輝いた。

「では……！」

「君が提供してくれた資料のおかげで、手掛かりが摑めた。さらなる調査は、君自身の手で進めてもらいたい」

「具体的には、何を」

「潜入捜査のようなものだ。あるものを探してもらう。スターゲートについて聞いたことは」

「スターゲート、ですか」兵士は記憶をたどるような顔をしてから言った。「存じません」

「なら、後で記録を渡す。最初は信じられないだろうがね。私も初めはそうだった。だが、真実だ。軍はあの計画を放棄したが、間違ってはいなかったと私は信じているよ。それは確かに存在するのだ」

　静かに、しかし力強く話す男の顔を見据え、兵士は硬い声で答えた。「……それは、私がここに来た目的にもつながるのですか」

「ああ。新しい任務の詳細は追って伝えるが、行先だけ教えておこうか」

「お願いします」

「日本だ」

　兵士が、眉をぴくりと上げる。男は微笑んで続けた。

「私も昔、駐留していたことがある。今でも多少の会話ならできるがね。コンニチハ、サヨウナラ……」

「お上手です」

「お世辞を言うな。では、早速だが引継ぎの準備を始めてくれ。少々専門的な知識が必要だから、勉強してもらうことになるぞ。ああそうだ、もう一つ。潜入にあたっては、少し名前を変えたほうがいいだろう」

「承知しました」

兵士は敬礼し、部屋を出ていった。

ドアが閉まる、かちゃりという音。しばらくそのドアを見つめていた男の戦闘服の胸には、「LOCKWOOD」と書かれたネームタグが縫《ぬ》いつけられていた。


まだ日が暮れる時間でもないのに、周囲はひどく暗い。

フロントガラスを、雨粒が叩き続けていた。単調なリズムを刻むワイパーの合間に、先行車の赤いテールランプが滲む。吹きつける突風が車体を揺さぶり、運転席の塩屋はハンドルを握りなおした。

首都高速は、海に近い湾岸線、羽田線とも通行止めになったため、車は東名高速を走っている。前の車が川崎インターで降りてしまうと、多摩川の橋へ向かう長い直線に、他の車の影はなくなった。

これほど空いた東名を、北斗は見た覚えがなかった。手元のスマートフォンによれば、ここ数年で最大級の台風は速度を上げ、まもなく東京を直撃しようとしているらしい。

北斗と栗原、エルザは、塩屋のランドクルーザーに乗り込み、都心にあるというペンダントの隠し場所へ向かっているところだった。

皆の顔には、緊張がみなぎっている。

夕子が誘拐されたという連絡を受け、北斗たちは霊園内のひと気のない小道に駆けつけた。そこには、スーツを雨と泥まみれにし、呆然と座り込むエルザの姿があった。

エルザによれば、黒い覆面の男が突然現れ、有無を言わさず夕子を連れ去ったという。エルザは抵抗したが、スタンガンのようなもので気絶させられたそうだ。

現場には、夕子のものでもエルザのものでもないスマホが落ちていた。北斗が拾い上げると、そこには「彼女は『カーラの瞳』と交換だ」という英文のメッセージと、車の中のようなところでぐったりとしている夕子の画像が表示されていた。

それを見て「やむを得ません、ペンダントを取りに行くしかないでしょう」と無念そうに塩屋は言った。ここから先の行動はあまりに危険だから、皆さんはもう手を引いたほうがいい、隠し場所には一人で向かいます、とも。

だが、夕子を誘拐されたというのに、そんな提案を受け入れられるはずもない。北斗も栗原も、襲われたばかりのエルザも、皆が塩屋に同行を願い出た。

戸惑う塩屋に、北斗は皆を代表して言ったのだ。

「樫野先生が命に代えても渡さなかったものを、最後まで守り抜く責任は、僕たちにもあると思うんです」

もちろん夕子は絶対に助け出さねばならないが、かといって『カーラの瞳』をブラウンウォーターに渡すわけにもいかない。ペンダントの力を、どんなことに使われるかわからないのだ。塩屋一人では難しいかもしれないが、人手があれば、どうにかして対抗できる可能性はある。

そう訴えた北斗たちに、塩屋は渋りつつも最終的には同意したのだった。

北斗たちを乗せた塩屋のランドクルーザーは霊園を出た後、横浜横須賀道路、保土ヶ谷バイパスを経て東名高速で東京へ向かっていた。

助手席には北斗が座り、後部座席に栗原とエルザが並んでいる。霊園に車で来ていた北斗と栗原、塩屋はラフな服装に急いで着替えたが、エルザは襲われた時に濡れてしまったスーツのままだ。

ブラウンウォーターと思われる犯人が残していったスマホは、送られてくるメッセージが英文のためエルザが持っている。これを持ち歩けという指示は、現在地を追跡するためだろう。ペンダントを回収したところに、現れるつもりなのかもしれない。

塩屋は高速道路の先を見つめながら、ペンダントを移した場所について皆にあらためて説明した。

その場所とは、会津の山へ隠す前に一度提案した場所――一九九五年に塩屋が勤務していた、旧・檜町《ひのきちょう》駐屯地だった。六本木の、ど真ん中である。

市ヶ谷へ移転する前の防衛庁が置かれ、かつて帝国陸軍の駐屯地でもあったその敷地内には、何ヵ所か古い地下壕《ちかごう》が遺されていたのだそうだ。

「私は駐屯地業務隊という部隊で施設管理の仕事をしていたこともあり、地下壕には比較的自由に出入りできたのです。民間人はもちろん、自衛隊員すら一部の者しか入れない場所です。隠し場所としては好都合でした。二〇〇〇年に民間に売却されてビルが建った後も、地下壕は入口が閉鎖されるだけで残されることはわかっていましたし。私は、念のためそこを確保し続けていたんです」

車は、いつしか東名高速から首都高三号渋谷線へ入っていた。雨風がさらに激しさを増し、塩屋はワイパーの動作速度を上げた。せわしない往復を繰り返すワイパー越しに、雨のしぶくボンネットが見え隠れする。

北斗は、ふと疑問に思って訊いた。

「それにしても、遠隔透視のペンダントなんかに頼らなくたって、今どきは敵の様子を探るのは簡単なんじゃないですか？　偵察衛星とか、ドローンとかあるんですよね」

その問いには、栗原から答えが返ってきた。

「衛星といっても万能じゃないよ。雲に覆われていれば撮影できないこともあるし、偵察衛星は高解像度で撮影するために低軌道を回る必要があるから、対象の上には静止していられない。ずっと監視し続けることはできないんだ。ドローンだって、すぐに相手の上空に飛ばせはしないし、見つかってしまうおそれもある」

「そのとおりです」塩屋が肯定した。「衛星よりもドローンよりも安全に、すばやく敵状を確認できるのですから、多くの軍人が欲しがるでしょう。民間軍事会社としても、ビジネスとしての戦争を有利に、効率よく展開できるというわけです」

それを聞いて、北斗は軽い絶望を覚えた。

――人間という奴は、どうしてこう、なんでも戦争に使いたがるのだろう。

車が三軒茶屋を過ぎたあたりで、塩屋が呟いた。

「ヘリの音がしませんか」

言われてみれば、雨音越しに微かなエンジン音が聞こえるような気がする。フロントガラスへ前のめりになって上空を探すと、高速道路の両脇に並ぶビルの間から、ふいにヘリの姿が現れた。かなりの低高度だ。灰色の空を背景に、卵のような形の黒い影が飛び去っていく。

「ＯＨ－６？　でも、陸上自衛隊のＯＨは旧式化して退役したはず……。民間型のＭＤ５００かな。ちょっとよく見えない」栗原が言った。後部座席の窓に頬をすりつけて機影を追っている。

塩屋が視線を一瞬空へ向けた後、硬い声で答えた。

「いえ。Ｈ－６シリーズではありますが、あれはＭＨ－６、特殊作戦ヘリです。米軍のキャンプ座間で見かけました。ブラウンウォーターが最近、Ｃ－１３０輸送機で日本へ持ち込んだ機体ですよ。我々を追ってきているのかもしれません」塩屋はミラーの中、エルザの持つスマホをちらりと見た。

――ということは、あれに夕子が乗せられているのかもしれない。

北斗は、ビルの合間にまた一瞬だけ姿を現したヘリを睨みつけた。

塩屋が、アクセルを一層踏み込む。

ランドクルーザーは水煙を立てて首都高を駆け、やがて渋谷駅の脇に差し掛かった。雨に霞むプラットホームに、人影はない。鉄道は運転を見合わせているのだろう。駅を越えてすぐの渋谷出口で塩屋は高速から降り、六本木通りに入った。

強風に吹かれた街灯が、ゆらゆらと揺れていた。大きくしなる街路樹から葉が舞い散り、時には枝ごと折れて飛んでいくのも見える。青山トンネルを抜けた先、六本木ヒルズ前の交差点で塩屋はハンドルを左に切った。

首都高の高架下から出た途端、バケツの水をぶちまけられているような雨に襲われた。車のスピードは否応なく落ちる。

「六本木トンネルです」

　フロントガラスの正面、狂ったように往復を続けるワイパー越しに、道路を覆うスノーシェッドにも似た構造物が見えた。それはぽっかりと口を開けて道を呑み込み、トンネルにつながっている。トンネルといっても山があるわけではなく、その上は何もない平坦な土地だ。先ほど飛んでいったのと似たヘリが着陸しているのが、かろうじてわかった。

「あれは……」

　北斗が指さすと、後ろから栗原の声がした。

「さっきのヘリだな。陸自が使ってたＯＨ－６観測ヘリと似てるけど、たしかに違う。ＭＨ－６リトルバード特殊作戦ヘリだ。武装を搭載するためのスタブウイングがついてる」

　すぐに車はトンネルに入り、ヘリの姿は見えなくなった。車内から雨音が消え、ワイパーの作動音だけが響く。塩屋はゆっくりとブレーキを踏んで車を道路の端に停車させると、ワイパーを止め、ハザードランプをつけた。点滅する光が、トンネルの壁を黄色く染める。

　その壁面を、まるで透視でもするようにじっと見つめながら、塩屋は言った。

「ここは、ハーディ・バラックスです」

「ハーディ……？」

　聞いたことのない単語を北斗が訝しげに繰り返すと、いつものように栗原が説明してくれた。

「ハーディ・バラックス。米軍のヘリポートだ」

「米軍？　こんな都心の一等地に？」

驚く北斗に、塩屋は頷いた。

「このトンネルがかすめている一帯が、ハーディ・バラックスと呼ばれる米軍施設になっていて、ヘリポートや将校用の宿泊施設などが設置されているんです。返還運動もあるようですが、米軍は返すつもりはないでしょう。アメリカ大使館にも近く、連絡用ヘリポートとしても都合のよい場所ですから。やはりブラウンウォーターは、あのＭＨ－６でやってきたんだと思います」

そう言って塩屋は、苦い顔をした。

トンネルの天井から落ちてきた水滴が、フロントガラスに跳ねる。

「行きましょう。隠し場所は近い」

六本木トンネルの長さは、およそ五〇〇メートルほどである。走り出してすぐ、洗車機の中にいるような雨が再び車を包んだ。信号をいくつか曲がり、ハーディ・バラックスから離れる。

「あれが、檜町駐屯地の跡地です」

塩屋が、行く手を視線で示した。雨雲に上部を覆われた、超高層ビルがそびえている。都内で最も高いビル――東京ミッドタウン・タワーだった。

東京ミッドタウンは、その中に複数のオフィス、ホテル、ショップやレストランなどを抱えた巨大な複合施設である。この悪天候の中でも業務を行っている一部のオフィスや、営業しているホテルやショップのため、駐車場は閉鎖されていなかった。とはいえ車もまばらな地下駐車場の一番奥、他の車が見当たらない位置で、塩屋はランドクルーザーのエンジンを切った。

ふいに、静寂が訪れた。ついさっきまで包まれていた轟音が嘘のようだ。ぶうん、と低く小さく、何かの機械音が響いている。耳をすませば、遠く微かに、吹き荒れる嵐の音が聞こえてきた。

塩屋はしばらく周囲に警戒の目を向けていたが、問題はないと判断したらしい。運転席を降り、車のリアゲートを開けた。迷彩柄のショルダーバッグに、フラッシュライトやロープなどの装備を詰めていく。

北斗と栗原も、自分のリュックを背負った。カメラを使う場面があるかどうかはわからないが、置いていく理由もない。

準備を進める塩屋の周りに、全員が集まる。塩屋は、支度をしながら説明してくれた。

「この場所にはかつて檜町駐屯地があり、さらにその前は帝国陸軍歩兵第一連隊の駐屯地でした。当時の地下壕の一つは、先ほどのハーディ・バラックス付近に駐屯していた歩兵第三連隊の地下とトンネルでつながっていたのです。戦後、両方の駐屯地が米軍に接収されてからも、その地下通路は引き続き使われていました。一九五〇年代から六〇年代にかけてのことです」

「冷戦が激しくなった頃か。核シェルターとしても想定していたのかな」

栗原の指摘に頷いた塩屋が、話を続ける。

「その後、第一連隊跡の敷地だけは日本に返還されて檜町駐屯地、防衛庁となりました。そうなると通路としての意味はなくなり、使われなくなったのです」

「それが、今でも残ってるんですか？　こんな立派な地下駐車場まで造られてるのに」

「防衛庁移転の件が本格化した頃、東京都下水道局が、このあたりで雨水貯留管の工事を計画していました。大雨の際に貯留管に集められた雨水は、他の貯留管と合流し、最終的には『第二溜池幹線』と呼ばれる巨大な下水道から隅田川へ放出されます。その計画に、当時の防衛庁の担当者が目をつけたんですね。少しの工事で雨水貯留管との接続部を設ければ、万一の場合のメンテナンスにも使えるのでトンネルは残置すべし、と。まあ、単純に埋め戻すコストをかけたくなかっただけかもしれませんが。そうした事情があって、トンネルは入口を閉鎖しただけで残されています。このビルの建築の際も、基礎から外れた場所なので影響はありませんでした」

「大雨といえば……」

　栗原が不安げな視線を頭上へ送った。

「台風の雨水が地下に流れこんできたりはしないでしょうか」

「大丈夫でしょう。東京の治水は皆さんが思っているより進んでいます」

「それならいいんですけど……」と、とりあえずは納得したらしい栗原に続いて、エルザが訊ねた。

「ハーディ・バラックス側からも入れるのデスカ」

「そちらも、入口を閉じただけになっているはずです。昔、私もそちら側まで歩いていったことがありますが、ハーディ・バラックスの敷地東端にある倉庫の地下室につながっていました。さすがに米軍基地から入るわけにはいきませんので、トンネルへは実質ここからしか入れません。民間へ売却する際、駐屯地側の担当者として敷地売却手続きに関わる中で、仕込ませてもらいました」

　含みのある言い方をした塩屋は、ショルダーバッグから古びたキーホルダーを取り出して皆に見せた。鍵が二つついている。「複製です。内密に願います」

「もちろんですが……」北斗は、ずっと気にしていたことを訊いた。「そこまでして、問題ないんですか？」

「万一ばれてしまえば、大変でしょうね。ただ、私はあのペンダントの力を実際に体験しました。隠しておくべきだという判断は、間違っていないと思います。それに……さっきも言ったでしょう。樫野は、私の大切な友人でしたから」

塩屋は、一瞬寂しげな微笑みを浮かべた。それを振り払うように「さて、行きましょうか」と言った後、エルザを見て付け足した。

「でも、やはり地下は危険です。女性には待っていてもらったほうがいいかもしれない」

それを聞いた栗原が頷く。しかし、エルザは首を振った。

「イエ。ワタシも行きマス。ペンダントを守るためには、一人でも多いほうがよいデス。ソレに、女性だからダメというのはいけマセン」

塩屋は少し考えるそぶりを見せた後、たしかに一人で残ったらかえって危ないかもしれませんね、一緒に来てくださいと言って歩き始めた。

ついていった先は、駐車場の一番奥だった。クリーム色に塗装されたコンクリート壁の下のほうに、一メートル四方ほどの枠があり、蝶番《ちょうつがい》が取りつけられていた。金属製の扉を、ペンキで塗りこめた跡がある。だがそのペンキは、扉の隙間のところで何ヵ所か剝《は》がれていた。使われぬまま塗り固められていたものを、最近塩屋が開けたためだろう。

小さな取っ手の下に穴があり、塩屋は鍵の一つを差し込んだ。がちゃりと鈍い音がする。取っ手に指をかけた塩屋が力を入れると、金属の擦れる音とともに扉が外側へ開いた。残っていたペンキの破片が、ぱらぱらと剝がれ落ちる。身を屈めた塩屋は素早く中へ身体を滑り込ませ、北斗たちも急いでそれに続いた。

扉の中に入ると、かび臭さが鼻をついた。立つことはできるが真っ暗だ。塩屋がフラッシュライトを灯す。ごつごつとした起伏のあるコンクリートの壁に、水の流れた跡がいくつも走っているのがわかった。ライトの光の輪はその壁を這うように移動し、やがて下へ向かう鋼鉄製の非常階段を照らし出した。手すりに錆の浮いた階段は、手入れをされているようには見えない。

生ぬるい空気が足元から吹きつけ、頰の産毛《うぶげ》をさっと撫でていくのを感じた。階段の手すり越しに、下を覗き込む。まるで地の底まで続いているようだ。光は、次の踊り場までしか届いていなかった。

「このビルは表向き地下五階とされていますが、階段はそれより下まで延びています。行きましょう」

金属の階段を踏みしめる足音が、闇の中に反響する。階段を下りるにつれ、徐々に温度も下がっていった。踊り場をいくつ通り過ぎたかわからなくなった頃、階段はようやく終わった。何度も折り返しながら下りてきたせいで、少し目が回っていた。

そこは、六畳ほどの空間だった。中央にある錆びついたポンプのような機械から、パイプが壁沿いに上へ延びている。

「非常用の排水ポンプですが、動くかどうかは怪しいものですね。この空間はビル事業者の管轄外ですから。そもそも、非常用として残されたことも記録されていないと思います。テロ対策の観点では有効でしょうが」

皮肉めいた口調で塩屋は言った。実際のところは、役所の経費削減の狭間に落ちただけなのかもしれないが、おかげでペンダントの隠し場所が確保されたともいえる。

「肝心のトンネルが、ここです」

塩屋が示した壁の一角は、錆の浮いた鉄板で覆われていた。鉄板の上下にはレールがあり、横にスライドして開くものだとわかる。片方の端の取っ手には、昔ながらの錠前《じょうまえ》がかかっていた。

塩屋が二つ目の鍵を差し込む。古さゆえにかなり固いらしく苦労している様子だったが、しばらくして、がきん、という甲高い音とともに鍵が外れた。取っ手を摑んだ塩屋が力を入れると、鉄板は錆の破片をまき散らし、甲高い悲鳴のような音を響かせ横へ滑っていった。

それまでとは異質な闇が、ぽっかりと口を開けた。

闇の奥から這い出した冷気が、身体を包むのが感じられた。かび臭さに、饐《す》えたような臭いが混じっている。

塩屋は、トンネルの奥へフラッシュライトを向けた。伸びていく光はすぐに、質量のある闇に呑み込まれてしまう。トンネルがどこまで続いているか、まったく見当がつかない。

行きましょう、とライトを持った塩屋がトンネルへ踏み込んでいく。ポンプ室に完全な闇が戻ってくる前に、北斗たちは急いで後を追った。北斗は、列の最後尾についた。

「トンネルの長さは、ハーディ・バラックスまでおよそ八〇〇メートル。隠し場所は、四分の三くらいまで進んだところです。足元に気をつけて」

そこはかとなく漂う腐敗臭が、鼻の奥を刺激する。キッチンの排水口を掃除した時の臭いに近い。気温もさらに何度か下がったようで、寒いくらいだ。

煉瓦積みのトンネルは、馬蹄《ばてい》形の断面をしていた。三、四人が並んで歩ける程度の幅は十分にある。天井までの高さは、三メートルほど。余裕はあるが、何しろ暗いので広くは感じられない。むしろ、アーチ形の天井が徐々に迫ってくるような錯覚にかられた。歩くペースは、ゆっくりとしたものにならざるを得ない。

　旧日本軍が人力で掘ったというトンネルは、左右への緩いカーブが連続し、ところどころに勾配があった。このあたりの、起伏のある地形の影響だろう。壁面に「ＵＰ」「ＤＯＷＮ」などとペンキで書かれているのは、米軍が管理していた時代の名残か。「ＬＩＧＨＴ」の表示の上、煉瓦が窪んでいるのは、照明が設置されていた跡のようだ。

　コンクリートの床面には、長年の間にどこかから吹き込んだらしい堆積物がへばりついている。中には、古い菓子の包装紙などもあった。北斗が子どもの頃に見た覚えのあるデザインだ。いったいいつ、どんな道筋を通って、この地下深くまでたどり着いたのか。

　地底探検といって想像するような、コウモリはさすがに見かけない。だが、虫の類は確実にいるはずだ。北斗は、壁で何かが蠢《うごめ》く気配を感じた。素肌をさらした腕や首周りがむず痒《がゆ》くなってくる。首の後ろでぞわりとした気配がし、おそるおそる触ってみたが、思い違いだった。

　何時間も歩いているような気がするが、腕時計の蓄光の針は、トンネルにもぐってから二十分ほどしか経っていないことを示していた。闇の中で、時間や距離の感覚は失われ始めている。今ごろ地上ではどうなっているのだろう。北斗は思った。嵐はもう過ぎたのか、それとも勢いを増しているのか。ことによると、滅び去った世界の下で、自分たちだけが地の底に取り残されているのかもしれない。そんな妄想が浮かんできた。

やがて、歩いていく先の壁沿いに何かが見えてきた。壁面の金具に引っかけられた、鉄製の梯《はし》子《ご》だ。近くの天井の煉瓦は丸くくり抜かれ、マンホールの蓋のようなものが取りつけられている。梯子は、そこに上がるためのものか。

「お話にあった、雨水貯留管への入口ですか？」北斗は、先頭を行く塩屋に訊ねた。

塩屋が、ライトの光を天井に向けて答える。

「いえ。これは、別のトンネル――洞道《とうどう》への接続部です」

「とうどう？」

「電線や通信ケーブルのトンネルで、人の通れるサイズのものを洞道といいます。この上の洞道は、私たちがいるトンネルよりも先に軍用として掘られたものです」

「へえ……地下の電線って、そんな昔からあったんですか」栗原が感心したように言った。

「地上を開削《かいさく》して埋め戻す形のものは、昭和初期にはあったそうですよ。旧軍がこのトンネルを掘る時に、上の洞道から資材を搬入したとも聞きました。戦後、洞道は民間の電力会社や電電公社が、このトンネルは米軍が管理するようになりましたが、接続部については米軍の機密として書類から抹消されました。なので、洞道を今も現役で使っている東京電力やＮＴＴは把握していないはずです。もし現場の作業員が気づいても、向こう側からは開かないようになっています」

マンホールを思わせるその蓋には、古そうな錠前が取りつけられている。北斗がよく見ようとした時、塩屋はライトの光をトンネルの先へ向けなおしてしまった。

スマホの灯りを使おうとポケットから取り出したところで、北斗はアンテナ表示に気づいた。

「あれ？　電波が通じる。ぎりぎり一本だけど」

「まさか、こんな地下で？」怪訝《けげん》そうな声を出した栗原が、自分のスマホを確認する。

「あ……本当だ。なんでだ？」

「洞道の中で、作業員が携帯を使えるようになっているんです。漏洩同軸《ろうえいどうじく》ケーブルと言ったかな、一定間隔で穴を空けて電波を漏らすことで、ケーブル全体がアンテナ代わりになるとか」

説明してくれた塩屋に、北斗は質問した。

「洞道って、どのくらいの長さがあるんですか」

「たしか、東京だけでも総延長はおよそ三〇〇キロあるそうです」

「そんなに！」

「明治以来、東京の地下には官民問わず、無数のトンネルが掘られてきました。使われなくなり、忘れ去られてしまったものまで含めれば、どれだけの空間があるのか想像もつきませんね」

北斗は、子どもの頃に欲しかった蟻《あり》の巣の観察セットを思い出した。アクリルケースの中に掘られた蟻の巣のように、東京の地下を見ることができたなら……。この巨大な街の足元、闇の中に広がる空間の規模はどれほどだろう。その地下構造を完全に把握している者など、いるのだろうか。一千万人が暮らす大都会の、ほんの数十メートル下。そこは、都会に最も近い秘境なのだ。

さらに一〇〇メートルほど進むと、煉瓦の壁の一部がなくなり、人が一人通れるくらいの横穴が開いていた。取り付けられた鉄柵はひどく錆びつき、思い切り力を入れれば外せそうだ。暗い穴の奥から、水の流れるような音が聞こえてきた。

「この向こうに、雨水貯留管との接続口があります。ここまで来れば、もう少しです」

その先でトンネルは急カーブを描き、下り勾配が続くようになった。塩屋によれば、雨水貯留管への接続部のあたりがトンネルの中で一番高くなっており、この先ハーディ・バラックスまではずっと下り坂だという。

暗く、かび臭いトンネルをさらに進むこと数分。塩屋が歩みを止めた。揺れるライトの光だけを見て歩いているうちに、ぼんやりとしていたらしい。北斗は、前を行くエルザの背中にぶつかってしまった。

「いてて……。ああ、ごめん。塩屋さん、どうしたんですか」

塩屋はそれには答えず、何かを確かめるようにライトを壁面のあちこちへ当てている。

「ありました」

トンネルのところどころにあった、照明の設置跡の窪み。その一つに、塩屋は腕を突っ込んだ。かなり深いものらしく、肘のあたりまですっぽりと嵌《はま》っている。

「ここデスネ」

エルザが、どこか緊張したような声で確認した。

頷いた塩屋は、腕をそっと引き出した。小さなスタッフバッグを摑んでいる。登山やキャンプの際、ザックの中の荷物を整理するための袋だ。防水生地に、アウトドアメーカーのロゴがプリントされていた。

北斗はフラッシュライトを預かり、塩屋の手元を照らした。塩屋がバッグの口を縛ったストラップを緩め、中のものを摑み出す。

ライトの光を、青銅が鈍く反射する。

クメールの遺物――『カーラの瞳』が、その姿を現した。

案外小さいなというのが、北斗の最初の感想だった。ちょうど、手のひらに収まるくらいだ。暗くてよく見えないが、細かな装飾が施されたリングに、透明な水晶が嵌め込まれているようだ。

「これが、先生の……」

思わず呟いた北斗に、塩屋は「持ってみますか」とそれを渡してきた。「本来は、平山さんに託されたものです」

ライトと交換して受け取ると、ずっしりとした重みがある。

水晶のつるりとした表面が、妖しく光った気がした。中に何か入っているのだろうか。透かして見てみようと、北斗は半ば無意識に、塩屋が持つライトへ向けてペンダントをかざした。

光が水晶を貫こうとするその瞬間、夕子に聞いた樫野家の言い伝えの話が思い出された。

――丸いガラスを光にかざしてはいけない。

だがその時、既に光線は水晶を通り抜け、北斗の目に達していた。

頭の中を、電撃が走った。ちかちかと明滅する光が視界を覆い、やがて何かのイメージが浮かび上がってくる。夢でよくあるように、全体としては脈絡がないが一部のディテールだけが明確な、映像の断片だ。それらが一つずつ組み合わさり、次第に意味をなしていく。

真っ暗な空間。足元は、一面の水だ。そこに何人かの人物がいる。そんなところで、誰が何をしているのだろう。

　そのうちの一人、セミショートの髪をした女性が目に留まった。髪の色はダークブロンド。両手を前に突き出した女性が構えている黒いものは——拳銃？

　そこで、急に場面は転換した。相変わらず周囲は闇に包まれている。大量の水が轟々《ごうごう》と渦を巻く中、金属の格子のようなものと一緒に、黒い服を着た人物が流されていく。戸惑っていると、さらにもう一人——今度も女性ではあるが眼鏡をかけており、その髪は黒く長い——が流されかけているのが見えた。助けなければ、と無意識に手を伸ばす。指先が触れ——。

　突然夢から覚めたように、イメージは掻き消えた。現実の光景が戻ってくる。心配そうに見つめる栗原と塩屋に挟まれ、北斗は片手にペンダントを握りしめていた。

「どうした？」「大丈夫ですか」

　ひどく長い時間が経ったように思え、北斗は栗原に訊いた。

「俺は……どのくらいこうしていた？」

「どのくらいって……。ペンダントをのぞき込んだ途端、目の焦点が合わなくなっちまったから慌てたぜ。でも、ほんの一瞬だったな」

「一瞬？」

　そんなわけはない、と思ったが、塩屋が説明してくれた。

「イメージは、瞬時に流れ込んでくるはずです。ほんのわずかな居眠りの間に夢を見るような……。何か、見ましたか？」

　寝起きの夢のように去りつつあったイメージの尻尾を、北斗は必死で掴もうとした。

「水……水です。大量の水が……」

「今降ってる、雨の様子が見えたってことか」栗原が確認してくる。

「いや……そうじゃない。暗い場所……トンネルみたいなところだ。そこにいたのは……」こめかみに手を当てながら、思い出す。

一種の超自然的な体験をしたのは、間違いない。水晶を通して、北斗は目の前にはない情景――遠隔透視らしきイメージを見たのだ。そして、その中で今にも大量の水に流されそうになっていた、眼鏡をかけた長い髪の女性――。顔はよく見えなくとも、北斗にはわかった。あれは、夕子だった！

急に霧が晴れて遠くの景色が広がるように、イメージがよみがえる。

北斗は、思わず叫んでいた。

「夕子が！」

驚いた栗原が、北斗の肩を押さえた。「おい、どうした」

「夕子が……夕子が水に流されて」

「なんのことだ」

「……妙なイメージだった。夕子が、すごい量の水に流されそうになってるんだ。まさか台風の雨水で……」

「遠隔透視で、それを見たのか」

「ああ……」

塩屋が、北斗を落ち着かせるように言った。「しかし、夕子さんは今、ブラウンウォーターに捕らえられているはずです。ペンダントをまだ渡していない以上、大事な人質です。そんな危険な目に遭わせているでしょうか」

「それはそうですが……」

「他には、何か見えたか」栗原が訊いてくる。

北斗は、必死で思い出そうとした。どうだったか……。最初に見えた、拳銃を構えた女性。あれはエルザのようでもあった。だけどペンダントが見せるものは、離れた場所ではなかったのか。エルザはここにいるのに――。あれ、そういえば。

「エルザは？」

北斗の問いかけに、皆があたりを見回した。

「エルザ？　どこだ？」栗原の呼びかけに、返事はない。

エルザは、誰も気づかぬうちにその姿を闇の中に消していた。

「まさかトンネルの中で、ブラウンウォーターにさらわれたんじゃ」

栗原が慌てたが、そんなはずはない。ついさっき、この場所についた時、北斗はエルザの背中にぶつかったのだ。

ふいに、エルザの声が北斗の頭の中で再生された。

『ここデスネ』

今思えば、ひどく硬質な声色だった。エルザのその声には、必要以上の緊張が含まれているようにも感じられた。

もしかして――。

北斗は、塩屋がブラウンウォーターについて話した時の、エルザの反応を思い出した。

まさかとは思いつつ、あることを確かめたくなり、栗原に呼びかける。

「なあ、前に見せてもらった、ブラウンウォーターの飛行機の写真あっただろ。人も一緒に写ってる、高解像度のやつ」

「横田基地の、Ｃ－１３０か」

「あの画像、もう一度見せてくれないか」

「なんだよ急に」

栗原は訝しげに自分のスマートフォンを操作し、画像を表示させた。

「ほれ」

以前にも見せられた、ミリタリー研究会の知人から送られてきたという写真。横田基地に着陸した、ブラウンウォーター所属の輸送機。

「人が映った部分を拡大してみてくれ」

「ん？」栗原が、スマホの画面を指で拡大する。

輸送機の搭乗口から歩み出た男を、整列した何人かが敬礼で迎えていた。列の左端の人物は、隣の人物に比べれば、ずいぶんとほっそりした体形だ。まるで、女性のような――。

「顔の部分、もう少し拡大できるか」

栗原が、指を動かす。

スマホの画面から目を離せぬまま、北斗は言葉を失った。

栗原が薄笑いを浮かべ、ぼそりと呟く。

「いやいや、そんなはずないって……」

隣で画面を覗き込んだ塩屋が、唖然とした表情で言った。「しかし、これは……」

北斗は頷いた。

――エルザは、ロックウッドと通じていたんだ。

何もかもそれで、合点がいく。

彼女の、研究者としての偽装は見事なものだった。樫野先生を相手にしても、うまく騙《だま》せていたのだから。先生とフィールドに出ることはせず、やりとりを研究室の中に限っていたのは、野外観察の知識や経験がなく、見抜かれてしまうからだろう。

そういえば、会津の山を登っている間に、クロツグミの地鳴きを聞いたことがあった。あの時、彼女は鳴き声に気づかなかったと言ったのだ。疲労困憊《こんぱい》していた栗原でさえはっきり聞こえていたというのに、研究者、しかもアメリカ人の彼女にとっては珍しいはずの鳥の声を、聞き逃すとは。あれは、今思えば……。

「たぶん、エルザは樫野先生のところへ、ロックウッドの手で送り込まれたんだ。ペンダントの秘密を探るために」北斗は言った。

「考え過ぎだって」

必死で首を振る栗原に、塩屋が残念そうに言った。

「ですが、この写真は明らかに彼女です。……まさか、樫野を殺したのは」

「思いたくはありませんが、可能性はありますよね」

「北斗！」栗原が叫んだ。

「でも、それなら説明がつくだろう？　先生に隠し場所を言わせようとして死なせてしまったとところに、いい具合に俺たちが現れたってわけだ。俺たちにペンダントを見つけさせ、横取りすることにしたんだろう。夕子の誘拐も、きっと自作自演だ。ブラウンウォーターに夕子を引き渡した後、俺たちがきちんとペンダントを取りに行くか監視するために、自分も被害者のふりをしてついてきたんじゃないか」

「そんな……」栗原が、途方に暮れたような声を出す。

北斗は言った。「俺たちは、利用されてたってことかもしれない」

エルザの友好的な態度は、すべて偽りだったのだ。何度か気づくチャンスはあったのに、親しくなったがゆえに判断は鈍り、疑念を抱けなくなってしまっていた。

「だとしたら、彼女はどこへ行ったんだ」

栗原が力なく問うと、塩屋はトンネルの闇へ鋭い視線を送りつつ言った。

「探す必要はなさそうです」

北斗たちのいる場所からハーディ・バラックス側へ向かった少し先で、トンネルは緩いカーブを描いている。そのあたりの壁面が、ぼんやりと明るくなっていた。何かの光で照らされているようだ。それは時々ゆらゆらと動き、灯りを持つ人物の存在を示していた。

北斗はペンダントを握りしめたままだったことを思い出し、塩屋から受け取ったスタッフバッグにそれをしまった。ストラップで肩に掛ける。

突然、カーブの死角から眩い光が現れた。塩屋のライトよりも数段明るい、暴力的なまでの白い輝き。咄嗟に目を細め手で覆ったが、闇に慣れた目にそれはひどく眩しく、涙が滲んだ。

「皆サン」

トンネルの壁面に、聞き覚えのある声が響いた。

眩しさに瞑っていた目を、少しずつ開いていく。かろうじて、三つの人影が見えた。その影が話しかけてくる。

「ペンダントを見つけてくれて、ありがとうございマス」

声の主は、一連の出来事が始まってから一緒に謎に立ち向かってきた女性――エルザだった。

「ありがとうって……どういうことだよ！」

栗原が唾を飛ばす勢いで言い返した。口汚さは、それまでの想いの裏返しだろうか。「俺たちを騙してたのかよ！」

その頃にはようやく目が慣れてきて、栗原の剣幕に少したじろぐエルザの表情もわかるようになっていた。

「栗原サン、スミマセン。仕方なかったのデス」

そう答えるエルザの隣に、夕子がいた。

「夕子！」

北斗は叫んだ。だが、彼女は怯えた表情を浮かべたまま、何も答えない。よく見ると、後ろに回した腕をもう一人の人影――大柄な白人の男性に摑まれていた。

男は、闇に溶け込むような黒っぽい戦闘服を身にまとっている。鍛えられた体つきだが、闇に浮かぶ白髪《はくはつ》だけはさすがに年齢を隠せない。どこかで会った覚えがあるのは、つい先ほどスマホの画面で見たからか。この男が、Ｃ－１３０輸送機から降り立った人物、ロックウッドに違いない。夕子を連れてヘリで飛来し、ハーディ・バラックスからはトンネルを歩いてきたのだろう。

いつの間にか姿を消していたエルザは、彼と夕子を迎えに行っていたのだ。

ロックウッドらしき男は、北斗たちをじっと見つめている。暗がりの中であっても、背筋が寒くなるような、底知れぬ冷たさを含む眼差しがわかった。

勇気を奮い、北斗はエルザに叫んだ。

「すべて、仕組んでいたんだな。君はブラウンウォーターの人間で、クメールのペンダントを奪うため樫野先生に近づいた。先生を殺してしまったので、俺たちを誘導してペンダントを探させた。そして、今度はペンダントを手に入れるために自作自演で夕子を誘拐した」

エルザは、黙ったままだ。

「どういうことなんだよ」

栗原の悲痛ささえ感じられる叫びに、エルザはようやく口を開いた。

「ワタシは……ブラウンウォーターの隊員デス。隠していて、スミマセン」

「事情を教えてもらえませんか」塩屋が落ち着いた口調で訊ねると、迷った様子のエルザは、何かを確認するように隣のロックウッドの顔を見た。

ロックウッドが、やや苛立った態度で首を振る。日本語の会話は理解できているらしい。

「説明は不要だ」

低い声は、はっきりとした日本語だった。

次の瞬間、ロックウッドが腰のホルスターから銃を抜いた。北斗たちへ向かって一振りする。

「手をあげろ」

皆、従うしかなかった。

意外なことに、エルザは戸惑うようなそぶりを見せた。

「What are you doing,Colonel?（何をしてるんですか、大佐？）」

これはあくまで演技で、皆を危険な目に遭わせることはないという話だったのでは、と両手を広げて訴えているようだ。塩屋は英語がわかるらしく、北斗が聞き取れなかった部分を隣で教えてくれた。

エルザに、ロックウッドは言い放った。

「Your thinking is naive.（考えが甘い）」

黙り込んでしまったエルザから、ロックウッドは北斗たちへ視線を移した。

「私は時間を無駄にしたくないのだよ。『カーラの瞳』さえ渡してくれればいい。さあ、渡すんだ」有無を言わせぬ口調だ。

「……ペンダントを渡せば、夕子さんを無事に返してくれるのか。我々のことも」

塩屋が問うと、ロックウッドは、いかにもと頷いた。

「黙っていてくれるならば、約束しよう。ただ、君たちはいつでも事故死する可能性があることを忘れてはいけない。特に、口の軽い者は事故に遭いやすいそうだ」

「だったら、俺はとっくに死んでるよ」栗原が少々やけ気味にうめいた。「それに渡したとたん、その場で事故に遭うんじゃないか」

確かにこの状況で、ペンダントを渡しさえすれば何事もなく解放されるとは信じがたい。

「最初からそのつもりなら、さっさと俺たちを撃ち殺してペンダントを奪えばいいのに。こんな地下深くで起きたことを秘密にしとくのなんか、簡単じゃないか」北斗は小声で言った。

「殺した後で実はペンダントは偽物だった、なんてことになったら困るからかな。少なくとも、ペンダントを渡すまでは撃たないだろ」栗原が苦々しげに答える。

「カモン」

ロックウッドが拳銃の銃口を夕子の頭に押し当てた。夕子は反発するように睨み返したが、ロックウッドは眉の一つも動かさず、むしろ笑みを漏らした。

ペンダントは、北斗が肩に掛けたスタッフバッグに入っている。それは、ロックウッドのような人物に渡してはならない、渡すべきではないものだ。

――それでも。

少なくとも今は、夕子の命には代えられない。渡さなければ彼女は撃たれてしまうかもしれない。そもそも渡したからといって、殺されると決まったわけではない。

やむを得ないか。

誤解されて撃たれぬよう、そろりと肩のスタッフバッグを下ろした。だが、これを渡してペンダントが本物であることを確かめたら、ロックウッドはどうするつもりなのか……。

北斗の頭の中を、様々な思考がめぐる。冷たい汗が背筋を流れ落ちていく。

「これだ。夕子をこっちに」

右手で、スタッフバッグを高く掲げた。

ロックウッドは銃を夕子の背中に突きつけたまま、ゆっくりと歩み寄ってきた。それに合わせて、北斗も前に出る。

硬い表情をした夕子の後ろから、ロックウッドが手を伸ばしてきた。

右手のバッグが引っ張られる感触。急いで左手を夕子に伸ばすが、彼女を押さえつける力は緩まない。

「ペンダントを確かめてからだ」

北斗を栗原と塩屋のところへ追い返したロックウッドは、拳銃をいったん腰のホルスターに戻した。夕子をエルザに任せると、奪ったスタッフバッグからペンダントを取り出す。感慨深げにそれを眺め、昂然《こうぜん》とした声を上げた。

「これが『カーラの瞳』か……」

銃を収められたため、皆はおそるおそる手を下ろしたが、いつまたホルスターから抜かれるかわからない。警戒した様子で塩屋は訊ねた。

「それを、何に使う気だ」

「誤解してはいないか。私はこれを、世界の平和と安定のために使うつもりだ。脅威となる国やテロリストを監視し、行動を未然に防ぐことが、どれほど平和への貢献になるか。考えればわかるだろう」

その言葉を聞いたエルザが、頷いている。ロックウッドは話を続けた。

「もっとも、多少の犠牲はつきものだ。やむを得ぬ犠牲《コラテラル・ダメージ》だよ」ロックウッドは、陰惨な笑みを見せた。「樫野のことも、そうだ。ペンダントの礼に教えよう。樫野を死なせたのは、私だよ」

エルザに腕を掴まれたまま、夕子が眼鏡の奥の目を見開いた。愕然《がくぜん》とした表情を浮かべたエルザが、かすれ声でロックウッドへ問いかける。「待ってください……。樫野教授を殺したのは、旧ソ連の遠隔透視プロジェクトの残党ではなかったのですか？　これ以上犠牲者を出す前に、彼らより先に『カーラの瞳』を見つける必要があるとおっしゃっていたではありませんか」

「旧ソ連の残党か。そんなものは存在しない。樫野を殺した後も、君にペンダント捜索を続けてもらうための作り話だ。君は、私が樫野を殺したと知れば命令に従いはしなかっただろう？　まあ、もとはといえば、君がなかなか樫野の秘密を暴けずにいたから、私自身が日本へ来ることにしたのだがね」

エルザもまた、騙されていたのか。意気消沈して口をつぐんだエルザに代わるかのように、塩屋が訊ねた。

「なぜ、樫野を殺した」

落ち着いた声の奥に秘められた激しい怒りが、北斗にはわかった。

「シュローダーの指導教官と偽り、変装して樫野に接触した時、彼のような人物は力で屈するはずと判断したのだ。だから、一人で外出するのを待った」

「それで、鳥の調査をしていた樫野を脅したあげく、崖から落としたのか」

「いや。臆病な奴だったな。私の素顔を見て逃げ出すと、勝手に落ちていったよ。逃げる間際、『君の望む未来はこない』などとわけのわからんことを言っていたが、笑わせる」

夕子の「ふざけないで！」という怒声が響く。北斗も、どうにもならぬ怒りに唇を強く噛んだ。

「違う」

塩屋が小さく呟くのが聞こえた。

「樫野は、逃げようとしたんじゃない。きっと、秘密を守るために自分から身を投げたんだ」

――まさか。

そんなことをするだろうか、と北斗は思いかけ、すぐに考えなおした。先生の性格からすれば、あり得る話だ。もともと病気で、長くなかったのだ。この際自らの命を捨ててでもと考えておかしくはない。それに、ペンダントのヒントも俺に与えた後なのだから。

くそっ、それほどの思いを込めて託されたものなのに――。

ロックウッドは、片側の眉を持ち上げつつ言った。

「まあ、あの男のことなど今さらどうでもいい。ともかく、『カーラの瞳』を譲っていただいたことには感謝を申し上げよう」

フラッシュライトを掲げたロックウッドが、ペンダントを目の前にかざす。使い方はエルザを通して筒抜けだったのだ。水晶が、ライトを反射して小さな光を放つのが見えた。

いったい、何を見ているのか。北斗の経験では、イメージが流れ込むのに要する時間はほんの一瞬のはずだ。

数秒ほどが経過して、ロックウッドは意外なことを口にした。

「何も……見えんぞ。真っ暗だ」

ロックウッドはもう一度水晶をかざしたが、やはり何も見えてこないらしい。

「偽物ではないだろうな」

――どういうことだ？　あれは、確かに本物なのに。

やや苛立ったそぶりを見せたロックウッドが、左手にペンダントを握ったまま、右手を再び腰の拳銃に伸ばしかける。

北斗は焦った。ここまで話したからには、俺たちを生かしておくつもりはないのか――。

その時、北斗の目に信じがたい光景が映った。

「That's it（そこまでよ）」

一瞬早く、ホルスターから拳銃を抜き取ったエルザが、ロックウッドの頭にそれを突きつけていた。

エルザに腕を離された夕子が、北斗たちのところへ駆け寄ってくる。

北斗は、急いで夕子の腕を掴み引き寄せた。彼女の身体を抱きとめる。ふわりと広がった彼女の髪の匂いが、鼻の奥をくすぐった。

ロックウッドは、意外にも動じている様子はない。

「……驚かないのね」

「ああ。むしろ、いつその銃を取ってくれるのか楽しみにしていたよ。ようやく引っかかってくれたね、エルザ・シュローダー……いや、エルザ・ナカムラ」

エルザとロックウッドの会話に耳を傾けていた北斗たちは、顔を見合わせた。今、ナカムラと言ったか？

「今までよく、働いてくれた」

「わたしを騙していたのね。父が死んだ裏には陰謀があるというのも、嘘だった……」

「陰謀などない。そういうことだ」

ロックウッドはあっさりと認めた。「三年前のシリア。彼のヘリは、私が墜とした」

エルザの構えた銃が震え出す。

塩屋や夕子に訳してもらわなくとも、大体の内容は聞き取れた。エルザはナカムラの娘で、ナカムラはロックウッドに殺されたということらしい。

北斗の隣で、ロックウッドを睨む夕子の瞳が濡れていた。夕子とエルザ、二人の父親の仇《かたき》は、同じ相手だったのだ。夕子の激しい怒りが伝わってくる。

エルザは、ロックウッドを撃つのだろうか。だがロックウッドは、エルザは撃たないと確信しているかのようだ。武器もない自分たちは、その様子を見守ることしかできない。

「くそっ。そういうわけだったのか」

そう呟いた栗原の背中に、北斗は目を留めた。いつも栗原がリュックに入れて持ち歩いているもの。

――できることは、あるかもしれない。

「栗原」北斗は、ごく小さな声で呼びかけた。「背中に、あれ入ってるんだろ。スタンなんとか」

栗原が、ぎょっとした表情で北斗を見返す。

「まさかお前」

「大丈夫。リュックを下ろすのはまずいから、俺がそっと取る」

トンネルの暗がりの中、北斗はロックウッドに気取られぬように少しずつ身体の位置を変え、栗原の背中のリュックに手を伸ばした。

その間、エルザに銃を向けられながらも、ロックウッドは得意げに話し続けている。

「ナカムラは他社に雇われて、わが社を告発しようとするジャーナリストを護衛していた。邪魔者は排除するのが、わが社のやり方だ」

「なのに、なぜわたしをスカウトしたの」

「以前から、ナカムラは『カーラの瞳』について何か知っているはずと睨んでいた。彼の娘が陸軍に入っていることも、わかっていた。そこで、葬儀に出てきた娘に声をかけたのだ。父親は陰謀により殺された、真実を突き止めるため力を貸してほしいとね」

それを聞いて、エルザは悔しげに顔を歪《ゆが》めた。

「そうして、調査のためとわたしを騙して父の昔の手帳を提出させ——樫野先生のことを知ったのね」

「そうだ。そして、君本人を送り込んだのだ。調べていくうちに父親の名が出てくれば、捜索を進めるのに都合がよいこともあるだろうからね。しかし、皮肉だな。君は父親の仇を討つどころか、別の人間を死なせた上、私にペンダントを手に入れさせたわけだ」

北斗は思った。——自分たちは、エルザの掌の上。そのエルザは、さらにロックウッドの掌の上にいたということか。エルザも自分たちも、仇である相手に駒《こま》として利用されていたのだ。

主導権を完全に握ったロックウッドが、不敵に笑う。

北斗は、ようやく片手だけで栗原のリュックからスタングレネードを取り出した。おもちゃといえどそれなりの音が出るという、栗原の話を信じるしかない。驚いた表情を浮かべた夕子と塩屋には、黙ってて、と目だけで伝える。グレネードを自分の背中に回し、片手でピンの位置を探した。あった。これを抜けば二、三秒で起爆すると栗原は言っていたな。

挑発的な眼差しをエルザに向けたロックウッドは、止《とど》めを刺すように言った。

「私を撃つかね？　残念だったな。その銃、弾はダミーだよ」

顔を歪めたエルザが、拳銃のトリガーを引く。小さな、かちりという作動音だけで何も起こらない。

「二手、三手先を読むのが、戦場で生き残る秘訣《ひけつ》だ。あえて、君に銃を奪わせるよう仕向けたのだよ。さて、上官に対する反逆には――」

勝ち誇ったロックウッドは片膝を立ててしゃがみ込んだ。戦闘服のパンツの裾に、何かを隠しているようだ。「皆まとめて、終わりにしよう」

――今だ。奴の注意がそれている、今しかない。

北斗は、背中に回したスタングレネードのピンを抜いた。金属音が響き、少し焦る。大丈夫だ。まだ気づかれていない。ほんの一瞬の間を置き、下投げの要領で、ロックウッドめがけてそれを投げた。

栗原が怒鳴った。

「耳ふさげ！」

北斗は、隣にいた夕子の頭を再び抱え込んだ。腕を夕子に回したため、自分の耳をふさげないことに今さら気づいたが、もう遅い。

宙を舞ったグレネードはロックウッドの近くの地面に触れる直前、ガスカートリッジからプラスチックの胴体部分へ瞬時に大量のCO_2ガスを送り込んだ。耐えきれなくなった胴体が破裂し、メーカーの保証通り一五〇デシベルの大音響が発生した。一五〇デシベルとは、ジェットエンジンの音を間近で聞いた場合に相当する。そして、ここは音響を反射しやすい閉鎖空間だった。

ヘッドホンがフルボリュームで突然鳴り出した時のような、鼓膜を直接叩く巨大な炸裂音が、北斗の耳をつんざいた。耳の奥に激しい痛みを感じる。原始的な恐怖すら感じる音量だった。時間の感覚がおかしくなる。一瞬のことだったのだろうが、何分も経ったように思えた。耳だけではなく身体じゅうに痛みを感じ、撃たれたのかと錯覚してしまう。

北斗の目の前で、夕子が心配そうに覗き込んでいる。その唇が動いているが、何も聞こえない。いや、夕子の声だけではない。世界から音が消えていた。

はっと思い出して振り返ると、エルザとロックウッドが倒れていた。耳を押さえて苦しんでいるものの意識はあるらしいエルザに比べ、より至近距離で大音響を食らったロックウッドはぴくりとも動かない。ただの音といっても、ジェットエンジン並みの轟音をほぼ耳元で不意打ちされたのだから、当然だ。

北斗は、無音の世界の中で夕子を栗原たちに預けると、倒れているエルザたちのそばに駆けていった。

ロックウッドの隣に、『カーラの瞳』が落ちている。急いでそれを拾い、やはり落ちていたスタッフバッグにしまった。肩に掛けなおす。

しゃがんでエルザの身体を揺さぶると、彼女は頭を押さえながらふらふらと起き上がった。北斗は、大丈夫か、と口にしたつもりだったが、頭の中でよくわからない音が反響するだけだ。

エルザは、聴力の他は少しずつ回復してきたようで、倒れたままのロックウッドに近寄っていった。ロックウッドの左足、踵《かかと》の部分に取りつけられたアンクルホルスターから小型の拳銃を引き抜く。スライドを軽く引いて実弾が装塡されていることを確かめると、ロックウッドに向けて構えた。怒りに燃えた目。

いけない！

北斗は再び、自分には聞こえぬ声を上げた。だめだ、そんなことをしては。奴と同じになってしまう。

エルザは、北斗の目をじっと見つめ返してきた。しばらくして目を閉じ、首を振ったエルザは、拳銃をスーツのポケットに収め夕子たちのところへ向かっていった。

本当に、これでよかったのか。北斗に自信はなかった。しかし、たとえ相手が樫野先生を死なせた男、自分たちを殺そうとした男であっても、目の前での殺人を見過ごすことはできなかったのだ。

エルザの後をついて皆の近くに戻った頃には、世界に音が戻り始めていた。大丈夫か、と口を動かす栗原の声もかろうじて聞き取れる。

この程度ですんだのは、さすがに本物のスタングレネードほどの威力はなかったからか。本物なら、鼓膜が破れるくらいしていたかもしれない。

だが、それは相手も同じことだ。ロックウッドも、すぐに意識を取り戻すだろう。悠長にはしていられない。

「早く、ココから離れマショウ」とエルザが叫んだ。

塩屋も「人目につく場所まで戻れば、そう簡単に手は出せないでしょう」と言って、ライトをトンネルの東京ミッドタウン側へ向け歩き始めた。皆、塩屋の後に早足で続く。

歩き出してすぐに北斗は、ダミー弾の入っていた拳銃がロックウッドのそばに転がったままだったのを思い出した。弾を入れ替えれば使えるのではないか。あれも奪ってくれればよかったが、今さら戻るのも危険だ。

闇の中、エルザの詫びる声が聞こえた。北斗の耳はもうほとんど治っていた。

「スミマセン……、夕子サン。ワタシが父の手帳をロックウッドに渡さなければ、樫野センセイは……」

「仕方ないよ」夕子が言った。「わたしたちは、似たようなものだね」

「……アリガトウ、夕子サン。皆サンも、騙してスミマセン……」

「もういいよ。エルザも大変だったんだな」北斗は問い詰める口調にならないよう気をつけて訊いた。「もしかして、俺の部屋から付箋と羽根を盗んだのも、エルザだったの」

「ハイ……。新宿のクルマの中で話し合った後、ワタシは電車で先に帰り、北斗サンの部屋に侵入シマシタ。付箋が欲しかったのではアリマセン。書かれた内容はワタシも知っていマシタカラ。ソレよりも、ペンダントが見つかった後で北斗サンから盗んだ時に疑われないよう、他にもペンダントを狙う人がいると思わせておくためだったのデス。ソレで、塩屋サンが疑われてしまいマシタ……。スミマセン」

エルザは、それからしばらく黙り込んだ。皆の靴音だけが煉瓦の壁に響く。

「エルザのお父さんは、何をしていたの」ふいに栗原が質問した。口調はやはり優しげだ。

「父は軍をやめてからも、友人が経営する小さな民間軍事会社《PMSC》で仕事をしていマシタ。ブラウンウォーターのように大きな会社ではなく、契約した個人のガードやセキュリティを行う会社デス」

「軍隊をやめた後まで、どうしてそんな仕事を」

「母が重い病気で、高額な薬を飲み続けるためにお金が要りマシタ。だからワタシも大学で歴史学の勉強をしながら、ＲＯＴＣに在籍していたのデス」

「ＲＯＴＣ？」

　訊き返した北斗に、栗原が答えた。

「予備役将校訓練課程。奨学金をもらう代わりに、軍の将校として訓練を受け、卒業後は何年か軍役につく仕組みだよ」

「そうデス。父は三年前、あるジャーナリストを護衛する仕事でシリアへ向かいマシタ。ジャーナリストは内戦での非人道的行為を告発しようとしていて、父も協力していマシタガ、ある日、搭乗したヘリが墜落したのデス。その頃、ワタシは第七五レンジャー連隊に配属されていマシタ。特殊部隊の一つデス。それもあってロックウッドはワタシに目をつけ、誘ってきたのデショウ。ワタシも、父の代わりに母の医療費を稼ぐ必要がありマシタ」

「それで、ブラウンウォーターに入ったのか」

「ハイ。ソシテ、中東での勤務の後、樫野センセイのところに来たのデス。ソノ前には研究者に偽装するため、軍の任務と嘘をついて鳥類学者に話を聞きに行ったりもシマシタ。ワタシは、『カーラの瞳』の力が本当だったら、父を探せるはずと思っていたのデス。父のヘリは、戦闘地帯に墜落シマシタ。父の死亡は確認されず、行方不明のままなのデス。ドコカで生きているナラ……」

「なるほど。ペンダントの遠隔透視で、お父さんの居場所を探せるかもしれない」北斗は言った。

「ソウデス。ダカラ、ワタシはロックウッドの命令を守り、『カーラの瞳』を探していたのデス。ソノせいで、皆サンを巻き込んでしまいマシタ。スミマセン……」

栗原は「いいってことよ」と笑った後、少し心配そうな顔でエルザに問いかけた。

「ロックウッドは、追いかけてくるかな」

「ソウ思いマス……」

エルザは、北斗が肩に掛けたスタッフバッグに視線を送りながら答えた。その中に、『カーラの瞳』は入っている。

「ロックウッドは、ブラウンウォーターの他の隊員を呼んだりはしませんか」塩屋が訊いた。

「コノ件は、ブラウンウォーターの中でも最高機密デシタ。他の隊員はほとんど関わっていマセン。ワタシたちを殺すつもりなら、彼だけですませようとするデショウ」

「奴一人といっても、この先も追われ続けるってのは勘弁だなあ」

栗原が途方に暮れたような声を出した。これからずっと、逃げ回らなくてはいけないのだろうか。そのことを想像したのか、皆の間に重苦しい雰囲気が流れる。

しばらくして、夕子が閃いたかのように叫んだ。

「そうだ！　こっちにはペンダントがあるじゃない！　それを使えば、ロックウッドの居場所がわかるはずだよね。相手は一人だけだし、なんとかなるんじゃない？」

「それだ！」栗原の声はがぜん明るくなった。「そういえば北斗、さっきは水がどうとか言ってたけど、他に何か見えなかったのか」

北斗は、ペンダントを光にかざした時、頭に流れ込んできたイメージを思い出した。

闇の中を流れる水。誰かが流され、夕子も――。

でも、あのとき夕子はロックウッドに捕まっていたはず。そもそも、夕子本人が無事にここにいるのだ。あれは、本当に遠隔透視だったのだろうか？

だが、かつてデンクール中尉はそれを確かに行っていたのだ。会津の浄松寺で見せてもらった日付の入ったあのスケッチこそ、その証拠ともいえる。日本にいては決して見られないエッフェル塔を、克明に描いたスケッチ。

エッフェル塔――。

北斗はもう一度確認しようと、歩きながら背中のリュックのカメラを取り出し、撮影したスケッチの画像を呼び出した。

パリの街。遠くにエッフェル塔らしき構造物が描かれている。右下に、「１８６８・９・18」という文字。

その日付が、気になった。

エッフェル塔は十九世紀後半のパリ万博の際に建てられたのだと、遠い昔何かの本で読んだ。

一八六八年。確かに十九世紀後半だ。デンクールは遠い日本から懐かしいパリの街を遠隔透視し、華やかに開催されている万博や、エッフェル塔の様子を見たのだろう。

おかしくはない。なのに、なぜこんなにも引っかかるのか――？

北斗はおぼろげな記憶を必死で手繰り寄せた。あの本を読んだのは、たしか小学生の頃……学校の図書室で何気なく手に取った、雑学大百科とか、そんな本だった。そこには、なんと書いてあったか……十九世紀後半……パリ万博。

確認してみたいことがあったが、あいにくスマホのアンテナ表示は圏外だ。

――そうだ。

「なあ、栗原」

「ん？」

「リュックに、いつもの電子辞書入ってるか」

「入ってるけど？」

「ちょっと、調べてみてくれないか」

「何を」

「パリ万博が、いつ開かれたか」

「それ、今関係あるか？　逃げてる真っ最中だぞ」

「頼む。関係大ありなんだよ」

栗原はぶつぶつと文句を垂れつつも、歩きながら電子辞書を取り出し、調べてくれた。

「えーと、パリ万国博覧会。一番最近だと、一九四七年だってさ」

「もっと前。十九世紀に開かれたやつ」

「何度もあるぜ」

「後半だよ。十九世紀後半」

「だから、十九世紀後半っていっても、何度も開かれてるんだよ。一八五五年、一八六七年、一八七八年、一八八九年、一九〇〇年と五回もある」

「……え？」予想外の答えに戸惑った北斗は、念のため訊いた。「ちなみに、開催にあわせてエッフェル塔が建てられたのはいつ？」

「えーと……一八八九年の回だな。開催前の一八八七年一月に建設が始まり、一八八九年三月に完成だってさ」

どういうことだ。――ひょっとして。

「そうか！」

思わず、声が大きくなった。栗原がびくりとする。

「なんだ、どうしたんだよ」

「遠隔透視じゃないんだ！」

「何言ってんだ？」

「だからさ……」北斗は、あらためてカメラの液晶画面を確認した。

「やっぱり。一八六八年に描かれたスケッチに、一八八七年に建設が始まったエッフェル塔がある。これはつまり――」

栗原が、信じられないという口調で後を継いだ。

「……まさか、未来が見えているってことか？」

「そうだ。そうだよ。ペンダントの水晶が透視する先は、今この時じゃない。未来だったんだ」

夕子が聞かされてきた、丸いガラスを光にかざしてはならないという言い伝えの理由は「悪い未来が見えるから」とのことだった。それは、子どもに禁忌を教えるためだけではなく、ある意味で真実だったのだ。

そんな馬鹿な、と疑っていた栗原だったが、はっと気づいたように「そういえば！」と手を叩いた。

「クメールの遺跡で、不思議なレリーフが見つかったって記事を読んだことがあるんだ。レリーフには、遺跡が建てられた頃とはまったく違う時代の様子が彫られていたとか」

そのような話は、以前なら一笑に付していたところだ。偏った思い込みによって、物事を都合よく解釈しているのだと。だが今は、必ずしもすべてがそうではないと言える。

栗原は続けた。

「クメール人が信仰していたヒンドゥー教の神の中には、過去や未来を見通す神もいるんだ。中でもシヴァ神は、額にある第三の目で未来を見られるとも言われてる。そしてシヴァには別名がたくさんあるんだけど、その一つが、『カーラ』だ――」

「そういうことか……」

そう、『カーラの瞳』は、第三の目。未来を見通すものだったのだ。

かつて、デンクールがそれを戦に使っていた時代は、リアルタイムで敵の状況がわかるような手段はなかった。だから、ペンダントを通して見えたものは現在の様子であると考え、未来が見えているとまでは認識できなかったのだ。

塩屋が言った。「私が透視をした時、自分の部隊の様子が見えました。なんの変哲もない風景でしたが、あれは、その時点の様子ではなく未来が見えていたのですね。ジェイクも家族の日常の様子が見えたと言っていましたが、やはり未来の情景を、現在起きていることと誤解していたのか……」

真実にたどり着いた高揚は、すぐに戦慄《せんりつ》へと変わった。北斗は、ある可能性に思い至ったのだ。

ペンダントが見せるものが未来だというならば。夕子が流されていく場面は、これから起きることなのだ。

——未来を変えることなど、できるのだろうか？


トンネルの湾曲した壁面に、塩屋のライトが描く光の輪が揺れている。壁の凹凸にあわせてそれが進む様は、まるで自分たちを導く亡霊のようだ。初めて見るはずのその光景に、北斗は既視感を覚えた。

やはり学校の図書室で読んだ地底探検の本に、似たような場面があったのを思い出す。二十年後、本当にそんな経験を、しかも東京のど真ん中ですることになるとは。小学生の自分に、そんな未来を見通すことなどできなかった——。

闇の中を、わずかな灯りを頼りに歩き続けるのは、思っていたよりもはるかに気力と体力を消耗した。しかも、トンネルのこのあたりはずっと上り勾配が続いている。

目の前で夕子が躓《つまず》いて転びそうになり、北斗は彼女を支えようとしゃがみかけた。

その瞬間、背後から乾いた音が聞こえた。

つい先ほどまで北斗の頭があった空間を何かが切り裂き、衝撃波のようなものが伝わってきた。視界の隅でトンネルの壁に青白い火花が散り、破裂音が反響する。

銃撃だ。

やはり、あの拳銃を置いてきたのは失敗だった。ロックウッドが、ダミー弾と実弾を入れ替えて撃ってきたのだろう。

「耳をフサイデ！」

エルザが立ち止まり、ロックウッドから奪った拳銃を抜いた。立て続けに三発、発砲する。

闇の中に、ライトとは異なる閃光が三度走った。短く、乾いた射撃音がトンネルの壁に反響し、押さえていても耳が痛くなる。

きゃっ、と夕子が小さな悲鳴を上げるのと同時に、薬莢《やっきょう》が落ちるちゃりん、ちゃりん、という音がした。微かに鼻をくすぐる、硝煙《しょうえん》の匂い。

「当たった？」栗原が訊いた。

「イエ、姿は見えマセン。足止めのためデス」

エルザが撃ち返してからは、警戒したのかロックウッドは撃ってこなかった。

今のうちに、先を急いだほうがいい。皆の歩調は、ほとんど走るようになっている。足を前に進めながら北斗は考えていた。

ロックウッドはさっき、ペンダントを光にかざしても何も見えないと言っていた。どうしてだ？　個人差のようなものでもあるのだろうか……？

ふいに北斗は、自分たちに優位な点が一つだけあると気づいた。

ペンダントの力を、おそらくまだロックウッドは「遠隔透視」だと思っている。つまり、北斗が未来を見たことを、ロックウッドは知らない。

その時、とっくに慣れてしまっていたかび臭さを、北斗は再び意識した。雨水貯留管との接続部に近づいたためだろう。行きに通り過ぎた時よりも水音が大きく聞こえるのは、流れる量が増しているのか。

北斗の脳裏に、暗い中を流れる大量の水のイメージがフラッシュバックした。あれは、このトンネルの中で起きることなのか？

今はトンネル内に水はない。しかし地上では嵐が吹き荒れ、大雨が降っているはずだ。その大量の雨水が向かう先は……。

フル回転の思考を続けていた頭の中に、拳銃の発砲炎のような閃光が走った。

「塩屋さん！」

北斗は、先を行く塩屋へ呼びかけた。

「はい？」塩屋は歩みを止めず、前へ顔を向けたままで答えた。

「水……水です。このすぐ隣を、雨水が流れてるんでしたよね。今は台風だから、すごい勢いなんじゃないですか」

「ええ。かなり音がしますね」

「その水を、こっちへ流せませんか？」北斗は、自分のアイデアを話した。

イメージの中で金属の格子と一緒に流されていた黒い服の人物は、きっとロックウッドだ。その未来を、たぐり寄せるのだ。次の場面で流されかけていた夕子のイメージは気になるが、最後に自分は彼女の手を摑んでいたと思う。大丈夫だ。

「ロックウッドが追ってきているほうが低いから、水はそっちへ流れていくでしょう。その勢いで足を止め、できれば押し流すんです」

「なるほど。我々が逃げる方向にも水が来ないとは限りませんが……。少なくとも、ハーディ・バラックス側へ多く流れるでしょう。それで時間を稼げます。ただ、工具もないのに、どうやって貯留管の蓋を開けたものか」

　後方を警戒していたエルザが、話に加わった。

「ピストルがありマス」

「……そうですね。これだけの音からすると、貯留管の中は目一杯水が流れているはず。小さくても穴をいくつか開ければ、あとは水圧で破断できるかもしれない。やってみましょう」

　少し先、急カーブを曲がりきったところが、雨水貯留管への接続部だった。その手前から既に、パイプの中を轟々と流れる水の音がトンネル内に響きわたっている。

　塩屋は横穴をフラッシュライトで照らすと、錆びた鉄柵を思い切り蹴った。錆びついた取付金具のいくつかが弾《はじ》けとぶ。さらに何度か蹴ると、端のほうに数本の支柱を残し鉄柵は向こう側へ倒れ込んだ。がしゃん、と大きな音が響く。

　それから、塩屋はライトの光を奥へ伸ばした。突き当たりの壁は、パイプを横から見たような曲面になっており、鋼鉄製に見えた。

「雨水貯留管が露出しているんです。あれが、メンテナンス用の蓋です」塩屋は、曲面の上部にある四角い部分を指さした。そこだけ色が異っている。

「下がっていてクダサイ」

　エルザに言われた通り北斗たちは後退し、トンネルの東京ミッドタウン側にまわった。エルザだけが横穴の正面に立ち、小型の拳銃を抜く。「シグザウエルＰ３２０ＳＣか」と銃の種類を呟いた栗原が、「残りは何発？」と訊いた。

「奪った時、薬室と弾倉合わせて十三発入っていマシタ。残り十発デス」

そう答えたエルザが拳銃を構える。銃身長が十センチにも満たない強化プラスチック製の銃は、まるで玩具《がんぐ》のようだ。

エルザは、塩屋のライトが照らす蓋へ向け、両手で持つ拳銃の照準を合わせた。

発砲。まず蓋の四隅へ四発。

ライトの光の輪の中で、蓋の破片が飛び散るのが見えた。そこから、勢いよく水が噴出してくる。かび臭さが強まったような気がした。

じわじわと横穴の地面に広がっていった水が、トンネルの通路へ音もなく流れ出てくる。やがて水は傾斜の存在に気づいたように、ロックウッドが迫ってきているはずのハーディ・バラックス側へ流れ始めた。だが、予想していた勢いにはまるで足りない。蓋に開けられた穴が小さすぎ、噴出してくる水の量自体が少ないのだ。

水の一部は、これから歩いていく方向にも流れていた。ハーディ・バラックス側ほどではないが、この付近を頂点に、東京ミッドタウン側へ向けてもわずかに下り勾配になっているようだ。

エルザは、さらに二発撃ち込んだ。

穴が増え、水の広がる速さや水嵩が少しだけ増す。トンネルの床は一面に黒く濡れ、乾いている部分はなくなったものの、人を押し流すほどの激流ではない。浜辺のさざ波のように寄せてきて、一センチ程度の深さで靴底を濡らす水は、足元をさわさわと流れていくだけだ。

ペンダントに見せられたのは、結局違う場面だったのだろうか。

「ダメか……」栗原が落胆した。

「残りは四発デス。取っておかないと」と、エルザが拳銃を収める。北斗は責任を感じた。貴重な、逃げるための時間を浪費してしまったようだ。北斗は責任を感じた。

行きましょう、と皆を促しかけた塩屋が、突然「伏せて！」と叫んだ。

言われるがまま、皆一斉に腰を落とした。膝を水につけると冷たく感じたが、気にしてはいられない。北斗は夕子の手を引き、無理やりしゃがませた。一瞬ののち、前方で火花が散り、ぴしりと着弾音が響いた。

振り返ると、五メートルも離れていない場所、トンネルのカーブの陰で黒い何かが動いているのがわかった。塩屋が急いで照らす。

ロックウッドだ。もう、すぐそこにいる。

一度立ち止まったロックウッドは、手にした拳銃を構えたようだ。

しまった。やはり、こんなところに寄り道をしている場合ではなかったのだ。

北斗が、せめてもと夕子に覆いかぶさろうとした時、すぐ近くで伏せていたエルザが腹筋をするように上半身を起き上がらせた。濡れた髪から、無数の水滴がこぼれ落ちる。切れ長の目が鋭く光っていた。

エルザはシグザウエルＰ３２０ＳＣを両手で構え、立てた右膝の上に乗せて固定すると、トリガーをためらうことなく三回続けて引いた。

北斗は咄嗟に目を瞑った直後、ぐっ、というくぐもった声と、何かが水中に落ちる音を耳にした。

再び瞼を開くと、塩屋のライトが照らす中、右の上腕部を押さえたロックウッドが片膝をついていた。少し離れたところには、拳銃が落ちている。

エルザは飛び起きると、ロックウッドのほうへ駆けていった。ロックウッドが、落ちた拳銃を奪われまいと左手を伸ばす。しかしエルザはわずかに早くそれを蹴り上げた。トンネルの闇へ拳銃が弾き飛ばされる。だが次の瞬間、摑むべきものを失ったロックウッドの左手は、片足で立った状態のエルザの軸足を思い切り引っぱっていた。

エルザがもんどりうって水中に転倒し、水しぶきが上がる。

ロックウッドは右手を負傷したとは思えぬ早さで起き上がり、倒れたエルザの腹に左手でパンチを見舞った。

エルザが、苦悶《くもん》の表情を浮かべる。

さらなる打撃を与えようとしたロックウッドがサディスティックな笑みを浮かべた時、今度はエルザが裏拳をその顔に叩きつけた。

倒れつつも繰り出されたロックウッドの蹴りは、エルザが長い脚を伸ばして受け止めた。すぐにまた形勢は逆転し、打撃の応酬が続く。

トンネルの壁で、格闘する二人の影が揺らめいている。塩屋のライトによるものではない。水中に、ロックウッドのライトが点灯したまま浸かっているのだ。

北斗は、ライトの近くにロックウッドの拳銃が落ちているのを見つけた。エルザたちが闘っている向こう側のため近づけないが、距離にすればほんの数メートル先だ。流れる水の中、拳銃の周りに波紋ができている。

ロックウッドはしびれを切らしたのか、間合いが開いた隙に、黒い戦闘服の胸ポケットからナイフを取り出した。

その一振りを素早く避けたエルザだったが、ロックウッドは刃を返しながら斜め上に向かって振った。

「逃ゲテ！」

白刃を避けたエルザが叫ぶ。息を呑んで闘いを見つめていた北斗たちは、我に返った。

姿勢を低くしたままだったので、トンネルの床面を流れる、さあっという水音がよく聞こえる。雨水貯留管の蓋に開けられた穴からは、絶え間なく水が漏れ続けていた。闇の中、真っ黒に見える水の嵩は徐々に増し、いつの間にか三センチを超えている。靴底を濡らす程度だったものが、今では踝《くるぶし》まで浸かり、靴下に水がしみ込んでいた。

「今のうちに行きましょう」と皆に声をかけた塩屋に、夕子が抵抗した。

「エルザはどうするんですか！」

「ここは任せましょう！　私は、あなたを守らねばならない」

毅然として塩屋が言うのと同時に、ロックウッドのナイフが、それまでエルザのいた空間に振り下ろされた。壁の煉瓦を直撃した刃が割れ飛ぶ。

ナイフを放り捨てたロックウッドが雨水貯留管の横穴に近づいたタイミングで、エルザは渾身の蹴りを叩き込んだ。ロックウッドの身体が横穴の奥に消える。

――チャンスだ。

迷っている暇はない。北斗は走り出した。

「平山さん、どこへ！」塩屋の叫びが聞こえたが、落ちている拳銃を回収するには、今しかなかった。

横穴の前でファイティングポーズを取るエルザの後ろを通り、水を跳ね飛ばしながら拳銃のところへ駆け寄った。屈みこんでそれを拾い上げる。これで、奴に武器はなくなった！

その時――。

腹の底から響くような重低音とともに、トンネルの中の空気が震えた。

「なんの音だ」

音に気づいた皆が、顔を見合わせている。

エルザが、横穴の前から皆のそばへ後ずさっていった。穴の中のロックウッドも、異変を察したのか動きを止めたようだ。

やがて遠くから、それまでとは異なる音が聞こえてきた。水の流れるような、小さな音。初め、北斗はいささか場違いな情景を思い浮かべていた。蛇口から浴槽に、お湯が滔々《とうとう》と注がれていく様子だ。

だが音はすぐに大きくなり、激しさを増していった。どうどうと響くその音が、水の流れる音であることは間違いない。相当な量の水が移動しているのが伝わってくる。もはや浴槽に注がれるお湯どころではない。

北斗は、しばらく頭から消し去っていた地上の様子を思い出した。そうだ、今この真上では、嵐が吹き荒れているのだ。

――ということは。

「水が来る」

塩屋の重い声には、最大限の警戒の色があった。

先ほど銃で穴を開けた、雨水貯留管。それは、豪雨対策のために使われるものだという。

「雨量が増してきたので、下水道局が貯留管への排水ルートを変えたんでしょう。他で貯まった雨水が、一気に流れ込んできます」

水音はトンネルの壁に反響し、今や耳を聾《ろう》するほどだ。北斗は、暗い地の底を押し寄せてくる巨大な質量の存在を感じ、恐怖を覚えた。

限界は、予想よりも早く訪れた。

小さな、ぱきん、という音が、終わりの始まりを告げた。さっと一陣の風が吹き抜けた後、足元の水流は急激に速さを増し、ついに壁のような水の塊が横穴から一気に噴き出してきた。

貯留管を流れる水の量がそれまでとは桁違いになったため、穴を開けられてもろくなった蓋が、水圧に耐えきれなくなったのだ。

北斗の身体は、巨大な手のような水の壁によって宙へ吹き上げられ、一瞬ののち地面に叩きつけられた。視界にちかちかと明るいものが混じる。大量の水を吸い込んだ鼻の奥が、つんと痛んだ。

だが、うずくまっている余裕はない。膝の高さで押し寄せてくる水に、身体が滑らされる。

「北斗くん！」「北斗！」

流れる水音越しに、自分を呼ぶ声がした。ああ、皆のところに戻らないと。

トンネルの壁に近づくと、煉瓦の隙間に指を入れた。指にすさまじい力が加えられる。水流に必死で逆らい、もう片方の手も使って煉瓦に摑まる。その拍子に、せっかく奪った拳銃を落としてしまった。しかし今さら流れに手を突っ込んで拾うことはできない。諦めるしかなかった。それよりも肩に掛けているスタッフバッグ、その中にあるペンダントを守らねば。

冷たい水の流れに抗って少しずつ移動していくと、壁に穿《うが》たれた照明用の窪みがあった。腕を突っ込み、照明器具を固定するための突起を握ると、指だけで支えているよりは楽になった。

水流の向こうに、栗原や塩屋たちの姿が見える。東京ミッドタウン側への傾斜は比較的緩やかであり、そちらへの水の勢いは、まだそれほどでもないようだ。

ぎいい、という甲高い音がして、横穴から鉄柵が押し出されてきた。先ほど塩屋が蹴って外したものだが、かろうじて一ヵ所だけが壁面につながっていたようだ。水流に翻弄《ほんろう》されるその柵には、ロックウッドがしがみついていた。

鉄柵は水流の中、ぐらぐらと揺れていた。壁につなぎとめている錆びついた金具が、いつ外れてもおかしくはない。

ロックウッドの視線が、北斗に向けられた。冷たい、挑むような眼差し。

助けるべきなのか。北斗は迷った。だが、どうしようもない。北斗自身、壁にへばりついているのが精いっぱいなのだ。そのうちに、ぎいい、ともう一度音がして、鉄柵が唯一つながっていた部分が外れた。ロックウッドごと鉄柵は押し流されていく。すぐにそれは、トンネルの奥の闇へ消えていった。

――この場面だ。

北斗は、ペンダントに見せられたイメージを思い出した。金属の格子のようなものと一緒に流される人物。その通りの未来が訪れたことになる。

そうすると、夕子も流されてはいないかと心配したが、今のところその様子はない。水の噴き出す横穴の向こうで、塩屋たちは北斗のためにロープを準備してくれていた。塩屋がショルダーバッグに入れていたものだ。

伸ばされてきたロープを、身体に巻き付けた。引っ張られていきながら北斗は叫んだ。

「夕子！　後ろに下がってて」

少しでも彼女を危険から遠ざけなければいけない。

塩屋にがっちりと腕を掴まれ、水の流れが緩やかな東京ミッドタウン側に引き揚げられた北斗は、両手をついて這いつくばり、荒い息を吐いた。

——助かった。

北斗は水の上でもかまわず横になりたいくらいだったが、塩屋がすまなそうに声をかけてきた。

「平山さん、大変かと思いますが、早く移動しなければ。この先には、トンネルが少し深くなっている部分があります。そこが水没する前にミッドタウン側の出口まで通り抜けなければ、我々はここに閉じ込められてしまう」

「……大変だ」北斗は、残された力を振り絞り立ち上がった。

ロックウッドの生死はわからないが、少なくとももう追ってはこないだろう。

フラッシュライトを持った塩屋を先頭に、栗原、夕子、北斗、エルザの順で再びトンネルを進み始める。

壁面に梯子が掛けられた箇所を通り過ぎた。天井には丸い影がある。行きにも見た、洞道への接続口だ。

緩い下り坂の足元を、波立つ水が追い越していく。水の流れは足を取られるほどではなく、時折流量が弱まることもあったが、止まりはしなかった。この先、勾配は途中で上りに転じるはずだ。その窪みの部分が水没してしまうことは、十分に考えられる。

トンネルの中は、流れ込んだ大量の水によって霧が発生していた。塩屋のライトの光線は途中で霧に呑み込まれ、遠くまで見通せない。水の冷たさには慣れてきたものの、体温は少しずつ奪われている。そして、気になるのは臭いだ。トンネルの中はかび臭さに腐敗臭も混ざり、えも言われぬ臭気が充満していた。

「これって、下水かな！」

栗原が怒鳴るように言った。ざあざあと流れる水音が壁面に反射する中、大声を出さなければ会話もままならない。

「雨水貯留管からの水ですから、生活排水は混じっていないと思います！」

先頭で塩屋が答えた。

足元を流れる水は真っ黒く見えるが、手にすくえばほとんど濁りはない。とはいえ都会の地中を流れてきているのだし、口には入れないほうがよさそうだ。

「うええ……そうはいっても、きれいな水ではないよなあー」

うんざりとした栗原の声に続いて、仕方ないでしょ、我慢しなさい、という夕子の声が聞こえた。

　しばらくして、夕子は前を向いたまま北斗に話しかけてきた。

「さっき、なんでわたしにだけ後ろへ下がってろって言ったの！」

「ああ……」理由は説明しづらい。北斗は大声で嘘をついた。「危ない場所にいるように見えたから！」

「特別扱いしないでよね！」

「……わかった。でもまあ、お互い無事でよかったな！」

　夕子が流される状況には、まだなっていない。このまま、何事もなければよいのだけれど。ペンダントの見せる未来に間違いもあることを、北斗は願った。

　そうだ。皆で生きて帰るのだ。それに、確かめたいこともある。

　樫野先生は昔、夕子にプレゼントを渡そうとしていたらしいが、今回も俺にペンダントを残したのに夕子には何もないということはないだろう。先生がどこかに用意していたそれを、俺は見落としてしまったのではないか。だとしたら、なんとしても生きて帰って確かめなければ――。

　トンネルの下り勾配がきつくなり、緩いカーブを曲がったところで、先頭を行く塩屋が足を止めた。

「どうしたんですか」

「……間に合いませんでした」

　塩屋の持つライトの光が、霧の中に突如現れた水面に反射していた。トンネルが急角度で傾斜する先に貯まった水は、通路の天井までを満たしていたのだ。水は背後から流れ込み続け、見ているうちにも水面が近づいてくる。

「先には進めません。戻るしかない」

「戻るといっても、どこに？　ハーディ・バラックス側も同じように水没してるんじゃ……」

「とりあえず、雨水貯留管まで戻りましょう。あのあたりが、トンネル内で一番高い場所です。水が止まるまで、そこで粘《ねば》るしかない」

塩屋はそう言って、来た道を戻り始めた。

「止まらなければ？」という栗原の声には、誰も答えない。その場合どうなるかは、皆想像がついていた。

流れる水音が、ますます大きくトンネルの壁に反響する。流量が次第に増してきたのは明らかで、進行方向から流れてくる水は、常に踝の上あたりを濡らしていた。皆、壁に手をつくことでなんとか足を前に進めている。

この分では、貯留管までたどり着いたとしても、流れ出す水の勢いで立っていられないかもしれない。

「今さらだけど、消防に来てもらえないかな！」

夕子の提案は、すぐに栗原に否定された。

「間に合わないだろ。それに救助隊が来ても、どこから入ってもらうんだよ！」

もっともだ。北斗は絶望的な気分になりつつも、二人の会話に引っかかりを覚えた。

……救助隊……救助を呼ぶにはどうする……一一九番に電話だ……そういえば、ここは電話が通じるのだった……。

北斗は、トンネルの天井を見上げた。そうだ、どうして今まで気がつかなかったんだ。

「洞道だ……」

「え？　何か言った？」前を行く夕子が振り返って訊いてきた。眼鏡に水滴が飛び、見えづらそうだ。

「洞道だよ、洞道に出ればいいんだ！　塩屋さん、洞道です！」

洞道との接続口までの数十メートルを進むのに、十分近くを要した。坂道が比較的緩やかになったからよかったものの、もう少し流れが速かったり、水位が上がったりしていれば先へ進めなくなるところだった。

鉄製の梯子は、壁に金具で固定されていたため流されていなかった。水流の中、皆で苦労して梯子を金具から取り外し、立ち上げる。梯子の先端はフックのように曲がっており、高さ三メートルほどの天井の、煉瓦に開いた丸い穴に引っかかるようになっていた。

梯子のぐらつきを確かめた塩屋が、一番下の踏《ふ》み桟《さん》に足をかける。だが、ひどく錆びついていたためかすぐに折れてしまい、塩屋は咄嗟に両手で支柱にしがみついた。それでもなんとか梯子を登りきると、塩屋は天井の丸い穴を塞ぐ鋼鉄の蓋へフラッシュライトの光を向けた。古い形の錠前が照らし出される。

その間にも水位はどんどん上がり、今では膝のあたりまで水が来ていた。壁に摑まり、かろうじて立ってはいられるが、流れに逆らってここから移動するのはもはや難しいだろう。

梯子を降りてきた塩屋は、エルザに確認した。

「弾は、あと一発残っていますよね」

エルザが頷き、シグザウエルＰ３２０ＳＣをスーツから取り出す。水に逆らって穴の下まで歩いていくと、真上に向かってその小さな拳銃を構えた。

「銃って、水に濡れても大丈夫なのか」

北斗の疑問に、栗原は得意げに答えた。

「火縄銃じゃないんだから。密閉された金属製薬莢の火薬は湿気ったりはしないよ。今どきの戦争で、雨だと戦えないなんてあり得ないだろ？」

「戦争に行ったこともないくせに」

その時、エルザがトリガーを引き絞った。甲高い金属音を響かせ、錠前が弾け飛ぶ。

エルザはそのまま梯子を登ると、鋼鉄の蓋を肩で押し上げた。

「皆サン、早く！」

順番を譲り合う暇はなかった。栗原、塩屋と、近くの者から順に梯子を登っていく。錆びついた梯子はぎいぎいと軋んだ音を立て、同時に何人もの体重を支えきれるとは思えなかった。登るのは一人ずつだ。

夕子が足をかける頃には、増えてきた水はもう腰のあたりまで来ていた。梯子の支柱に摑まっていなければ流されてしまいそうだ。塩屋が天井の出口からライトで照らしてくれているが、皆の「急げ！」と呼ぶ声は流れる水音にほとんどかき消された。

そして、夕子が梯子の中段まで登った時。梯子の下部を支えていた北斗は、耳元へ何かが突きつけられるのを感じた。

嫌な予感におそるおそる振り返ると、光に目が眩んだ。細めた目に、黒い戦闘服の胸に取りつけられたL字型のライトが映る。手を使わずに前方を照らすためのものだ。こちらを向いた拳銃の銃口の向こうに、下から照らされたロックウッドの顔があった。視線が合うと、ロックウッドはにたりと笑った。

「ハーイ」

信じがたいが、ロックウッドは生きていたのだ。

水に押し流されても、溺れはしなかったのだろう。そういえば、水の量が減った時が何度かあった。その際に、流れに逆らって歩いてきたのだ。拳銃は流されたものを拾ったのか、さらに予備を持っていたのか。いずれにせよ、おそるべき執念だった。

銃口が、丸く見える。つまりそれは、自分に向けられているということだ。殺意を直接向けられる経験は、もちろん人生で初めてだった。黒い穴の奥で飛び出すのを待っている銃弾を想像し、北斗は心臓をじかに摑まれたような気分になった。

ロックウッドは、このアマチュアが、と英語で呟き、北斗がずっと肩にかけていたスタッフバッグのストラップを顎で示した。負傷した右手で北斗と同じ梯子を摑み、左手に持った拳銃を、梯子の中段にいる夕子へ向ける。

ペンダントが入ったスタッフバッグを渡さねば、夕子を撃つつもりだ。

梯子の上、洞道につながる穴からエルザが拳銃を構えている。もう弾はないが、ロックウッドは知りようがない。撃ってこないのはエルザの銃を警戒しているのだろう。

――どうしたらいい。

北斗は、梯子を摑んだままの両手に力を込めた。水流はますます勢いを増している。錆びついた梯子は頼りなくとも、何かに摑まっていなければ耐えられそうにない。

刹那、ペンダントに見せられたイメージを思い出した。

金属の格子のようなものと、流されていく人物。

――イメージが示していたのは、こっちの場面だったんだ。

北斗は、すべてを理解した。

ロックウッドをなんらかの方法で倒すのは確実に訪れる未来だ。でも、夕子は。

イメージの最後、流されかけた夕子の手を、自分は摑んだはず。だが、本当に摑んでいただろうか？　指先に触れたところまでではなかったか？　もしも――もしも、そのあと彼女が流されてしまうのだとしたら？

ロックウッドを倒すのと引き換えに、夕子を犠牲にせねばならないのか。そんな未来を、受け入れられるのか。

北斗はロックウッドに向けて「ＯＫ！」と水音に負けぬように叫ぶと、片手で肩のストラップを外し、スタッフバッグを高く掲げた。「彼女を行かせてやってくれ」

「その前に、ペンダントを出せ」ロックウッドが冷たく答える。

北斗は腕を梯子に絡めたまま、スタッフバッグの口を開いた。ペンダントを取り出す。中心の水晶が、きらりと光った。

これを渡したら、ロックウッドはどうするつもりだろう。自分は、撃たれるのか。いや、すぐに撃ちはしまい。ロックウッドは、エルザの銃を気にしている。ペンダントに見せられた未来は、はたしてどんなタイミングで訪れるのか……。

どうどうと流れる水はさらに増え、もう胸のあたりまで来ている。しぶきが顔にかかるほどだ。北斗はもう一度言った。

「ペンダントを渡すから、彼女を行かせてくれ」

「駄目だ。私が安全な場所へ移動するまで、その女は人質だ」

トンネルの中に、もはや逃げ場はない。夕子を人質にして、洞道から出ていこうというのか。そうはさせたくないが、少なくとも今は夕子を撃たせるわけにはいかない。北斗は、ゆっくりとペンダントを差し出した。

ロックウッドは右手で梯子を摑んでいるため、拳銃を持った左手でそれを奪い取ろうとする。

ロックウッドと北斗の視線が交差した。

ロックウッドの眼差しは、何かを確信しているようでもあった。

『カーラの瞳』を手に入れたロックウッドは、それを使ってテロリストを殲滅《せんめつ》しようとするのだろう。正義の名のもとに。だが、巻き添えで民間人が何人死のうと、やむを得ないのひと言ですませるに違いない。結果としてもたらされる平和。実際、自分たちはその中で生きている。

しかし、それは本当に正義と呼べるものなのか。正義の名のもとでは、何をしても許されるのか――。

拳銃を持ったままの左手ではペンダントをうまく摑めなかったらしいロックウッドが、銃を持ち替えようと梯子から手を離した瞬間。

ロックウッドの身体が見えなくなった。

上から落ちてきた何かに押しつぶされたようになり、水の中へ没したのだ。

夕子が、飛び降りてきたのだった。梯子から手を離したところを水中に沈められたロックウッドは混乱し、手をばたつかせているうちに流されていく。

北斗はペンダントを持つ右手を梯子に絡めたまま、左手で夕子の身体を抱き止めた。

ロックウッドが、七、八メートルほど流されたあたりで壁面に張りつくのが見えた。煉瓦の小さな出っ張りに指を引っかけているようだ。水流に抗いながら、拳銃を構えなおそうとしている。

水に濡れた銃が使えなくなっていないかと一瞬期待したが、それがあり得ないことは先ほどエルザが証明していた。黒い銃口が見える。今度こそ駄目かもしれない——。

「水にもぐれ！」

流れる水の音を突き抜けて、頭上から栗原の絶叫が響いた。「早くもぐるんだ！　なるべく深く！」

何がなんだかわからない。それでも、今は友の言葉を信じるべきだと本能が告げていた。北斗と夕子は顔を見合わせて頷き合うと、大きく息を吸い込んで水中に身を沈めた。暗く速い流れに翻弄され、とても目を開けてはいられない。手探りで夕子を梯子に摑まらせると、ただせめてもと、自分が盾になるように背中をロックウッドのいる側へ向けた。やってくるであろう痛みを覚悟する。

ごぼごぼという水音の合間に、発射音が聞こえた。もう一発、さらに一発……。弾を撃ち尽くしたのか、やがて銃声は止んだ。だが、痛みはいつまで経っても感じない。

いったいどうしたんだ？

そのうちに、息が苦しくなってきた。もぐる直前、できるだけ空気を吸い込んだつもりだったが、押し寄せる水の勢いに逆らううちに少しずつ吐き出してしまっていたのだ。

流れが、さらに速くなってきた気がする。巨大な水の壁が、次々に押し寄せてくるようだ。もうじき、梯子に摑まっていることもできなくなるだろう。

水面に一瞬顔を出して息継ぎをした時、塩屋の声が耳に入った。「梯子から手を離して、こっちに摑まって！」

再び、おそるおそる水の上に頭を出す。ロープが垂れてきた。先ほど雨水貯留管のところでも使った、塩屋のロープだ。

北斗はフラッシュライトの光の下、水しぶきに邪魔されながらもロープをたぐり寄せた。夕子にもそれを持たせる。二人がロープを摑むと、身体を預けていた梯子がゆっくりと動き出すのがわかった。

天井の穴にいる塩屋たちが、梯子を外したのだ。

梯子は水に流されつつ、横になっていった。

錆びた破片を撒き散らし梯子が倒れ込む先に、ロックウッドがいる。梯子は、そのすぐ近くに水しぶきを上げて倒れ込んだ。壁に摑まっていたロックウッドが、咄嗟に身を守ろうと手を離す。それが、致命的だった。

押し寄せてきた大きな波が、ロックウッドの身体を包む。

ロックウッドは不敵な笑みとも驚愕とも見える表情を浮かべ、次の瞬間には梯子と絡み合いながら、水流に運ばれていった。

じっとこちらを睨みつける眼光が、暗闇に遠ざかる。ああ、この光景を俺は忘れることはできないのだろうな、と北斗は思った。そして今この瞬間こそが、ペンダントに見せられた場面であることを理解した。

だとしたら、夕子は——。

大丈夫だ。彼女はここにいる。流されることはない。

とはいえ、早く上にあがらないと。水の流れはますます強くなり、水量も増えている。

腕の力だけでロープを登るのは、素人には至難の業《わざ》だ。ロープを身体に結び、引っ張り上げてもらうしかない。

夕子を先に上げてもらうことにし、北斗は梯子を取りつけていた壁の金具にいったん摑まった。右手にはペンダントを持っているため、左手で金具をしっかりと握りしめる。

水流の中、夕子がロープを身体に巻きつけようとした時。

「何か流れてくる！」

栗原が叫んだ。塩屋がライトの向きを変え、トンネルの奥から流れてくる物体を照らす。何か、棒のようなものだ。どことなく見覚えがある——。雨水貯留管の横穴の、鉄柵か。外れずに残っていた支柱の部分が、今になって流されてきたのだ。

「夕子、よけて！」

その声に慌てた夕子が、ロープを結ぼうとしていた指を滑らせた。支柱は夕子の身体のすぐ近くを通過していったが、完全に巻きつけられていなかったロープがほどけてしまう。支えるもののなくなった夕子の身体を、水流は容赦《ようしゃ》なく運び去ろうとしていた。夕子の長い髪が、水面に広がる。

時間の流れが、引き延ばされたように感じられた。

北斗が差し出した右手に、夕子が手を伸ばす。

その手を摑もうとして、北斗は自らの右手が握りしめているものに気づいた。

『カーラの瞳』！

ふいに、樫野教授の面影が頭に浮かんだ。

これを守るために死んだ樫野先生。その向こうにいる、会ったことのない人々――ナカムラや神田篤、英之進、それにデンクールの顔を見たような気がした。さらにその先にいたであろう、歴史に埋もれた、名もなき人々の顔すらも。はるかな昔に始まった『カーラの瞳』の物語。つながれてきた物語、積み重ねられてきた過去の果てに、自分は今それを――。

北斗が伸ばした右手は、いつしか夕子の腕をしっかりと握りしめていた。指先に、夕子の肌の感触が伝わってくる。

ペンダントの姿はもう、ない。

手のひらを迷わず開いたその刹那、水晶が何かを映して光るのを北斗は見た。だがすぐに、それはひと筋の光を放ちながら水に呑み込まれ、彼方へと流れ去っていった。

暗いトンネルに、轟々と響く水の音。北斗は、夕子を力強く引き寄せた。その白い顔には、泥が流れたような跡がついている。彼女はいつの間にか、眼鏡を落としていた。自然と見つめ合う格好になってしまう。ああ、なんというか、彼女は――。

「はいはい二人とも！　続きは後で！」

大声に気づき、北斗は慌ててトンネルの天井を見上げた。丸い穴の向こうで、栗原たちが笑っていた。

引き揚げられた洞道は下のトンネルよりもずっと狭かった。壁や天井には、電線や通信ケーブルの配管がいくつも走っている。

床にしゃがみこんだ夕子がひどく咳き込み、その背中をエルザがさすった。

今はとにかく、乾いた地面がありがたかった。閉じた蓋の下からは轟々と流れる水の音が聞こえてくるが、水位は一定の高さに達して安定したらしい。洞道まで噴き出してくることはなさそうだった。

一息ついたところで、北斗は栗原に訊いた。

「さっき、水にもぐれって言われて助かったけど……どうしてだ」

「水の抵抗ってのは、すごいんだぞ。水中に撃ち込んだ弾丸が二、三メートルくらいしか進まないって映像を、前にユーチューブで観たんだ。あの距離だったら水が十分壁になるだろうって思った」

「ユーチューブが根拠？　フェイク動画だったらどうすんだよ。それに二、三メートルって……ずいぶん適当だな」

「奴も水中弾道のことは知ってただろうけど、あの状況じゃあ近づいて撃つのは無理だしな。たぶん大丈夫だろ、って思ったわけ。ま、結果オーライだったろ」栗原はあっけらかんと笑った。

「おいおい」

北斗は天を仰いだ。とはいえ、この一見頼りない友人が、結局は自分の命を救ってくれたのだ。

夕子が、ぽつりと呟いた。

「あの人、死んじゃったのかな」

ロックウッドのことだ。父親の仇、憎んでも憎み切れない男といえど、目の前で流されていったのにはやはりショックを受けたようだ。

「仕方ないよ。正当防衛だ。最後に、やむを得ぬ犠牲《コラテラル・ダメージ》とやらになる気分がわかっただろ。自分がいつも犠牲を生み出す側にいられるわけじゃないんだ」

栗原が言うと、エルザが付け足した。

「……彼が死んだかどうかは、わかりマセン」

それがわかることは、あるのだろうか。いずれにせよロックウッドが狙っていた『カーラの瞳』はもはや、どこか遠い闇の中だ。

『カーラの瞳』を失ってしまった北斗を咎める者は、誰もいなかった。樫野先生が命に代えて守ろうとしていたものであっても、あの状況ではやむを得なかった、そんなことより北斗と夕子が助かってよかったと皆が言ってくれた。

それから北斗たちが辺りを調べると、東京電力の作業員のための標識があった。どうやら、数百メートルほど離れた公園の変電設備から地上に出られるらしい。

狭い洞道の中を歩き出す。皆、疲れているのか無言だ。

北斗は、目の前を行く夕子の背中を見つめながら、考えていた。

今にして思えば、ペンダントが見せたイメージの最後。夕子の手を、本当に自分は摑んでいたのか。そもそも、見えていたのは本当に未来だったのだろうか。

現在が過去を積み重ねてきた結果であるように、未来とは現在を積み重ねた先にあるものだ。

ならばペンダントが見せる未来も、定まったものではなかったのかもしれない。現在など、その時の思いによっていくらでも変えていけるものなのだから――。

「北斗、背中のカメラ大丈夫か」

栗原が、後ろから声をかけてきた。

「ああ……さっき確かめたけど、無事だった。いちおう防水のリュックだからね」

「そうか。俺の電子辞書はダメだろうなあ。そもそも俺たち、下水臭くないかな。服もぼろぼろだし、地上に出てからどうすんだよ、これ」

夕子が会話に入ってくる。

「わたしなんか、喪服着てたんだからね。眼鏡もなくしちゃったし」

途方に暮れた声で、夕子は最後尾のエルザに呼びかけた。「エルザも、スーツがだいなしよね」

答えがない。

「……エルザ？」

振り返ると、エルザの姿はなかった。

素性を告げてしまった以上は一緒にいられず、洞道の他の出口を目指したのか。ブラウンウォーターにどう説明するのかはわからないが、ロックウッドはいなくなったし、他の隊員にも行動を知られていなかったのであれば、何かしらごまかしようがあるのだろう。

それよりも北斗は、明らかに元気をなくしてしまった栗原のほうが心配になった。

洞道の出口は、公園の隅、木立の中にひっそりと立つ変電設備の裏のマンホールだった。マンホールの蓋を押し開けると、夜明け前の空が見えた。その色は地下の闇とはまるで異なる、光の予感を含んだ藍色だ。

雨は止み、風も収まっていた。北斗は、地上の空気を胸いっぱいに吸い込んだ。東京の空気をこれほど美味く感じたことはない。

公園の向こうに建つビルの、英会話の広告看板がライトアップされている。それを見て、ようやく現実の世界に帰ってきた実感がわいてきた。

目の前の通りを、タクシーがテールランプの赤い光を残して走り去った。またいつもの、都会の一日が始まろうとしているのだ。

ビルに切り取られた空を、雲が勢いよく流れていく。黎明に染まりかけた東天を横切る、一羽の白い鳥が見えた。北斗はほとんど無意識にカメラを取り出し、シャッターを切った。

終章

その夏の終わり、関東地方へ上陸した超大型台風の被害は、連日様々な媒体で報道され続けた。だが一部で報じられた、東京ミッドタウンの地下に少量の浸水があったというニュースについて、気に留める者はいなかった。世間的には死傷者はなく、施設に大した被害もなかったのだから、当然ではあった。

また、なぜか台風が迫る中でハーディ・バラックスへ着陸したMH－6リトルバードのことも、一部マニアの間で話題になったものの、それと東京ミッドタウンの浸水を関連づけて考える者はいなかった。

さらにはきわめて限定された範囲の話ではあるが、カメラマンの平山北斗とライターの栗原均が揃ってひどい結膜炎になったことを、台風と結びつける者もいなかった。

二ヵ月も経つと、被災者を除けば、台風のニュースを覚えている者も少なくなってしまった。世界では日々、あまりにも多くの事件や事故が起きていた。

薄青の空高く、細い雲が刷毛《はけ》で引いたような線を描いている。

並ぶ墓石に照り返す陽射しはもう眩しくないし、樫野家の墓を守るように枝を広げたナラの木にも、蝉の声はない。海から吹く風には、昨日まで感じられなかった冷たさすら混じっている。

樫野教授の墓前で、北斗、栗原、夕子、そして塩屋が並んで手を合わせていた。

やがて、合わせていた手のひらを離し、目を開けた塩屋が言った。

「ようやく、四人揃って樫野に報告できましたね」

「ええ」

北斗は頷きながら、驚くほど何もなかった、この二ヵ月を思い出した。

事件ののち、北斗たちは普通の生活に戻り、何者かが襲ってくるようなこともなかった。自衛隊や防衛省に塩屋が働きかけてくれたのはわかっていたが、ブラウンウォーターには、エルザが手を回してくれたのかもしれない。差出人不明の小包で、鳥の羽根の入った小袋一そろいが北斗宛てに送られてはきたが、エルザ本人が北斗たちの前に姿を現わすことは二度となかった。

そして、その間に北斗は再び会津の雨乞岩を訪ねていた。そこで見つけてきたものを、ポケットから取り出す。樫野教授の墓前で、夕子に渡そうと思っていたのだ。

「樫野先生が俺に託したのは、『カーラの瞳』だけじゃなかったんだ」

そう言って北斗は、小さな箱を夕子に手渡した。夕子が箱を開けると、中に入っていたのは女性用の腕時計だった。

「何、これ……？」

「俺に見つけてほしかったものがまだあるはずだと思って、探したんだ。会津のデンクール中尉の墓で、やっと見つけた。あの金庫は、クッキー缶と同じように二重底になってたんだよ。最初に行った時は気づかなかったけどね」

「金庫の底が二重になっていたとは……」塩屋が呟いた。

「先生が去年会津へ行った時――浄松寺の住職さんへ、カラベラを持った人が来たら秘密を教えるよう伝えた時に、しまってきたんでしょう」

「もしかして、これって……」腕時計を眺めていた夕子は、文字盤の裏に刻まれた英文に気づき、はっと驚くような顔をした。

「前に言ってたよね。子どもの頃、『バック・トゥ・ザ・フューチャー』を先生と観て、時計台をねだったって。先生はそのことを覚えてて、さすがに時計台は無理でも用意してくれてたんだよ。前に夕子が断ったっていう誕生日プレゼントが、それなのかもしれない」

北斗は、文字盤の裏側の英文を指さした。そこには、“Your future is... whatever you make it.”と彫り込まれている。

「『未来は自分で切り開くものだ』。それって、『バック・トゥ・ザ・フューチャー』のパート3、ラストで主人公たちに博士が言う台詞だよね。昔、その台詞で先生に説教されたっていう」

北斗は、その映画について熱く語っていた樫野教授の顔を思い出しながら言った。

「うん……」

「たぶん、先生は『カーラの瞳』が未来を見られるものだって知っていたんじゃないかな。夕子の家には、丸いガラスを光にかざすと悪い未来が見えることがあるから見るなって、妙な言い伝えがあったんだよね。それを考えると、ペンダントを引き継いできた代々の人たちは皆知っていたのかもしれない」

「でも、先生が塩屋さんたちに秘密を明かした時は遠隔透視だって話してたんだよな」栗原が言った。

「俺は思うんだけど……未来の出来事をあらかじめ知っていたとしたら、どうだろう。特に、あまりよくない未来だったとしたら。どうせそうなるんだろ、って気持ちで生きていくのはちょっとしんどいよな」

「それはそうだな……」

「先生は、『カーラの瞳』で未来を見た人がそうなるのを恐れていたのかもしれない。だから、ナカムラさんがペンダントの力を遠隔透視だと思ってやってきた時も、未来が見えることは伝えなかったんだ。塩屋さんにも」

「確かに、私やジェイクには遠隔透視だと強調する言い方をしていたような気がします」

「親友だからこそ、見たくない未来を見せるようなことは、したくなかったんじゃないでしょうか」

北斗の言葉を聞いた塩屋は、樫野家の墓に視線を送り、そっと目を瞑った。

「その後先生は病気になり、残された時間も少ない中、『カーラの瞳』を夕子に引き継がなければいけなくなってしまった。でも夕子とは喧嘩しているし、説明できないまま無理に渡して夕子が未来を見たら、ますます自分の運命を悲観してしまうかもしれない」

「そうね……。こないだまでのわたしだったら、そうなってたと思う」

「一方で先生は、未来は変えられるって信じていたんじゃないかな。映画の台詞みたいに。だから、ペンダントを夕子に引き継ぐのなら、その台詞を刻んだ腕時計と一緒に渡したかったんだろう。メッセージを込めて」

「その役割を、お前に託したってわけか」栗原が言った。
「想像だけどね。クッキー缶の二重底を知っている俺なら、金庫の二重底にも気づいて、夕子に渡してくれるはずと考えたんじゃないか。腕時計を夕子に渡すことまで含めて、先生は俺に頼んでいたんだと思う」

夕子が、泣き笑いの顔を見せながら腕時計の竜頭《りゅうず》を巻いた。針が動き出す。

そして彼女は樫野教授の墓に向きなおると、頭を下げて言った。「お父さん、ごめんなさい。それと……ありがとう」

夕子の手首で、腕時計の針は着実に時を刻み始めていた。

北斗は空を見上げつつ、心の中で問いかけた。

――樫野先生。これで夕子も、前に進めますよね。最後の課題、僕は全部解けたのでしょうか。

もちろん答えはないけれど、どこかで先生が頷いてくれたような気がした。

いささかしんみりした空気を、栗原の台詞が破った。

「あーあ。それにしても、惜しいことをしたよな。『カーラの瞳』があれば、今ごろ大金持ちになれてたはずなのに」

はいはい、と夕子が目の周りを指でぬぐいながら軽くいなした。もちろん、栗原は本気でそう思っているわけではないと皆わかっている。

確かに、未来を見るためにペンダントをうまく利用できたかもしれない。

ペンダントが示すイメージは、水晶を光にかざした者が大切にしているものについて、もっとも知りたい時点の姿だと考えられた。だから、現在に近い状況が見えることもあれば、未来が見えることもあるのだろう。

水晶を覗いたロックウッドは何も見えないと言っていたが、実際には彼が一番知りたかったこと――自分自身の未来が見えていたのではないか。それはおそらく、暗い水の中を流されていく様子だったのだ。

北斗の見たイメージも、北斗自身がピンチになる場面だったのだろうと皆は解釈していたが、北斗は心の中では違う見方をしていた。あのイメージが最も見せようとしていたのは、たぶん夕子だ。つまり、自分にとって一番大切なものとは――。

「でも、未来は自分で切り開くものなんだから……やっぱりあのペンダントは、なくなってよかったんだよ」夕子が、何かを吹っ切ったような口調で栗原に話しているのが聞こえた。

北斗は、ペンダントの行方を思った。あのトンネルから流された果て、東京の広大な地下空間のどこかに眠っているのか。あるいは、海まで流れていってしまったのか。

夕子の言う通り、ペンダントはなくなってよかったのだ。少なくともロックウッドのような人物や、特定の国が奪いあっている間は。

栗原が、「ま、そうは言っても俺はまた探すつもりだけどな」と宣言した。クメール王朝が遺したペンダントは、あの一個だけとは思えないというのだ。

それはそうかもしれない。いつか――それはもうしばらく先だろうが――未来の人類が、ペンダントを活用する英知を身につけることを、北斗は信じたかった。その時こそ、ペンダントは人類を導いてくれるはずだ。『カーラの瞳』の物語は、終わったわけではないのだ。

「ただ、オカルトってだけじゃない。文明史とか人類史とかも絡めた物語を書いていくんだ。これは、俺のライフワークになるぜ」栗原は鼻息を荒くしている。

そう都合よく新たなペンダントが見つかるかどうかはわからないし、栗原の原稿も、発表できるあてはない。だが、彼が新しい世界へ踏み出そうとしているのは確かだった。

もっとも、北斗自身にも少し変化があった。

あの日、地下から這い出した直後に北斗が撮った、夜明けの空を横切る鳥の写真。その写真をＳＮＳにアップしたところ、思いがけず評判になったのだ。

林立するビルの黒い影。群青の空は夜明けの予感をはらみ、遠く一羽の白い鳥が舞っている。一枚の絵として切り取られた街の中で、その鳥はひときわ存在感を放ち、どこか神々しくさえあった。

その写真は、ペンダントに関わってきたすべての人たちが撮らせてくれたのかもしれないと、北斗には思えた。そして、少しずつではあるが、自分の腕も信じ始めていた。

そろそろ、覚悟を決めて次のステップに進む時なのかもしれなかった。これからは、カメラマンとしての生活に、より軸足を置いていこうと思っている。いつの日か、生きる目標としての仕事が、そのまま生活のための仕事になるように。

北斗にもう、迷いはなかった。

気づくと、夕子が北斗の顔を覗き込んでいた。

「なんか、ちょっと顔つき変わったね」

「そうかな」

「そうだよ。……じゃあ、そろそろ行こうか。今日は予定があるんだ」

「予定、か」と呟いた北斗に、夕子は笑って返した。

「誤解してない？　仕事だよ。また休日出勤。でもまあ、もうちょっとがんばってみる」

それから、もう少し樫野と話していきますという塩屋に別れを告げ、北斗たちは歩き出した。

栗原が、夕子に訊ねた。

「今さら気づいたけど、夕子、眼鏡はどうした」

今日の夕子は、眼鏡をかけていなかった。

「こないだなくしちゃってから、コンタクトにしたの」

「ふうん……そっか。あ、北斗の車、乗ってくだろ」

「やめとく。会社には、バスと電車のほうが早いし」

またね、と軽い調子で言い残し、夕子はバス停へ向かう舗道を去っていく。彼女の手首には、腕時計が光っていた。

　遠くなる夕子の背中を見送りながら、北斗の隣で栗原が言った。

「夕子の前じゃ言えなかったけどさ、樫野先生は、自分の死ぬ場面を見たのかな。自分の未来が気になってたら、それが見えちゃうことだってあるんだろ」

「どうかなあ……。だとしたら、つらいな」と答えた北斗は、はっと気づいた。「なあ、先生はロックウッドに『君の望む未来はこない』って言ったんだよな」

「あいつ、得意げに言ってたな」

「もしかして……。先生は、自分がロックウッドにペンダントを奪われる未来を見てたんじゃないかな。崖の上でロックウッドの素顔を見た時、それが現実になりそうなことを悟って、未来を変えようとしたのかも」

「未来が変えられることを、先生は身をもって証明したってわけか。夕子へのメッセージどおりに」

感慨深げに言った栗原は、ふと気づいたように話題を変えた。「ていうか……樫野先生は、その夕子へのメッセージをお前に託したわけだよな」

「そういうことになるな」

「お前をよっぽど信頼してたってことだからさ、ひょっとしたら夕子のことも頼む、って意味もあったんじゃないの。結局お前と夕子、どうなってんだ。はっきりしろよ。見ててイライラするわ」栗原はやや呆れた顔で言った。

「うーん……でもまあ、ほら、未来ってのは、決まってないものらしいから」

「何言ってんだかさっぱりわからん」

「それより栗原、エルザのことはもういいのか」

「ここでそれ言うか」

「やけ酒なら、うちで飲むか。付き合うぜ」

「北斗ぉ……俺、これからもずっとお前のナビするわ」

北斗たちの影が角に消えるのを見届けた塩屋は、墓の前でそっと呟いた。

「そろそろ、出てきてもいいですよ」

少し間を置いて、墓石の列の奥から人影がすっと姿を現した。仏花を手にした、背の高い女性。エルザ・ナカムラだった。

「彼らと会わなくて、よかったのですか」

「ハイ。ロックウッドはいなくなりマシタガ、これ以上ワタシと接触するのは、危険デス」

エルザは寂しげな笑みを見せ、樫野家の墓の前で跪《ひざまず》いた。北斗たちが供えた花の脇に、自らが持ってきた白い花を挿して形を整える。しばし、手を合わせて目を瞑った。

それから立ち上がったエルザの顔を見つめ、塩屋は言った。

「なるほど、面影がある」

「？」

「目元が、そっくりだ」

「目元、デスカ」

「ジェイクは、あなたの話をしていたんですよ。肌と髪の色、それに緑色の瞳は母親と同じだけど、目の形だけは自分似だとね。切れ長の一重瞼は、白人にはほとんどいないそうですね。それにしても、もしジェイクが生きているなら……。仕方がありませんが、ペンダントを失ったのは残念でした」

「イエ。ワタシも、コレでよかったと思いマス」

エルザは微笑み、さばさばとした口調で言った。「父のことは、もう誰も傷つけない方法で探していくつもりデス」

「私も、できる限りお手伝いしましょう。……そういえば、栗原さんは新しいペンダントを見つけに行くと言っていましたね」

「彼は、いい人デスネ。北斗サンも、夕子サンも。アノ人たちの未来が、よいモノになればイイ」

「エルザ、あなたもですよ」

「ワタシは……モウいいのデス。コノ世界で生きていくしかありマセンカラ」

「そんなことはないでしょう」塩屋は穏やかに言った。「あなたにも、思い描いていた未来があったのではないですか」

「ソウ……デスネ」エルザは遠くを見る目をした。

「樫野のメッセージのとおりだと思いますよ。未来は、自分で切り開くんです」

塩屋は手《て》桶《おけ》に残っていた水を墓石にかけた。初秋の穏やかな光の中で、水滴がきらきらと跳ねる。

薄雲のたなびく青空を、塩屋には名前もわからぬ白い鳥が舞っていた。だがその鳥はすぐに緑の樹々を飛び越え、海のほうへと飛び去っていった。

主要参考文献

『オリエンタリストの憂鬱　植民地主義時代のフランス東洋学者とアンコール遺跡の考古学』藤原貞朗著（めこん）
『季刊　文化遺産　vol.18』（島根県並河萬里写真財団）
『メコンデルタ　フランス植民地時代の記憶』高田洋子著（新宿書房）
『陸軍創設史　フランス軍事顧問団の影』篠原宏著（リブロポート）
『戦況図解　戊辰戦争』木村幸比古監修（三栄書房）
『図解詳説　幕末・戊辰戦争』金子常規著（中央公論新社）
『幕府歩兵隊　幕末を駆けぬけた兵士集団』野口武彦著（中央公論新社）
『大鳥圭介　幕府歩兵奉行、連戦連敗の勝者』星亮一著（中央公論新社）
『評伝大鳥圭介　威ありて、猛からず』高崎哲郎著（鹿島出版会）
『戦争中の暮しの記録』暮しの手帖編（暮しの手帖社）
『朝日新聞縮刷版　昭和19年7月〜9月』（朝日新聞社）
『ヴェトナム・ウオー』小林源文著（ソフトバンク）
『ジャングル・クルーズにうってつけの日　ヴェトナム戦争の文化とイメージ』生井英考著（岩波書店）
『ベトナム戦争の「戦後」』中野亜里編（めこん）
『実録・アメリカ超能力部隊』ジョン・ロンスン著　村上和久訳（文藝春秋）
『超常現象　科学者たちの挑戦』ＮＨＫスペシャル取材班著（新潮社）
『東京の巨大地下網１０１の謎』森岡知範ほか著（宝島社）
『フィールドガイド　日本の野鳥』高野伸二著（日本野鳥の会）
『分県登山ガイド06　福島県の山』奥田博・渡辺徳仁著（山と渓谷社）

本書は書き下ろしです。

Khmer Eyes

クメールの瞳《ひとみ》

斉藤詠一（さいとう・えいいち）

1973年、東京都生まれ。千葉大学理学部物理学科卒業。2018年、『到達不能極』で第64回江戸川乱歩賞を受賞しデビュー。

二〇二一年三月二十九日　第一刷発行

［著者］斉藤《さいとう》詠一《えいいち》

［発行者］鈴木章一

［発行所］株式会社講談社

東京都文京区音羽二−一二−二一

〒一一二−八〇〇一

電話　［出版］〇三−五三九五−三五〇五

［販売］〇三−五三九五−五八一七

［業務］〇三−五三九五−三六一五

［本文データ制作］講談社デジタル製作

［印刷所］豊国印刷株式会社

［製本所］株式会社国宝社

ISBN 978-4-06-522772-5　N.D.C. 913　350p　19cm